HEYNE BÜCHER

Fantasy

Herausgegeben von Friedel Wahren

Das Schwarze Auge

1. Band: Ulrich Kiesow, *Der Scharlatan* · 06/6001
2. Band: Uschi Zietsch, *Túan der Wanderer* · 06/6002
3. Band: Björn Jagnow, *Die Zeit der Gräber* · 06/6003
4. Band: Ina Kramer, *Die Löwin von Neetha* · 06/6004
5. Band: Ina Kramer, *Thalionmels Opfer* · 06/6005
6. Band: Pamela Rumpel, *Feuerodem* · 06/6006
7. Band: Christel Scheja, *Katzenspuren* · 06/6007
8. Band: Uschi Zietsch, *Der Drachenkönig* · 06/6008
9. Band: Ulrich Kiesow (Hrsg.), *Der Göttergleiche* · 06/6009
10. Band: Jörg Raddatz, *Die Legende von Assarbad* · 06/6010
11. Band: Karl-Heinz Witzko, *Treibgut* · 06/6011
12. Band: Bernhard Hennen, *Der Tanz der Rose* · 06/6012
13. Band: Bernhard Hennen, *Die Ränke des Raben* · 06/6013 (in Vorb.)
14. Band: Bernhard Hennen, *Das Reich der Rache* · 06/6014 (in Vorb.)
15. Band: Hans Joachim Alpers, *Hinter der eisernen Maske* · 06/6015 (in Vorb.)
16. Band: Ina Kramer, *Im Farindelwald* · 06/6016 (in Vorb.)
17. Band: Ina Kramer, *Die Suche* · 06/6017 (in Vorb.)
18. Band: Ulrich Kiesow, *Die Gabe der Amazonen* · 06/6018 (in Vorb.)
19. Band: Hans Joachim Alpers, *Flucht aus Ghurenia* · 06/6019 (in Vorb.)

Das Schwarze Auge

BERNHARD HENNEN

DER TANZ DER ROSE

DREI NÄCHTE IN FASAR
TEIL 1

Zwölfter Roman
aus der
aventurischen Spielewelt

herausgegeben
von
ULRICH KIESOW

Originalausgabe

WILHELM HEYNE VERLAG
MÜNCHEN

HEYNE SCIENCE FICTION & FANTASY
Band 06/6012

Umwelthinweis
Dieses Buch wurde auf
chlor- und säurefreiem Papier gedruckt.

3. Auflage

Redaktion: Joern Rauser & Friedel Wahren

Printed in Germany 2000
Umschlagbild: Krzysztof Wlodkowski
Kartenentwurf (Seite 6/7): Ralf Hlawatsch
Umschlaggestaltung: Atelier Ingrid Schütz, München
Technische Betreuung: M. Spinola
Satz: Schaber Satz- und Datentechnik, Wels
Druck und Bindung: Presse-Druck Augsburg

ISBN 3-453-09497-2

Für Petruschka

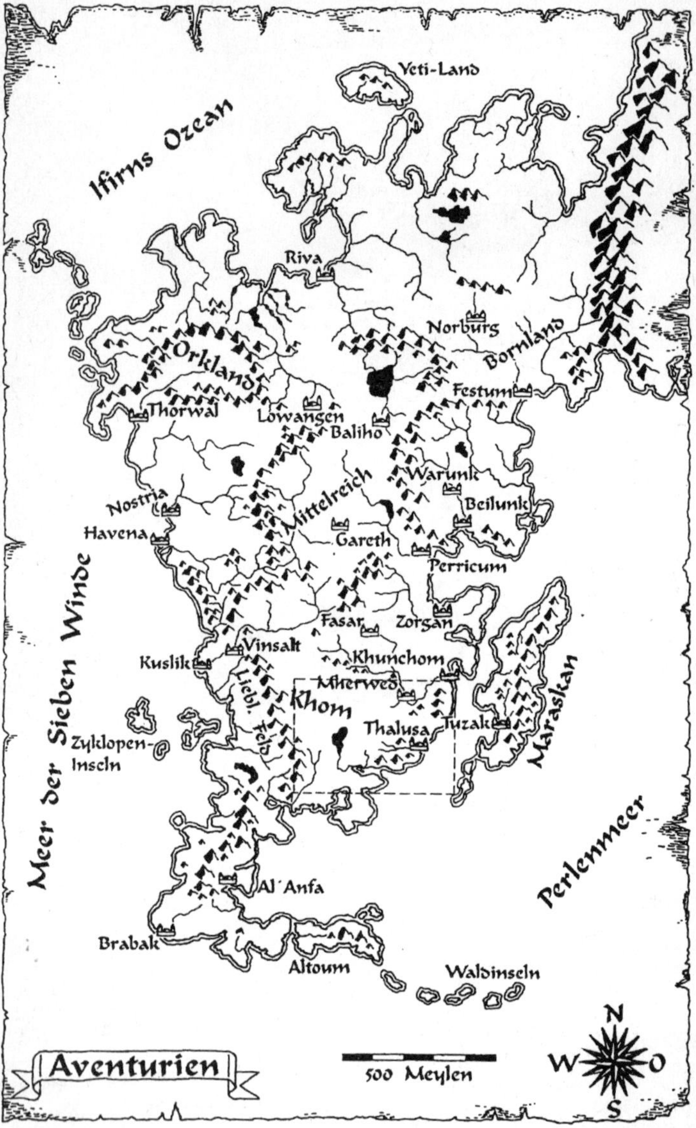

Yeti-Land
Ifirns Ozean
Riva
Norburg
Bornland
Orkland
Thorwal
Lowangen
Baliho
Festum
Warunk
Beilunk
Nostria
Havena
Mittelreich
Gareth
Perricum
Meer der Sieben Winde
Fasar
Zorgan
Vinsalt
Kuslik
Khunchom
Mherwed
Liebl. Feld
Khom
Thalusa
Tuzak
Maraskan
Zyklopen-
Inseln
Al'Anfa
Perlenmeer
Brabak
Altoum
Waldinseln
Aventurien
500 Meylen
N
W
O
S

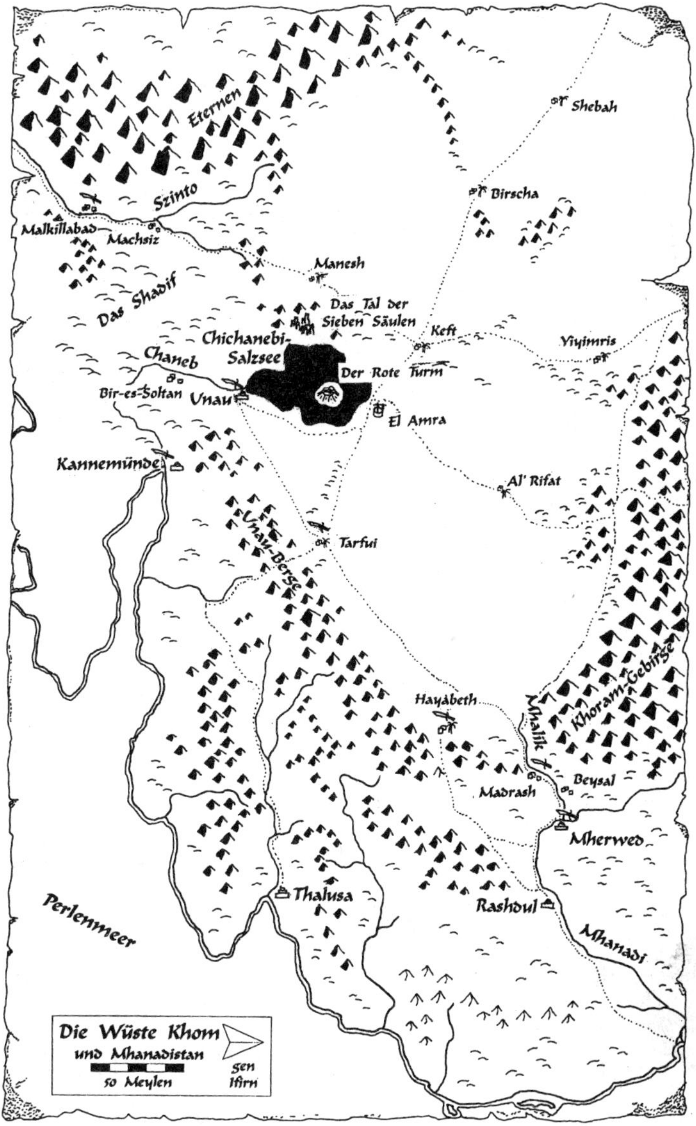

Eternen
Shebah
Szinto
Birscha
Malkillabad
Machsiz
Manesh
Das Shadif
Das Tal der
Sieben Säulen
Keft
Chichanebi-
Salzsee
Yiyimris
Chaneb
Der Rote Turm
Bir-es-Soltan
Unau
El Amra
Kannemünde
Al' Rifat
Unau-Berge
Tarfui
Hayabeth
Mhalik
Khoram-Gebirge
Beysal
Madrash
Mherwed
Thalusa
Rashdul
Perlenmeer
Mhanadi
Die Wüste Khom
und Mhanadistan
50 Meylen
gen
Ifirn

Lichtstrahlen stachen wie goldene Speere durch die Löcher in den Sonnensegeln und durchzogen das Zwielicht der engen Gasse mit einem gleißenden Gitterwerk. Die Sonne stand jetzt im Zenit über den weißgekalkten Häusern der großen Stadt. Und es war ruhig, wie immer zur Mittagszeit. Die Hitze duldete keine Bewegung und keinen Laut. Mensch und Tier hatten sich in den Schatten zurückgezogen und warteten darauf, daß die Sonne weiter zum Horizont wanderte. Die Basare waren fast menschenleer. Nur ein alter Mann irrte durch die engen Gassen, die noch vor einer Stunde vor Leben pulsiert hatten. Müde setzte er einen Fuß vor den anderen und stützte sich dabei schwer auf einen Wanderstab, an dem mit einer Lederschnur die flache Holzschale des Bettlers befestigt war.

Für einen Augenblick verharrte der Alte und wischte sich mit dem Ärmel seines weitgeschnittenen Kaftans den Schweiß von der Stirn. Es war offensichtlich, daß dieses prächtige, mit Silberfäden durchwirkte Kleidungsstück nicht schon immer ihm gehört hatte. An den Säumen war es mit verschlungenen, aufgestickten Ornamenten verziert. Doch der Kaftan hatte schon bessere Tage erlebt. Der dunkelblaue Stoff war abgewetzt und an den Ärmeln so dünn, daß die Ellenbogen des Alten hindurchschimmerten. Schnaufend hatte sich der Mann wieder in Bewegung gesetzt und bog jetzt in dem unübersichtlichen Gewirr von Gäßchen, das jedem Fremden wie ein Labyrinth erscheinen mußte, nach links ab, um den Basar der Kupferschmiede zu betreten.

Hier und da funkelte es rötlich aus dem Zwielicht, wo ein Sonnenstrahl auf eine der Metallarbeiten fiel. Große runde Teller, auf denen in reicheren Häusern am Abend Berge von Reis und Gemüse aufgetürmt wurden, lagen auf den Holzbänken der Händler und Schmiede und boten sich jedem Vorübergehenden mit dem Versprechen an, auch in die bescheidenste Lehmhütte einen Hauch von Wohlstand zu bringen. Daneben standen Öllampen, fein ziseliert oder bar jeden Schmucks, hier schlank und länglich, dort üppig und ausladend. Doch auch banalere Dinge stapelten sich in den Auslagen. Türbeschläge und Nägel, Schlüssel und schlichter Schmuck für alle jene, die es sich nicht leisten konnten, kostbarere Metalle als Kupfer zu tragen.

Wieder machte der Alte eine Pause und schöpfte Atem. Es war schwer zu schätzen, wie viele Sommer der Mann schon erlebt haben mochte. Sein Gesicht war von der Sonne verbrannt und so dunkel, daß es im Zwielicht fast schon schwarz wirkte. In sonderbarem Kontrast dazu stand der dünne schlohweiße Bart, der ihm vom Kinn bis weit auf die Brust hinabreichte.

Das Alter hatte den Bettler ausgezehrt. Seine Waden, die unter dem Kaftan hervorstachen, waren fast so dürr und sehnig wie die Beine einer Wüstengazelle. So wirkte der Alte, obwohl er um einiges größer war als die meisten anderen Männer aus den Völkern der Tulamiden, nicht einschüchternd, sondern zerbrechlich.

Nach kurzer Pause schlurfte er weiter. Vorbei an den Ständen der Kupferschmiede zu den Teppichwebern und Färbern. Plötzlich zerriß eine Kinderstimme die Stille der Mittagshitze.

»Mahmud ist wieder da! Seht nur, er ist wirklich zurückgekommen!«

Für einen Augenblick spielte ein Lächeln um die Mundwinkel des alten Mannes. Er hatte jetzt mit großer Aufmerksamkeit einen Stapel bunter Teppiche betrachtet, der sich unmittelbar neben der Eingangstür eines der weißgekalkten Lehmhäuser türmte.

Mit einem Seufzer der Erleichterung ließ er sich darauf nieder, lehnte sich gegen die warme Hauswand und schloß die Augen. Es war schwer, alt zu werden. Nichts, was einem Rastullah schenkte, hatte Bestand. Ein wenig wehmütig dachte er an einmal Gewesenes. An seine Jugend und seine Kraft, die er damals für so selbstverständlich gehalten hatte.

Sanft schüttelte er den Kopf und sah auf. Eine Schar Kinder mit schwarzen Haaren und großen Augen hatte ihn umringt.

»Erzählst du uns wieder eine Geschichte?«

Der Junge, der ihn gefragt hatte, mochte höchstens vier Jahre alt sein. Die anderen hatten ihn ein wenig vorgeschoben, so als sei von vornherein ausgemacht gewesen, daß er und kein anderer die Frage stellen sollte.

Der Alte lächelte und strich sich in gespielt würdevoller Geste, so als sei er der Großwesir des Kalifen, über den Bart.

»Gern werde ich Euch Eure Wünsche erfüllen, mein Prinz. Doch zuerst fragt Euren Mundschenk, ob er nicht einen Tropfen Wein und eine Schale voll Obst erübrigen kann, denn ich bin weit gereist, und meine Kehle ist fast so trocken wie der Salzsee vor Unau.«

Die Kinder lachten laut auf, nur der kleine Junge blickte hilflos zu Boden, als überlege er fieberhaft, wo er zusammenstehlen könne, worum der Bettler ihn gebeten hatte.

»Nimm's dir nicht zu Herzen, mein Kleiner.« Der Bettler hatte die dürre Hand ausgestreckt und strich dem Jungen durch die schwarzen Locken. »Das war doch nur ein Spaß. Wenn du mir einen Schluck Wasser und ein Stück Melone oder eine andere Kleinigkeit besorgen könntest, dann hättest du mich damit schon mehr als zufriedengestellt.«

Mahmud blickte in die Runde. »Ihr anderen solltet auch nicht untätig herumstehen. Wenn ihr eine gute Geschichte hören wollt, dann schaut nach, was ihr aus den Vorratskammern eurer Mütter mausen könnt, denn ein halbverhungerter Märchenerzähler ist so schwach bei Stimme, daß es wahrlich keine Freude sein wird, ihm zuzuhören.«

Eilig verschwanden die Kinder in Hinterhöfe und schattige Hauseingänge. Ihre Stimmen und ihr ausgelassenes Lachen verklangen. Nur das Geschrei eines Esels irgendwo im Labyrinth des Basars durchbrach die Stille. Müde ließ der alte Mann den Kopf gegen die Hauswand sinken und schloß erneut die Lider.

Irgend etwas stieß gegen seinen Arm. Zuerst war es nur ein undeutliches Gefühl, und Mahmud wußte nicht recht, ob der leichte Knuff nicht zu seinem Traum gehört hatte. Doch dann wurde das Traumbild des Gartens unscharf. Das Plätschern des Brunnens verklang...

Mahmud öffnete die Augen. Gerade hatte ihn sein kleiner Freund wieder leicht gegen den Arm gestoßen, und irgendwo sagte jemand: »Seht ihr, er hat doch nur geschlafen.«

Blinzelnd schaute sich der Bettler um. Ein Krug voll frischen Brunnenwassers und ein kleiner Becher aus Ton standen vor ihm auf dem Teppich. Außerdem hatte man ihm eine flache hölzerne Schale mit einem Apfel, einem halben Brotfladen und ein paar getrocknete Feigen gebracht. Genug, um über zwei Tage zu kommen, wenn man genügsam war.

Jetzt waren nicht mehr nur Kinder unter seinen erwartungsvollen Zuhörern. Auch einige Frauen standen im Hintergrund und gaben sich alle Mühe, sehr beschäftigt zu wirken. Doch Mahmud wußte genau, wenn er erst einmal mit seiner Geschichte begonnen hätte, würden auch sie sich bald zu ihm setzen und seinen Worten lauschen.

»Ich hab dir auch etwas besorgt.« Der kleine Junge, der ihn geweckt hatte, trat vor Aufregung von einem Bein auf das andere. Mit der Rechten versteckte er etwas hinter dem Rücken.

»Und, darf ich sehen, was du da vor mir verbirgst?«

Der Kleine zögerte kurz, dann zog er stolz eine halbe Honigmelone hervor.

»Beim Barte meines Oheims! Wo hast du denn dieses Prachtstück aufgetrieben?«

Der alte Mann griff nach der gelben Melone, schnupperte daran und verdrehte lustvoll die Augen, so als hätte gerade die berühmteste aller Sharisad nur für ihn getanzt.

Die Kinder kicherten.

»Wo hast du denn diese vollkommenste aller Melonen hergenommen, die jemals unter Rastullahs Augen gedieh?«

Der Kleine blickte verlegen zu Boden und musterte seine nackten Zehen.

»Nun, mir kannst du es doch sagen. Flüstere es mir ruhig ins Ohr, dann bleibt es ein Geheimnis zwischen uns beiden, und keiner deiner Freunde hier kann dich verraten.«

Noch einen Moment lang zögerte der Junge. Doch dann beugte er sich vor und flüsterte leise: »Mein Vater sollte sie zum Abendessen bekommen … Aber er ist ohnehin schon so dick wie ein Haremswächter … Ich glaube, er wird es nicht merken, wenn sie fehlt.«

»So, so …« Mahmud hatte sich wieder zurückgelehnt und strich sich über den Bart. »Aus dem Garten der ungläubigen Sonnenanbeter hast du sie gestohlen, jener närrischen Priester, die nicht an den Einen glauben, sondern in ihren verdrehten Reden behaupten, gleich zwölf Götter würden über unser Schicksal wachen.«

Ein Raunen ging durch die Reihen der Kinder. Mit großen Augen und offenen Mündern bestaunten sie ihren Spielkameraden.

»Das war eine edle Tat! Ich finde, diese Götzenanbeter haben eine so vollendete Frucht nicht verdient. Weil du aber soviel Mut gezeigt hast, sollst du hier neben mir sitzen, wenn ich das Märchen erzähle, mein Freund.«

Mahmud stutzte.

»Sag, wie heißt du eigentlich?«

»Omar«, antwortete der Kleine schüchtern.

»Gut, Omar, dann nimm jetzt den Ehrenplatz zu meiner Rechten ein. Und nun geduldet euch bitte noch einen Augenblick und laßt mich von den köstlichen Leckereien probieren, die ihr mir so großzügig überlassen habt.«

Mahmud zog ein schartiges altes Messer aus den Falten seines Kaftans hervor und schnitt die Melone in vier Stücke. Wer mochte schon wissen, ob nicht jeden Moment Omars Vater erschien, um zurückzufordern, was ihm gehörte? Allein, was er einmal gegessen hatte, könnte ihm niemand mehr nehmen.

Geduldig hatten die Kinder ihm zugesehen, bis Mahmud sein Mahl vollendet hatte. Der alte Mann wischte sich zufrieden mit dem Ärmel des Kaftans über den Mund.

»... und nun sagt mir, was für eine Geschichte ihr hören möchtet.«

»Es soll ein mutiger Krieger vorkommen. Erzähl uns von den stolzen Wüstenreitern, die die Al'Anfaner vertrieben haben.«

»Nein, es soll ein Märchen sein ... mit einer Prinzessin ... und einem Prinzen, der sie auf seinem prächtigen Shadif holen kommt ...« Ein kleines Mädchen mit geflicktem Kittel schaute erwartungsvoll zu Mahmud auf.

»Nein, keine langweilige Liebesgeschichte«, grölten einige Jungen. »Wir wollen ein Abenteuer und kein erfundenes Märchen.«

»Erzähl von einem Zauberer und einem Schatz ...«

Mahmud breitete die Arme aus. »Gut, gut, meine kleinen Freunde. Ich fürchte, es wird schwierig, alle eure Wünsche auf einmal zu erfüllen.«

Nachdenklich kratzte er sich am Kopf.

»... und du Omar, was möchtest du hören?«

»Eine Geschichte von einem Dschinn, einem mächtigen Geist, der seinem Freund alle Wünsche erfüllt.«

Mahmud lächelte nachdenklich. »Ihr seid wirklich kein genügsames Publikum. Ihr wollt eine wahre Geschichte mit einem Dschinn und einem Prinzen, einem Krieger und einer Prinzessin. Fast wünschte ich, ich hätte selber einen Dschinn, der mir nun riete, wie ich alle Eure Wünsche erfüllen kann. Doch ich glaube, ich kenne eine wahre Geschichte, von der heute viele behaupten, sie sei nur ein Märchen. Eine Geschichte von Liebe und Krieg, in der der Held einen Freund haben wird, der mindestens so unheimlich und geheimnisvoll wie ein Flaschengeist ist. Es ist die Geschichte von Omar und Melikae.«

»Vor vielen Jahren, als noch der glücklose Abu Dhelrumun Ibn Chamallah Kalif der Rechtgläubigen war, gab es in Unau einen reichen Händler, der Abu Feisal Ben Hussein geheißen ward. Und weil er mehr Kamele sein eigen nannte, als Hengste in den Ställen des Kaisers der Ungläubigen stehen, gab man ihm den Namen Feisal der Prächtige.

Nun begab es sich aber, daß im siebenundzwanzigsten Jahr der Herrschaft Abu Dhelrumuns ein Löwe, groß und mächtig, mit einer Mähne so schwarz wie Jettstein, die Karawanenstraße im Norden Unaus heimsuchte. Er versetzte Mensch und Tier in Schrecken, und es schien, als töte er allein aus Mordlust. Später sahen viele im Erscheinen dieses Löwen ein Omen, das uns Gläubige vor schwerem Unheil warnen sollte. Doch in jenen Tagen waren die Menschen reich und glücklich, und sie waren blind für die Warnungen Rastullahs.

Immer größer wurde der Schaden, den die schreckliche Bestie anrichtete, und Feisal sandte Boten in alle Städte und Dörfer, einen Kühnen zu finden, der ihm das Fell des Löwen brächte. Doch kein Mann, den eine Sterbliche geboren hatte, schien dem schrecklichen Dämon Einhalt gebieten zu können. So, als sei der Löwe im Bunde mit den bösen Geistern der Wüste, vermochte er immer wieder seinen Jägern zu entkommen und neues Unheil über die Menschen zu bringen.

Schließlich setzte Abu Feisal eine Belohnung von fünfhundert Zechinen auf das Fell der Bestie aus. Er versammelte alle Jäger und Krieger um sich und schwor feierlich, nicht in seinen Palast zurückzukehren, bevor der Löwe getötet war. An seiner Seite ritten Männer und Frauen, deren Namen mit Ehrfurcht an den Lagerfeuern der Beni Novad genannt wurden und deren Ruhm bis in jene Länder des Nordens reicht, wo die Kraft der Sonne so gering ist, daß die Erde wie tot liegt und kein Grün das Auge des Reisenden zu erfreuen vermag.

Zehn Tage und zehn Nächte zog Feisal mit der Pracht eines Fürsten durch die Wüste. Seine Sklaven führten Zelte aus Seide für die Jagdgesellschaft mit, in denen bei Nacht goldene Ampeln brannten, und nicht weniger als zwölf Köche waren damit beschäftigt, für das Wohl der Jagdgesellschaft zu sorgen. Doch Rastullah war die Pracht des Feisal ein Dorn im Auge, und so fügte es das Schicksal, daß all diese erfahrenen Jäger nicht einmal eine Spur des Löwen zu finden vermochten.

So besann sich Feisal am Morgen des elften Tages auf sein eigentliches Vorhaben und beendete das Fest, das er eine Jagd genannt hatte. Um endlich eine Spur des Löwen zu finden, sandte er nach Sonnenaufgang seine Jäger und Krieger in alle Himmelsrichtungen.

Der Tag war noch jung, als den Kaufmann der Zorn Rastullahs traf. Von einem Atemzug zum anderen verfinsterte sich der Himmel über der Wüste, und ein schrecklicher Sturm zog herauf. Kamele und Esel rannten aufgebracht durcheinander und suchten Schutz vor der schrecklichen Gewalt des Sandsturms, und als sich nach Stunden der Zorn des Himmels wieder legte, war die Jagdgesellschaft endgültig in alle Winde zerstreut. Auch Feisal hatte sich während des Sturms verirrt, und allein sein Sklave Omar war noch an seiner Seite. Zweifelnd blickte er zum Himmel und versuchte, den Weg zum Lager zu finden, doch …«

Immer schmerzhafter schnitt der Lederriemen des schweren Wasserschlauchs in Omars Schulter. Wieder einmal wechselte er den Speer in die andere Hand und verlagerte so das Gewicht seiner Last. Wahrscheinlich würde er sich schon bald wünschen, daß der Lederschlauch noch voller sei. Allein Rastullah mochte wissen, wann und ob überhaupt sie wiedergefunden würden. Der Sandsturm hatte die Landschaft völlig verändert, Dünen eingeebnet und an anderer Stelle wieder neu aufgetürmt.

Einige Schritt vor ihm ging sein Herr, Abu Feisal. Die Hitze machte ihm schwer zu schaffen. Auf dem Rücken seines Kaftans malten sich dunkle Schweißflecken ab. Seinen prächtigen Umhang hatte er während des Sturms verloren. Der Handelsherr war es nicht gewohnt, zu Fuß in der Wüste unterwegs zu sein, doch für sein Alter und seinen beträchtlichen Leibesumfang hielt er sich noch ganz gut. Noch!

Gleich nach dem Sturm hatte Feisal Omar verboten, auch nur einen Tropfen zu trinken. Sie wollten das Wasser, das zum Maß der ihnen noch verbleibenden Lebensfrist geworden war, so lange wie möglich aufsparen. Auch Feisal hatte sich bisher an das Verbot gehalten. Doch langsam schien ihn seine Kraft zu verlassen. Immer häufiger setzte er die Füße unsicher, rutschte aus und fing sich taumelnd wieder, wenn sie den Abhang einer Düne hinabwanderten. Trotzdem dachte Feisal offensichtlich nicht daran, seine schwere Waffe wegzuwerfen, die ihm mehr und mehr zur Last wurde. Vor zwei Wochen erst hatte er sie als Geschenk von einem Händler aus dem Norden erhalten, und er hatte offensichtlich beschlossen, die Waffe mit dem Blut des Löwen zu weihen. Armbrust nannte man das merkwürdige Ding, das er mit sich herumschleppte. Omar hielt nicht allzuviel davon. Ein Reiterbogen wäre nicht so schwer gewesen. Diese Bogen hatten sich in Jahrhunderten bewährt. Einer Armbrust, von einem Ungläubigen gebaut, würde er niemals sein Leben anvertrauen. Doch er war ja nur ein Sklave, und er wäre der letzte, auf dessen Ratschlag Abu Feisal hören würde.

Die Mittagsstunde war vorbei, doch noch immer stand die Sonne wie ein böses weißes Auge hoch am Himmel.

Omars Lippen waren aufgesprungen. Die Jahre, die er im Dienst Abu Feisals verbracht hatte, hatten ihn weich gemacht. Er gehörte zwar zum Stamm der Beni Novad, doch schon als Kind war er bei einem Überfall geraubt und als Sklave nach Unau verkauft worden. Obwohl er gerade erst zwanzig Sommer gesehen hatte, war es sein Schicksal gewesen, die meisten Jahre in Feisals Palast zu verbringen. So hatte er alle jene Fertigkeiten verloren, die man den Söhnen vom Volk der Beni Novad zuschreibt. Er litt wahrscheinlich kaum weniger unter der mörderischen Hitze als sein Herr, auch wenn man den Männern der Wüstenstämme nachsagt, sie könnten einen ganzen Tag ohne einen Schluck Wasser auskommen.

Mit zusammengekniffenen Augen blieb Omar auf dem Kamm einer Düne stehen und musterte den Horizont. Der Himmel erstrahlte jetzt wieder in klarem Blau, so als hätte es niemals einen Sturm gegeben. Die Hitze verwischte den Horizont zu einer unsteten, zitternden Linie und zauberte die Illusion spiegelnder Seen zwischen die Dünen.

Mit fahriger Hand wischte er sich über das Gesicht. Überall klebte noch Sand, und er würde mindestens einen Schlauch voll Wasser und einen Krug verdünnten Wein brauchen, um den schrecklichen Sturm vergessen zu können. So, als wolle die Wüste ihn ersticken, war der glühende Staub selbst durch sein Kopftuch hindurch in Mund und Nase gedrungen, bis er sich nur noch gewünscht hatte, schnell zu sterben, weil jeder Atemzug zur unerträglichen Qual wurde. Doch er hatte widerstanden.

Sein Herr war plötzlich stehengeblieben. Wie versteinert starrte er auf etwas im Sand. Hastig kniete Abu Feisal nieder und winkte Omar heran. Und dann konnte auch Omar erkennen, was den Handelsherrn so sehr erschreckt hatte. Eine Spur kreuzte ihren Weg. Tatzenabdrücke, fast so groß wie eine Männerhand, waren in den Sand eingeprägt. An den Rändern waren die Abdrücke ein wenig unscharf. Feiner Sand rieselte in die Spuren.

»Die Fährte ist ganz frisch.« Abu Feisals Stimme klang heiser. »Weißt du, was das bedeutet?« Er drehte sich zu Omar um. Seine Augen waren vor Angst geweitet, und jegliche Farbe war aus seinem Gesicht gewichen.

»Er ist hier! Zehn Tage lang haben wir ihn vergeblich gesucht und ausgerechnet jetzt, da ich allein bin, kreuzt er meinen Weg.«

»Vielleicht ist er auch schon weitergezogen.« Omar betete still, daß er recht haben möge. »Schließlich waren wir noch hinter der Düne, als er hier vorbeigekommen ist. Er kann uns nicht gesehen haben.«

Einen Augenblick lang schien Hoffnung in Feisal aufzukeimen, doch dann schüttelte er energisch das Haupt. »Nein! Die Bestie ist hier, um mich zu stellen. Es ist kein Zufall, daß ausgerechnet ich sie treffe und nicht einer meiner Jäger. Rastullah will mich prüfen. Der Löwe ist nur meinetwegen hier.«

Hastig begann Feisal die Armbrust zu spannen. Zweimal entglitt seinen zitternden Händen der Bolzen, bevor er ihn in die Waffe einlegen konnte. Die Unruhe seines Herrn ergriff auch Omar. Die Hand, mit der er den Speer hielt, war plötzlich feucht. Unsicher blickte er sich um. Sie standen in einem kleinen Tal zwischen zwei hohen Dünen. Ein leichter Wind war aufgekommen und trieb einen dünnen Schleier von Staub vor sich her.

»Wir sollten nicht hier unten bleiben.« Omar drehte sich jetzt wieder zu Abu Feisal um. Der dicke Kaufmann nickte. Eilig stiegen sie den steilen Hang der gegenüberliegenden Düne hinauf. Unter jedem ihrer Schritte gab der weiche Sand nach, so als habe selbst die Natur sich gegen sie verschworen. Plötzlich hielt Feisal inne.

»Wenn wir auf die Düne steigen, kann uns auch der Löwe besser sehen.«

»Nur wenn er die Dünen überquert. Bleibt er in den Tälern, wird er uns nicht sehen. Bedenkt aber vor allem, daß er uns dort oben nicht überraschen kann. Gleichgültig, woher er kommt …«

Ein markerschütterndes Brüllen unterbrach Omar. Über ihnen stand die Bestie auf dem Kamm der Düne. Der Wind spielte mit der mächtigen schwarzen Mähne des Raubtiers, und die Sonne in seinem Rücken verlieh ihm eine Aureole, so daß er wie ein Racheengel Rastullahs aussah. Omar packte seinen Speer mit beiden Händen, doch die Waffe kam ihm jetzt wie ein Spielzeug vor. Einen schrecklichen Augenblick lang maß der Löwe sie mit Blicken. Seine Augen waren bernsteinfarben und blutunterlaufen. Auch ihm hatte der Sandsturm offensichtlich zugesetzt. Mit bedrohlichem Knurren hob er die Lefzen und entblößte Reißzähne, die fast so lang wie Messer waren. Noch immer verharrte die Bestie auf dem Gipfel der Düne, so als weide sie sich am Schrecken ihrer Opfer. Gehetzt blickte sich Omar um. Doch nirgends war Hilfe in Sicht, und es gab auch keinen Platz, der ihnen Zuflucht hätte bieten können. Da hob Abu Feisal seine Armbrust. Ganz langsam, als wolle er die Bestie nicht erschrecken. Das Knurren des Löwen wurde lauter.

»Bitte, Herr, reizt ihn nicht …«

»Schweig, Sklave! Ich werde nicht sterben wie ein …«

Abu Feisal kam nicht mehr dazu, den Satz zu vollenden. Mit einem gewaltigen Satz stieß der Löwe auf ihn herab. Im selben Augenblick riß der Kaufmann die Armbrust hoch und drückte ab. Doch der Bolzen streifte die Bestie nur.

Die Wucht des Aufpralls riß Abu Feisal zu Boden. Die Armbrust war seinen Händen entglitten, und die Krallen des Löwen zerfetzten seinen kostbaren Kaftan.

»Rastullah schütze mich …«, erklang die halb erstickte Stimme des Händlers.

Statt seinem Opfer die Kehle durchzubeißen, maß der Löwe nun Omar mit Blicken, so als wolle er ihn verspotten.

Omar spürte eine ohnmächtige Wut in sich aufsteigen. Sein ganzes Leben lang war er vom Pech verfolgt gewesen. Hätten ihn nicht Räuber zu Sklaven gemacht, wäre er ein stolzer Wüstenkrieger und kein rechtloser Niemand gewesen, der unerreichbaren Tagträumen nachhing. Selbst die Bestie verhöhnte ihn, so als wisse sie genau, daß er ein Nichts sei. Omar packte den Griff des Speeres so fest, daß seine Knöchel weiß hervortraten. Solange er sich erinnern konnte, war er verhöhnt worden. Und nicht einmal der Löwe sah in ihm einen ernsthaften Gegner. Er würde erst Feisal töten und ihn, den Sklaven, von dem nichts zu befürchten war, noch eine Weile zappeln lassen. Doch wenigstens über seinen Tod würde er selbst bestimmen. Er würde sich dem Löwen nicht einfach ausliefern. Wegzulaufen wäre sinnlos. Die Bestie würde mit ihm wie die Katze mit der Maus spielen. Der Löwe war sich völlig sicher, daß er ihm nicht entkommen konnte. Omar spürte es genau.

Abu Feisal hatte angefangen zu beten. Dunkles Blut tropfte aus seinen Wunden in den hellen Wüstensand. Der Löwe ließ ein kehliges tiefes Knurren vernehmen.

»Rastullah, erbarme dich …«, stieß Feisal hervor. Der Löwe hatte die Kiefer weit aufgerissen. Im selben Augenblick griff Omar mit dem Speer an. Er würde der Bestie den Stahl in den Rachen treiben. Doch so, als habe der Löwe mit dem Angriff gerechnet, schlug er die Speerspitze fast spielerisch mit der Tatze zur Seite.

Der Schlag gegen den Speerschaft brachte Omar aus dem Gleichgewicht. Er tat einen Schritt zurück, suchte vergebens Halt in dem weichen Sand und stürzte schließlich. Halb gebremst vom warmen Sand rutschte er unendlich langsam rücklings die Düne hinab. Noch immer umklammerte er mit beiden Händen den Speerschaft. Der Löwe ließ ihn keinen Augenblick aus den

Augen. Das Raubtier tat einen Schritt nach vorn und kümmerte sich nicht mehr um den stöhnenden Feisal. Omar sah, wie die Bestie die Muskeln zum Sprung spannte. Nur noch wenige Augenblicke, und es wäre mit ihm vorbei. Fauchend stieß sich der Löwe von der Düne ab, und es schien, als hätte ein mächtiger Magier den Lauf der Zeit verlangsamt. Unendlich langsam segelte der Löwe durch die Luft, die Vorderbeine weit vorgestreckt. So lang wie Kinderfinger traten die Krallen aus den großen Tatzen hervor. Omar riß den Speer hoch und richtete ihn auf die Brust der Bestie.

Dann kam der Aufschlag. Die Waffe hatte den Löwen getroffen! Mit scharfem Knall zerbrach der Speerschaft. Jetzt kam alles zu spät! Wie der Fausthieb eines Riesen traf ihn der Körper des Löwen. Der Speer hatte dem Sprung der Bestie kaum Wucht genommen. Scharfe Krallen drangen in Omars Brust. Deutlich spürte er den heißen Atem der Bestie auf dem Gesicht. Geifer schien ihr aus dem Maul zu tropfen. Irgend etwas blendete Omar. Er schloß die Augen und gab sich dem Schmerz hin. Bunte Lichter tanzten ihm vor den geschlossenen Liedern, formten sich zu einem wirbelnden Kreis und rissen ihn in einen Abgrund aus grellem Licht.

Etwas stimmte nicht in dem grünen Garten, in den Rastullah Omar gebracht hatte. Es hing mit seinem Gesicht zusammen. Erstaunt wischte er sich über Wangen und Stirn, doch es wurde nicht besser. Dann verschwammen die Blumen und Dattelpalmen, so als hätte er Tränen in den Augen, und alle Farben wurden dunkel und bedrohlich. Wieder wollte Omar sich durchs Gesicht wischen, doch sein Arm war plötzlich so schwer, als wäre er mit ehernen Fesseln gebunden. Irgendwo aus der Finsternis drang ihm eine Stimme ans Ohr.

»Omar ... Omar, komm zu dir ...«

Jetzt schien es, als fielen dicke Regentropfen in sein Gesicht.

»Omar … schlag die Augen auf!«

Der Sklave versuchte sich aufzurichten. Vergebens. Irgend jemand preßte ihn fest auf die Erde. Langsam öffnete er die Augen. Grelles Licht blendete ihn. Und vor dem Licht war eine große ovale Fläche. Ein klaffender Spalt öffnete sich in dem Oval.

»Du lebst also doch noch. Halte durch, Omar!«

Langsam sah er klarer. Das Oval gewann an Konturen und wurde zum Gesicht seines Herren, Abu Feisal.

Wieder plätscherte ihm etwas ins Gesicht. Feisal träufelte ihm Wasser aus dem großen Lederschlauch auf die Stirn.

»Ich kann den Löwen nicht beiseite rollen. Ich bin zu schwach.«

Der Kaufmann zog eine Grimasse. »Ich fürchte, ich habe zu lange zu gut gelebt. Trink jetzt! Ich werde den Wasserschlauch mitnehmen.«

Omar wollte etwas sagen, doch über seine Lippen kam nur ein Röcheln.

»Es wäre sinnlos, dir das Wasser hier zu lassen. Du kannst ohnehin nicht aus eigener Kraft trinken.«

Feisal setzte ihm das Mundstück des Lederschlauchs an die Lippen. Selbst das Schlucken bereitete Omar Schmerzen.

»Du mußt durchhalten. Ich werde dir die Freiheit schenken, dafür daß du mir das Leben gerettet hast. Hörst du?«

Omar nickte. Was sollte er noch mit der Freiheit anfangen? Wahrscheinlich würde er nicht einmal den Sonnenuntergang erleben. Lichtpunkte tanzten ihm vor den Augen, doch ein kräftiger Stoß Abu Feisals brachte ihn wieder zu sich. Der Kaufmann preßte die Linke gegen die Brust. Durch seine Finger sickerte Blut. Wie weit würde er wohl mit seinen Wunden kommen?

»Reiß dich zusammen! Ich denke, du bist ein stolzer Beni Novad. Wenn du die Augen schließt, wirst du sterben. Du darfst nicht ohnmächtig werden. Hörst du mich? Ich sage …«

Feisals Stimme verhallte wie ein fernes Echo, und Omar glitt in eine sanfte Finsternis, die ihn alle Schmerzen vergessen ließ.

Als Omar das nächste Mal erwachte, befand er sich in einem prächtigen Zelt aus dunkelgrüner Seide. Lilien und andere Blumen waren mit Goldfäden in den weiten Zelthimmel gestickt.

Auf die Ellbogen gestützt, versuchte er stöhnend, sich ein wenig aufzurichten.

»Das solltest du besser bleiben lassen, mein Freund.« Ein alter Mann mit kurzgeschorenem weißen Bart beugte sich über ihn. Yassir ibn Surkan, Feisals Hausarzt, der normalerweise nur Mitglieder der neun Familien behandelte. Omar seufzte. Er war glücklich, und fast glaubte er, das alles sei nur ein Traum. Es war das erste Mal, daß ihn ein freier Mann ›mein Freund‹ nannte. Einem einfachen Haussklaven wurde üblicherweise keine Beachtung geschenkt. Er gehörte einfach zum Haus, wie das Geschirr und die Teppiche, denn Sklaven wurden nicht als eigenständige Personen, sondern als Sachen betrachtet. Unsicher tastete Omar nach seinem Hals. Noch immer trug er den schweren eisernen Sklavenring, in den der Name seines Besitzers eingraviert war.

Yassir, der Hausarzt, hatte seine Geste bemerkt. »Du wirst den Ring bald los sein. Wegen deiner Verletzungen konnten wir ihn dir noch nicht abnehmen.«

»Was ist mit mir? Wie komme ich aus der Wüste hierher?«

»Kurz nachdem unser Gönner dich verlassen hatte, traf er auf zwei Jäger. Gemeinsam schafften sie dich und den Kadaver des toten Löwen ins Lager. Du hast großes Glück gehabt, Omar. Die Krallen des Löwen haben dir einige tiefe Schrammen in die Brust geschlagen, und du hast viel Blut verloren. Hätte man dich zwei oder drei

Stunden später zu mir gebracht, hätte ich nichts mehr für dich tun können. Außerdem hat der Löwe dir drei Rippen gebrochen. Deshalb werden wir noch einen Tag hier im Lager bleiben. Der Rückweg wäre noch zu anstrengend für dich.«

»Werde ich durch die Verletzungen ein Krüppel sein?«

Der Arzt lächelte breit und schüttelte den Kopf. »Aber nein. Es werden ein paar Narben auf deiner Brust zurückbleiben – und sagt man nicht, Narben seien der Schmuck des Kriegers? Ich glaube, du wirst dich in ein paar Tagen schon erholt haben und deine Freiheit genießen können. Die Schwäche, unter der du jetzt noch leidest, kommt vom Blutverlust. Sie wird nicht lange halten. Die Rippen hingegen werden dir noch ein paar Wochen Schmerzen bereiten. Du darfst dich nicht körperlich anstrengen. Doch das wirst du auch nicht müssen. Abu Feisal erzählt jedem, daß er dich reich beschenken will. Vielleicht wird er dir eine kleine Herde überlassen, und du kannst zu deinem Stamm zurückkehren.«

Omar mochte gar nicht glauben, was er da hörte. Es war wie im Märchen. Gestern noch war er ein Sklave, und heute wollte ihn der reichste Kaufmann Unaus beschenken und als angesehen Mann zu seiner Sippe zurückkehren lassen.

Omar schloß die Augen und malte sich seine Zukunft aus. Endlich würde er wie die anderen Gäste Abu Feisals Melikae beim Tanzen zusehen dürfen. Vielleicht würde sie ihn ja bemerken? Solange er ein Sklave gewesen war, hätte sie ihm niemals auch nur einen Blick geschenkt, doch jetzt war er der Lebensretter ihres Vaters und alles war anders.

Ein neues, schöneres Leben würde beginnen.

»Nein, nein, so nicht, Kindchen!« Sulibeth hatte jetzt den Tonfall angeschlagen, mit dem sie stets eine längere Belehrung eröffnete. Während Melikae ihre durchscheinenden Schleier vom Boden aufhob, schritt die alte Tanzlehrerin wütend im großen Frauengemach auf und ab.

»Es ist, als redete ich gegen eine Wand! Hörst du mir wenigstens jetzt zu, du Plage des Himmels?«

»Aber sicher doch!« Melikae schnappte den letzten Schleier und ließ sich schmollend auf einem Berg von Brokatkissen nieder.

»Was hast du gestern eigentlich getan?« Ohne eine Antwort abzuwarten, wetterte die alte Sharisad in einem fort. »Deine Übungen jedenfalls nicht. Wie oft habe ich dir schon gesagt, daß bei einem solchen einzelnen Hüftschwung nicht eine Münze deines Halsschmucks klappern darf. Du bist doch keine dahergelaufene Tänzerin, wie sie in den Basaren zum Vergnügen der Männer auftreten. Du bist eine Sharisad! Vergiß das niemals! Wenn du nicht so entsetzlich faul wärst, könntest du eines Tages vor dem Kalifen tanzen. Die mächtigsten Männer im Land lägen dir zu Füßen... Aber mach nur so weiter! Zerbrich mir das Herz, enttäusche deinen Vater... Ich sehe dich schon für ein paar Kupferstücke vor verlausten Ziegenhirten tanzen.«

Sulibeth schnappte vor Aufregung keuchend nach Luft. Vor vielen Jahren war sie einmal eine berühmte Sharisad gewesen. Doch mit ihrer Schönheit war auch der Ruhm vergangen. Melikae wußte genau, daß Sulibeth auf das Gnadenbrot ihres Vaters Abu Feisal angewiesen war. Und gleichgültig, wie sehr sie schimpfte und sich ereiferte, sie käme mit Sicherheit am nächsten Tag wieder und nähme ihre Mühen von neuem auf sich.

»Sei nicht so streng mit mir, meine alte Suli. Die Gäste meines Vaters überschlugen sich förmlich, mir jeden Wunsch von den Augen abzulesen, wenn ich vor ihnen getanzt habe. Was soll ich mehr von dir lernen? Ist das nicht alles, was eine Frau braucht, um über ihren Mann zu gebieten und glücklich zu sein? Selbst wenn mein Vater mich einst mit dem griesgrämigen alten Händler verheiraten wird, dem ich schon seit meiner Geburt versprochen bin, wird der häßliche Ziegenbock wie Wachs in meinen Händen sein, sobald ich für ihn tanze. Und solange ich Gelegenheit habe, vor meinem Vater zu tanzen, werde ich ihn immer wieder überreden können, mich noch eine Weile in seinem Haus zu behalten und die Hochzeit aufzuschieben.«

»Du sprichst wie ein Kind, das in eine Schale voll Wasser geschaut hat und glaubt, den Ozean zu kennen. In all den Monaten, die ich dich nun schon unterrichte, hast du nur den einfachsten jener Zaubertänze gelernt, die eine wahre Sharisad beherrschen sollte. Und noch immer kann ich nicht einmal einen Funken jener heiligen Glut entdecken, die die Seele jeder Tänzerin erwärmen sollte.«

»Laß mich in Ruhe mit diesem Gewäsch! Deine Worte sind nicht mehr als das Gesäusel einer alten Tänzerin, die nicht einmal mehr den Pavianen gefällt. Wenn deine Worte wahr wären, weshalb bist du dann auf das Gnadenbrot meines Vaters angewiesen?«

Sulibeth stieß einen langen Seufzer aus. »Auch ich habe Fehler gemacht, als ich jung war und glaubte, mein Zauber werde nie verblühen. Meine Strafe ist, daß ich mich jetzt mit einem störrischen kleinen Mädchen herumschlagen muß, das meine Reden ebenso mißachtet, wie ich vor vielen Jahren den Rat meiner Lehrerin nicht wahrhaben wollte.«

Melikae warf trotzig den Kopf in den Nacken, so daß ihr langes schwarzes Haar wie lebendig um ihre bloßen Schultern wogte.

»Die Freunde meines Vaters sind offensichtlich nicht der Meinung, daß ich ein kleines Mädchen bin. Sie ...«

»O gewiß, meine Prinzessin«, unterbrach sie Sulibeth und zwinkerte schelmisch mit den Augen. »Du hast schon den Körper einer richtigen Frau und verstehst es, die Sinne der Männer zu betören, allein, dein Geist scheint diese Reife noch nicht erlangt zu haben.«

»Du grantige alte Hexe.« Melikae hatte eines der Kissen gepackt und warf es nach der alten Tänzerin.

Sulibeth fing das goldglänzende Geschoß mit graziler Geste aus der Luft und legte es neben sich auf das Fenstersims. Dann lächelte sie Melikae warmherzig an. »Es ist also noch nicht alle Hoffnung verloren.«

»Wie meinst du das?«

»Wenn du nicht in deinem Innersten wüßtest, daß meine Worte wahr sind, würdest du dich nicht so sehr über mich aufregen. Vielleicht wirst auch du eines Tages noch lernen, daß eine Sharisad niemals ihre Gaben einsetzt, um einen Mann in ihren Bann zu schlagen und sich an ihm eigennützig zu bereichern. Der Tanz der Sharisad ist immer ein Geschenk, und der Beifall des Publikums ist ihr Belohnung genug. Auch ist es ihr erlaubt, die Geschenke, die ihr einige Männer aus freiem Willen machen werden, dankbar anzunehmen. Tanzt du aber nur, um deine eigene Gier zu stillen, so wird dich eines Tages die Strafe der Dschella ereilen, die mit ihren Tänzen selbst Rastullah zu erfreuen vermochte und nun als die sechste seiner Frauen über uns Tänzerinnen wacht.«

Melikae war still geworden. Ihr Zorn auf die alte Sulibeth war verflogen. Ob auch sie eines Tages Rastullah gefallen würde? Oder würde sie das Schicksal der alten Sulibeth teilen und dereinst jungen, unaufmerksamen Mädchen die Kunst des Tanzes beibringen? Geistesabwesend blickte sie aus dem Fenster auf den Garten. Dort hing hinter dem kleinen Teich voller Seerosen das Fell des Löwen, der ihren Vater fast getötet hätte. Heute abend würde zu Ehren von Omar ein Fest gegeben, zu dem die Ältesten aus den neun großen Familien Unaus geladen waren, und vielleicht würde sogar Sultan Mustafa zugegen sein und der Feier besonderen Glanz verleihen. Einem solchen Fest beizuwohnen, war eine ungewöhnliche Ehre für einen ehemaligen Sklaven. Auch wenn er es war, der den Löwen getötet hatte. Selber kannte Melikae den Lebensretter ihres Vaters kaum. Nie hatte sie ein Wort mit ihm gewechselt. Es gab auch keinen Grund, mit Haussklaven ein Gespräch zu führen.

Ruckartig drehte sich die Tänzerin um und blickte ihre Lehrerin an. »Welch ein Mann ist dieser Omar?«

Sulibeth lächelte nachsichtig. »Dort weilt dein Geist also an diesem Nachmittag. Er ist durchaus hübsch anzusehen. Ein wenig zu schmal und zierlich vielleicht, aber das mag sich mit den Jahren noch geben.«

»Ist er so ein ungeschliffener Tölpel wie die Jäger, die mein Vater eingeladen hat?«

»Nein, ich glaube nicht. Ich habe nicht oft mit ihm gesprochen, doch scheint er mir bescheiden und zurückhaltend zu sein. Aber was weiß man schon über einen Sohn der Wüste? Seine Kindheit hat er bei einem der vielen Nomadenstämme verbracht, bis er als Sklave in deines Vaters Haus kam. Vielleicht sind es nur der Sklavenring und die Peitsche des Aufsehers, die ihm Manieren aufgezwungen haben. Fast alle Nomaden, die ich kennengelernt habe, sind wie große Kinder. Raufbolde, die sich, wenn man sie nicht mit eiserner Hand im Zaume hält, wegen der lächerlichsten Kleinigkeit bis aufs Blut befehden. Doch können sie auch zahm wie kleine Welpen sein, wenn sie die Kunst einer guten Tänzerin verzaubert. Für deine stümperhaften Darbietungen hätten sie aber nicht mehr als Gelächter übrig. Und wenn du heute abend nicht deinen Vater und deine ganze Sippe blamieren willst, solltest du die Tänze für das Festmahl wiederholen, solange noch Zeit ist.«

Erst dachte Melikae daran, der alten Sulibeth eine passende Antwort auf ihre Frechheiten zu geben, doch dann fügte sie sich, denn Sulibeths Worte hatten Zweifel in ihr geweckt, ob sie tatsächlich würdig sei, vor so erlauchten Gästen zu tanzen, wie sie zur Stunde des Sonnenuntergangs das Haus ihres Vaters beehren würden.

Omar konnte sein Glück noch immer nicht fassen. Noch vor zehn Tagen hätte er nicht einmal davon zu träumen gewagt, jemals in den großen Festsaal des Palastes geladen zu werden, und jetzt war er sogar der bevorzugte Gast Abu Feisals. Ihm zu Ehren wurde ein Fest gegeben, zu dem die Häupter der neun mächtigsten Familien Unaus als Gäste erschienen waren. Und er durfte mit ihnen gemeinsam speisen. Er saß zwar nicht zur Rechten Abu Feisals, dort hatte der Wesir Jikhbar ibn Tamrikat Platz genommen, der den Sultan vertrat, doch allein die Tatsache, mit den hohen Herren gemeinsam zu speisen, war eine Ehre, die wohl noch keinem ehemaligen Sklaven zu Teil geworden war.

Wieder winkte er der Sklavin mit der schlanken Amphore auf den Armen, die aufmerksam das Gelage beobachtete und ließ sich seinen silbernen Becher füllen. Der edle Dattelwein war besser als alles, was er jemals zuvor getrunken hatte. Kein Vergleich mit dem, was die Sklaven freigiebiger Herren an Rastullahs Feiertagen zu trinken bekamen. Der Wein schien das Blut in Feuer zu verwandeln und ließ alles im Festsaal noch ein wenig schöner und prächtiger erscheinen, als es ohnehin schon war.

Die kostbaren Kissen und Teppiche, auf denen die Gäste Platz genommen hatten, waren von den Sklaven des Hauses mit Rosenwasser besprenkelt worden, so daß sie einen angenehmen Duft verbreiteten. Die Wände waren mit bemalten Teppichen aus feinstem Leinen geschmückt.

Hoch über ihnen, auf einem kleinen Balkon, saßen drei Musiker, die sonst in den Diensten des Sultans standen, und erfreuten die Gesellschaft mit ihrer Kunst. Ein alter Mann zupfte mit gesenktem Haupt an einer Bandurria, die mit Intarsien aus Muschelkalk verziert war und deren Saiten angeblich aus dem Haar seiner lange verstorbenen Geliebten gefertigt waren. Ihm zur Rechten saß sein Sohn und spielte die Dabla, eine kleine mit Kamelhaut bespannte Trommel, die er fest zwischen die Beine geklemmt hatte. Doch auch wenn diese beiden Musiker ihre Kunst sicherlich sehr gut beherrschten, so verblaßten sie neben der nicht mehr ganz jungen Frau, die die Kabasflöte spielte. So flink, daß man es kaum verfolgen konnte, eilten ihre Finger das Blasinstrument hinauf und hinab, um der aus Schilfrohr gefertigten langen Flöte Töne zu entlocken, die mehr als tausend Worte über Leben, Lieben und Leid zu erzählen vermochten.

Mal stimmte ihr melancholisches Flötenspiel Omar so traurig, daß ihm fast die Tränen in die Augen traten, nur um dann im nächsten Augenblick mit schnellen Rhythmen sein Blut so sehr in Wallung zu bringen, daß er spürte, wie sein Herz schneller zu schlagen begann.

Plötzlich brach die Musik ab, und ein prächtig gekleideter Sklave betrat den Festraum. Es war Habish, der erste der Köche in Feisals Palast, der seinem Herrn ein Tablett mit frischgebackenen Brotfladen brachte, um das Festmahl zu eröffnen.

Feisal grüßte den Sklaven mit einer kurzen Geste und verneigte sich dann über dem Tablett, um jedes der Fladenbrote zu küssen. Dann winkte Habish weitere Sklaven mit flachen Schalen aus Messing herbei, die an jeden der Gäste eines der Brote verteilten. Abu Feisal zeigte so, daß er jeden im Saal in gleichem Maße schätzte. Mit zitternder Hand nahm Omar das Brot, das ihm gereicht wurde. Zumindest für diesen Abend war er damit allen anderen Gästen gleichgestellt, und einen Moment lang keimte in ihm die Hoffnung auf, daß sich vielleicht jener Traum erfüllen könnte, der fast jede Nacht wiederkehrte, seit er den Löwen getötet hatte. Er trug dort das prächtige Gewand eines Scheichs und saß in einem riesigen Festsaal, in dem eine nach hunderten zählende Gesellschaft Platz genommen hatte. Und vor all diesen Gästen tanzte Melikae. Doch obwohl die höchsten Würdenträger des Landes der ersten Sonne dort versammelt sein mußten, gab Melikae ihm durch kleine Gesten zu verstehen, daß er der Mann sei, nach dem sich ihr Herz wie nach keinem anderen sehnte. Während Abu Feisals edelste Sklaven die Speisen des Festmahls auftrugen, war Omar völlig versunken in die Bilder eines Tagtraums, in denen er sich ausmalte, wie ihm der Hausherr aus Dankbarkeit seine Tochter Melikae zur Frau gab. Kaum achtete Omar auf die Köstlichkeiten, die ihm die Sklaven auf das zierliche, mit Perlmutt und Onyx eingelegte Tischchen zu seiner Rechten stellten. Leckerbissen, die selbst der Tafel des Kalifen Ehre bereitet hätten, beachtete er nicht mehr als eine Schale voller Hirsebrei. Die Musik, die jetzt wieder eingesetzt hatte, der süße Dattelwein, all das berauschte und entrückte ihn. Erst als Abu Feisal aufstand und in die Hände klatschte, um das Mahl zu beenden, erwachte Omar wieder aus seinen Träumen.

»Meine lieben Freunde, wie sehr freue ich mich, daß ich noch nicht von dieser Welt Abschied nehmen mußte und ihr mir die grenzenlose Gnade erweist, den geringsten unter Euch in seinem schmucklosen Heim zu besuchen, um mit ihm ein Fest zu feiern. Da kein Gut mein eigen ist, dessen ich mich nicht schämen müßte, es mit Euch zu teilen, erlaubt, daß ich Euch einlade zu einer Freude, die zum Sonnenschein meines Alters geworden ist, und ich hoffe, ich werde Euch mit meiner Wahl nicht enttäuschen, denn ich weiß, daß Euch unter allen Genüssen des Lebens allein die edelsten zu erfreuen vermögen.«

Abu Feisal verneigte sich tief vor seinen Gästen und nahm wieder Platz.

Mit einem Wink forderte Omar die Sklavin neben der Tür auf, ihm noch einmal Wein nachzuschenken, während irgendwo in den entfernteren Hallen des Palastes ein Gongschlag ertönte. Fast zur gleichen Zeit wurde das Licht der messinggefaßten Ampeln, die von der Decke hingen, blasser, so daß sich zu den Wänden hin die Schatten vertieften. Als ein zweiter Gongschlag erklang, betraten neun verschleierte Dienerinnen den Festsaal. Jede von ihnen trug eine blaue Glasschale, aus der sich feiner weißer Rauch erhob. Die Schalen stellten sie in weitem Kreis in der Mitte des Saals auf, verneigten sich vor den Gästen und zogen sich lautlos zurück. Während der aromatische Duft der schwelenden Kräuter langsam den Festsaal zu füllen begann, erklang die Kabas der Flötenspielerin aufs neue. Und Omar schien es, als würden sich die Rauchsäulen, die aus den Glasschalen aufstiegen, im Rhythmus der mal melancholischen, mal jubilierenden Töne der Rohrflöte winden. Dann fügten sich leise die Dabla und die Bandurria in die Melodie des Flötenspiels ein, und aus dem Gang hinter der hohen gewölbten Tür, durch die die neun Sklavinnen verschwunden waren, ertönte der helle metallische Klang von Gangas, den Fingerschellen einer Tänzerin. Mit sanft wiegenden Schritten trat eine verschleierte Sharisad durch die hohe Tür und verneigte sich mit spielerischer Geste vor den Gästen. Dann trat sie in den weiten Kreis, den die Glasschalen in der Mitte des Raumes markierten, und begann sich schneller und schneller zu drehen, bis Omar die Sinne allein vom Zusehen schwindelten. Einige der Gäste hatten zu klatschen begonnen und feuerten die Tänzerin immer weiter an, bis die Musik eine Schnelligkeit erreicht hatte, die sich unmöglich noch weiter steigern ließ. Plötzlich ertönte wieder ein Gongschlag. Die Tänzerin verharrte in breitbeiniger Pose und riß sich mit einem einzigen Ruck den fast bodenlangen Schleier herab, der sie verhüllt hatte. Omar schluckte. Es war Melikae. Sie stand so nahe vor ihm, daß er sie fast hätte berühren können. Einen Atemzug lang schien sie ihn anzuschauen, dann drehte sie sich langsam, um auch die anderen Gäste zu betrachten.

Sie trug ein dünnes Hemd aus weißer Seide, durch das man die dunkle Haut hindurchschimmern sah.

Dazu schwere Ketten, mit dünnen goldenen Münzen, die bei jedem ihrer Schritte leise klirrten. Um die Hüften hatte sie einen breiten, mit Perlen und Amuletten verzierten Gürtel geschlungen, von dem Dutzende schmaler Seidenstreifen wie ein Rock herabhingen. Um Knöchel und Handgelenke trug sie weitere goldene Kettchen. Ihre schlanken Finger spielten mit zwei Paar silberner Gangas. Noch während Melikae sich langsam drehte, um jeden der Gäste mit einem kurzen Blick willkommen zu heißen, setzte die Musik wieder ein, und die Tänzerin nahm den langsamen Rhythmus der Dabla mit ihren silbernen Schellen auf.

In ausdrucksvollen Gesten erzählte Melikae mit ihrem Tanz die Geschichte einer Frau, die um einen Mann warb, der aus viel höherer Kaste stammte und sie nach dem Gesetz niemals zum Weib nehmen würde. So schien es Omar jedenfalls, der seinen Blick nicht von der Tänzerin lassen konnte. Mit lockenden Bewegungen drehte sie sich langsam im Kreis, und als sie wieder vor ihm stand, winkte sie ihm, als wolle sie ihn auffordern, ihr heimlich zu folgen. Omar fühlte sich, als durchströme ihn pulsierendes Feuer. Jede Faser seines Körpers sehnte sich nach der Tänzerin. Nach ihrer Berührung, ihrem heißen Atem und ihrem unerklärlichen Zauber. In einem Zug leerte er seinen silbernen Becher, doch statt sein Verlangen zu lindern, schien der süße Wein das Feuer in ihm nur noch zu schüren.

Langsam wich die Tänzerin vor ihm zurück, doch während sie die Hände wie zur Abwehr hob, verrieten ihre Blicke ihre Leidenschaft. Omar winkte nach mehr Wein. Sein Mund war so trocken wie nach dem Sandsturm, und er mußte trinken oder er würde vergehen. Wie sehr er sich nach dieser Frau sehnte! Tausendmal hatte er sich gewünscht, sie tanzen zu sehen, doch den männlichen Sklaven war es verboten, bei Melikaes Übungsstunden oder bei den Auftritten auf den Festen ihres Vaters auch nur in der Nähe zu sein. Nächtelang hatte Omar wachgelegen und sich vorzustellen versucht, wie die Sharisad zu den teils stürmischen, teils schmeichelnden Flötenmelodien tanzte, die im ganzen Palast zu hören gewesen waren. Doch selbst seine kühnsten Träume waren nicht mehr als ein matter Abglanz dessen, was er nun sah. Immer schneller wechselten Gesten des Werbens mit scheuer, gespielter Flucht. Das aromatische Räucherwerk und der schwere Wein ließen den dunklen Saal immer weiter zusammenschrumpfen. Die Gesichter der Gäste wurden zu blassen Flecken und verschwammen dann ganz mit der Dunkelheit. Auch wenn eine Stimme in seinem Unterbewußtsein ihm zuflüsterte, daß er nicht allein in dem großen Saal war, so war er sich auch sicher, daß Melikae jetzt nur noch für ihn tanzte. Daß sie ihn mit jeder ihrer Gesten rief, und daß in ihr das gleiche verzehrende Feuer brannte wie in ihm.

Nie zuvor hatte Omar eine so vollkommene Frau gesehen. Ihr Haar glänzte schwarz wie Onyx, reichte ihr bis zu den Hüften hinab und umgab sie wie ein dunkler Schleier. Ihre Haut war von einem hellen seidigen Braun. Edel geschwungen und zugleich voll und sinnlich, versprachen die Lippen Küsse voller Glut und Leidenschaft. Dunkel, fast schwarz waren ihre großen lockenden Augen. Melikaes Gesicht war von solchem Ebenmaß, daß kein Künstler, der ein Loblied auf die Schönheit der Frauen hätte singen wollen, in der Lage gewesen wäre, eine vollkommenere Erscheinung zu beschwören.

Die Kabasflöte ertönte nun in seltsam eindringlichen tiefen Tönen, die einen nie gekannten Schmerz in Omars Brust entfesselten.

Melikae hatte sich zu Boden gleiten lassen und wand sich in fast ekstatischen Zuckungen, und doch strahlte sie dabei die Reinheit einer Jungfrau aus, deren Körper noch nie die Hand eines Mannes berührt hatte.

Wieder ertönte ein Gong in der Ferne, und wie durch

Zauberei erloschen die letzten Lichter im Saal, und die Musik verstummte. Nur das schwere Atmen der Männer und das leiser werdende Klingeln von Melikaes Schmuck waren zu hören.

Die Zeit schien stillzustehen, und der seltsame Zauber, der auf dem Raum lag, wurde erst schwächer, als Sklaven mit Fackeln in den Saal traten, um die erloschenen Lichter erneut zu entzünden. Selbst als es wieder hell genug war, daß die Männer einander sehen konnten, dauerte es noch eine Weile, bis sie in die Wirklichkeit zurückfanden.

Als erster fand Jikhbar, der Wesir des Sultans, seine Stimme wieder. »Bei Rastullah, Feisal! Ich verneige mich vor der Kunst deiner Tochter. Die Sharisad, die ich schon habe tanzen sehen, sind sicher zahlreicher als die Haare, die mein Haupt noch schmücken, doch außer in Mherwed, im Palast des Kalifen, habe ich noch nie eine bessere Tänzerin gesehen. Du kannst sehr stolz auf deine Tochter sein, und ich bin sicher, daß auch sie eines Tages vor dem Herrscher aller Gläubigen tanzen wird.«

Nach und nach fanden auch die anderen Gäste ihre Stimme wieder und priesen in den höchsten Tönen den Zauber, den Melikae mit ihrem Tanz gewoben hatte.

Nur Omar blieb stumm. Ihm fehlten die Wortgewalt des Kaufmanns und die flinke Zunge des Schmeichlers. Ja, er glaubte, daß jedes Wort nur plumpe Verzerrung dessen wäre, was er gesehen hatte. Deshalb schwieg er und winkte der Sklavin nahe der Tür, ihm seinen Weinkelch wieder zu füllen.

Eine Weile noch kreiste das Gespräch um Melikaes Tanz, doch schließlich war Feisal es, der ein anderes Thema ansprach und den Wesir Jikhbar nach seiner Meinung über den tollkühnen Streich des Piraten El Harkir fragte. Das Thema sorgte für ausgelassenes Gelächter und reichlich Spott, denn es war dem Piraten geglückt, den Großadmiral der Flotte Al'Anfas von seinem Flaggschiff mitten im Kriegshafen der Stadt des

Raben zu entführen. Doch auch wenn die anderen lachten, so blieb der Wesir ernst. Er fürchtete, Tar Honak, der Patriarch Al'Anfas und erster Diener des Götzen Boron, werde den Frevel nicht ungesühnt lassen, und aus dieser Tat werde noch viel Blutvergießen erwachsen.

Nach einer Weile kam das Thema auf die Jagd, die Feisal ausgerichtet hatte, und den Triumph über die wilde Bestie.

Die Nacht war nicht mehr jung, der Mond neigte sich dem Horizont zu, und alle Gäste hatten reichlich von dem köstlichen Dattelwein genossen, als sich Abu Feisal erhob und auf Omar wies.

»Seht nur diesen prächtigen Jüngling! Kaum zeigt sich der erste Flaum auf seinen Wangen, schon hat er alle jene berühmten Jäger beschämt, die ich zur Jagd in mein Haus gerufen habe. Ganz allein und nur mit einem schlichten Speer hat er den Löwen erlegt, der für so viele Gottesnamen unsere Karawanen nach Fasar und Keft heimsuchte. Was hast du gefühlt, als der Löwe gesprungen ist?«

Omar, der bisher geschwiegen hatte, war verlegen über das überschwengliche Lob. Noch immer war sein Verstand umnebelt vom Zauber der Sharisad und seine Zunge schwer vom Wein, als er stockend nach Worten suchte.

»Angst, ich hatte schreckliche Angst. Und Wut. Ich wollte noch nicht sterben... Und wenn ich doch schon sterben sollte, dann ... dann wollte ich, daß auch die Bestie stirbt.«

Einer der Gäste lachte laut auf. »Angst hatte er. Wovor denn? Was hat ein Sklave denn schon zu verlieren? Sag bloß, du hängst an diesem elenden Leben.«

Omar blickte verunsichert zu Abu Feisal.

»Das ist vorbei!« Der Hausherr drehte sich zu seinen Gästen um. »Omar ist jetzt ein freier Mann, fast wie wir.«

Die anderen lachten, so als hätte er eine lustige Fabel erzählt.

»Ja, fast wie wir«, höhnte ein dicker Kaufmann. »Nur daß er in seiner Armut mit der Freiheit nichts anfangen kann.«

»Oh, ich werde ihn beschenken!« rief Feisal. »Er soll mein Haus nicht mit leeren Händen verlassen. Neun Kamele soll er von mir bekommen. Wenn er damit zu seinem Stamm in die Wüste zurückkehrt, wird er dort ein reicher Mann sein.«

»Neun Kamele ist dein Leben also wert.« Ein hagerer Mann mit einem Gesicht wie ein Geier hatte sich von seinen Liegekissen erhoben und blickte spöttisch zu Feisal hinüber. »Du scheinst dich selbst nicht sehr zu mögen.«

Der Hausherr wurde rot. »Was erlaubst du dir, Hamas, du Sohn eines Skorpions? Meine Familie war schon reich und mächtig, als deine Ahnen noch als halbverhungerte Banditen durch die Wüste stolperten. Ich...«

»Dafür haben wir unseren Reichtum nicht durch gotteslästerlichen Geiz erworben.«

»Geiz, Geiz... Ich kann mir Geschenke leisten, die dich an den Bettelstab bringen würden, Hamas.« Leicht taumelnd drehte sich Feisal zu Omar um. »Wenn dir ein Dschinn einen Wunsch schenken würde, was würdest du dir dann wünschen, Junge?«

Omar zögerte. Nur ein einziger Wunsch füllte alle seine Gedanken aus...

»Beendet diesen unwürdigen Streit«, mischte sich Jikhbar, der Wesir, ein. »Aus so etwas erwachsen nur Unglück und Verderben.«

»Du hast mir in meinem Hause nicht zu befehlen«, grollte Feisal finster. »Los, Junge, sag mir, was du dir wünschst! Rede...«

Feisals Stimme schien wie durch einen langen Tunnel zu hallen. In unendlichem Echo brachen sich seine

Worte in Omars Gedanken. »... sag, was du dir wünschst ... sag, was ...«

»Es gibt nur einen Wunsch ... den ich noch habe ...« Auch wenn der Wein sein Blut in glühende Lohe verwandelt hatte, so war seine Zunge müde geworden, und Omar hatte mit jedem Wort zu kämpfen. »Schenk mir ... schenk mir Melikae zum Weib ... Sonst gibt es nichts, was ich begehre ...«

Schlagartig wurde es totenstill im Festsaal. Alle Augen hafteten auf dem Hausherren und Omar.

Feisal erbleichte. Seine Lippen zitterten, und er hatte seine Hände zu Fäusten geballt.

»Was? Was ...«

»Es scheint, du hast eine Natter großgezogen«, erklang die spöttische Stimme von Hamas.

»Du räudiger Bastard.« Feisal packte Omar mit beiden Händen und zerrte ihn von seinen Kissen hoch. »Mit glühenden Zangen will ich dir die Zunge aus dem Rachen reißen. Wie kannst du dich nur so an mir vergehen, da ich dir ein neues Leben schenken wollte ...«

»Ich ...« Langsam wurde Omar bewußt, was er gewünscht hatte, und die Glut des Weins in seinen Adern wich der eisigen Kälte der Todesangst. »Ich ...«

»Schweig! Deine Worte will hier niemand mehr hören. Welch böser Geist hat deinen Verstand verwirrt ...? Wie kannst du nur glauben, daß ich meine einzige Tochter einem ehemaligen Sklaven zur Frau geben würde.«

»Was wirst du mit ihm tun, Feisal?« Hamas stand jetzt neben dem Hausherrn. »Du kannst doch nicht erlauben, daß in dieser Art deine Ehre besudelt wird. Jeder Sklave der Stadt würde dich verhöhnen, und die Schande würde dir und deiner Tochter fortan wie ein Schatten folgen.«

»Doch er hat mein Leben gerettet ...«

»Was zählt das jetzt noch? Siehst du nicht, daß er nicht dich allein, sondern uns alle beleidigt hat? Kein

Freigeborener darf die obere Stadt ohne unsere Erlaubnis betreten. Wir sind auserwählt, und wir haben diesen ehemaligen Sklaven den ganzen Abend lang in unserer Mitte geduldet, als sei er einer unseresgleichen, um ihn für seine Tat auszuzeichnen. Doch jetzt hat ihn der Größenwahn gepackt. Er hält sich wohl schon für einen von uns. Ganz gleich, was du denkst, Feisal, dieser Sohn einer räudigen Hündin hat auch mich beleidigt, und ich fordere seinen Kopf zur Sühne.«

»Gut gesprochen, Hamas«, stimmte einer der Gäste zu.

»Ich wußte nicht, was ich sagte ...«, stammelte Omar. »Es war der Wein ... Er hat meine Sinne verwirrt.«

»Lügen«, keifte Hamas. »Der Wein hat die Wahrheit ans Licht gebracht. Ich habe genau gesehen, mit welch lüsternen Blicken du die Tochter unseres Gastgebers bei ihrem Tanz verfolgt hast.«

»Es ist genug, Hamas. Beleidige nicht auch du mein Haus. Dieser Sklave, dessen Namen ich fortan nicht mehr kennen werde, hat mit seiner Frechheit meine Gunst verspielt. Dafür, daß sein geiler Sinn nach der Unschuld meiner Tochter trachtet, soll er bestraft werden, als habe er sich heimlich in die Gemächer der Frauen geschlichen, um zu sehen, was seinem Auge nicht bestimmt war zu sehen.«

»Nein, bitte ...« Omar riß sich von Feisal los.

Die anderen Gäste zückten ihre Dolche. Verzweifelt blickte er sich nach dem Ausgang um, doch von dort eilten schon einige Sklaven herbei, um ihn zu ergreifen.

Eine kalte Klinge legte sich auf seine Kehle. Hamas hatte sich von hinten an ihn herangeschlichen und flüsterte ihm ins Ohr: »Deine Freiheit endet hier, und wenn es nach mir ginge, würde ich dich gleich jetzt richten.«

»Laß ihn, Hamas«, erklang Feisals Stimme. »In diesem Saal, wo ich meine Freunde und Gäste empfange, soll kein Blut fließen.« Dann wandte er sich an die Sklaven, die herbeigeeilt waren. »Bindet ihn und schafft ihn mir aus den Augen! Morgen früh soll der Henker ihn blenden, auf daß er niemals wieder seinen lüsternen Blick nach meiner Tochter richte, und die Zunge soll ihm herausgerissen werden, damit seine unverschämten Reden ein Ende haben.«

»Bitte …« Flehentlich hob Omar die Hände. »Bitte, seht es mir nach. Meine Worte tun mir leid. Ich war nicht bei Sinnen.«

»Schafft ihn hier hinaus!«

Grob packten die Sklaven Omar bei den Armen. Vergeblich sperrte er sich gegen ihren Griff. Noch immer waren seine Glieder schwach vom Wein, und einen verlockenden Augenblick lang fragte er sich, ob vielleicht nicht alles nur ein schrecklicher Traum war, aus dem er jeden Moment erwachen würde.

Doch nichts geschah. Man schaffte ihn aus dem Palast, und jene Sklaven, die er vor wenigen Tagen noch Freunde genannt hatte, spotteten, welch ein kostbares Geschenk die Freiheit doch sei.

Melikae wollte nicht glauben, was ihre Zofe Neraida ihr erzählt hatte. Erschöpft vom Tanzauftritt und berauscht von dem schweren maraskanischen Wein, den sie danach genossen hatte, saß die Sharisad auf ihrem mit kostbaren Kissen bedeckten Bett.

»Er wollte was …? Mich zur Frau? Warum nur …«

»Er sagt, er liebt Euch, Herrin. Was sonst könnte einen Mann dazu bringen, für eine Frau, die er kaum kennt, sein Leben zu wagen? Wie alle anderen männlichen Sklaven sah er Euch doch immer nur von weitem.«

»Und weil er aus Liebe zu mir um meine Hand angehalten hat, hat mein Vater ihn verurteilt? Findest du das gerecht?«

Neraida wich ihrem Blick aus. Auch Melikaes Zofe war nur eine Sklavin. Sie hatte volles dunkles Haar und für eine Tulamidin erstaunlich helle Haut. Neraida behauptete, ihr Vater sei ein Ritter aus dem Kaiserreich im fernen Norden, doch Melikae wußte, daß zumindest die Mutter ihrer Zofe nur die Frau eines Salzgängers gewesen war. Nach deren Tod hatte ihr hartherziger Mann Nereida als Sklavin verkauft. Vielleicht stimmte es also, daß Neraida nicht wirklich seine Tochter war. Doch sollte ihr Vater tatsächlich ein Ritter gewesen sein, so war Neraida der Sproß einer flüchtigen Liebesnacht, die für den Edlen sicher keine weitere Bedeutung gehabt hatte. Jedenfalls hatte sie von diesem ungewissen Vater nicht mehr als ihre helle Haut und einen für Sklaven ungewöhnlichen Stolz geerbt. Dieser Stolz war der Grund, warum Melikae die zierliche Neraida mit ihren blitzenden Smaragdaugen zur Zofe gewählt hatte. Sie war nicht so langweilig wie die unterwürfigen Sklaven, die es sonst im Haus ihres Vaters gab. Und die Tätowierungen, die sich vom Kinn bis zu den Lippen hinaufzogen und auch ihre Stirn schmückten, ließen die Zofe geheimnisvoll erscheinen. Gleichgültig, ob Neraida ein Bastard war oder nicht, solange ihre Mutter gelebt hatte, war sie als die Tochter eines Salzgängers erzogen worden, und so hatte man sie an ihrem zehnten Geburtstag mit jenen Zeichen geschmückt, die allein den Salzgängern und ihren Kindern vorbehalten waren.

Abwartend musterte Melikae ihre Zofe, die noch immer auf den Boden starrte. Dabei war es sonst nicht ihre Art, Worte auf die Goldwaage zu legen. Die Sharisad seufzte leise. Sie war vom Wein und ihrem Auftritt wie berauscht, und alles schien in dieser Nacht einen besonderen Glanz zu haben. Ihr Tanz hatte Melikae das bedrückende Heiratsversprechen ihres Vaters und auch alle anderen Sorgen vergessen lassen. Das einzige, was sie ebenso klar wie die wirbelnde Musik wahrgenommen hatte, waren die Augen der Gäste. Es lag jener Schimmer in ihnen, der ein Gefühl zwischen Hingabe und Gier verriet. Es waren Augen, die nicht einen Atemzug lang von ihr abgelassen hatten. Das war Macht! Sie hätte von den Männern alles verlangen können, nachdem sie für sie getanzt hatte. Vielleicht war der Wunsch dieses Sklaven Omar allein der Gier entsprungen? Ja, vielleicht hatte er nicht das mindeste mit Liebe zu tun. Der Gedanke ärgerte Melikae. Wann immer sie tanzte, war sie nicht sicher, ob die Männer, die ihr so lautstark zujubelten, sie wirklich liebten oder ob allein die lüsterne Gier sie frohlocken ließ. Nicht einmal ihre Lehrerin Sulibeth hatte ihr darauf eine klare Antwort geben mögen. Statt dessen behauptete das alte Weib, eine wirkliche Sharisad stelle sich eine solche Frage nie. Doch was wußte sie schon! Ärgerlich verscheuchte Melikae die Zweifel und wandte sich wieder ihrer Zofe zu.

»Nun, Neraida, du bist doch sonst nicht so zurückhaltend? Was ist deine Meinung? War das Urteil meines Vaters gerecht?«

»Nein, Herrin. Er hatte Omar versprochen, ihm einen Wunsch zu erfüllen, und als Omar seinen Wunsch äußerte, hat dein Vater statt dessen den Tod des Mannes befohlen, dem er sein Leben zu verdanken hat. Das ist nicht gerecht! Auch dann, wenn Omars Forderung vermessen war und er nicht mehr als nur ein ehemaliger Sklave ist.«

»So ...« Melikae wußte nicht, was sie von dieser Sache halten sollte. Dieses Urteil bedrückte sie und warf einen Schatten auf den Triumph ihres Tanzes. Sie fühlte sich schuldig daran, daß Omar hingerichtet werden sollte. Durfte sie denn zulassen, daß ein Mann starb, nur weil er von ihr geträumt hatte? Das wäre unrecht, und Rastullah würde ihren Vater strafen, wenn er auf solche Art mit seinem Lebensretter verfuhr. Außerdem war Omar nicht mehr irgendein Sklave, sondern ein freier Mann und hätte eigentlich das Recht auf ein Gerichtsurteil gehabt. Doch offensichtlich waren sich alle Vertreter der neun großen Familien, die am Festmahl teilgenommen hatten, in der Strafe einig gewesen. Welcher Richter würde wagen, ihnen zu widersprechen? Eine Gerichtsverhandlung würde die Vollstreckung der Strafe höchstens um ein paar Tage aufschieben, aber sicherlich nicht zu einem anderen Urteil führen.

Was war zu tun? Melikae kannte ihren Vater gut genug, um zu wissen, daß er sein Urteil niemals mehr rückgängig machen würde. Das hieße, sein Gesicht vor den Gästen zu verlieren, die vernommen hatten, auf welche Weise Feisal der Prächtige den Unverschämten strafen würde.

»Findet *Ihr* denn, daß Euer Vater gerecht geurteilt hat?« Neraida hatte jenen stolzen, beinahe unverschämten Ton angeschlagen, der Melikae sonst sosehr an ihr gefiel, doch jetzt störte er sie.

»Meinst du, er hätte mich einem Mann, der noch vor einer Woche ein Sklave war, zum Weib geben sollen?«

»Darum geht es nicht. Das weißt du auch! Er wird morgen den Mann verstümmeln, der ihm das Leben rettete. Den Mann, der dich liebt und aus Liebe zu dir sein Glück verschenkt hat, und …«

»Ich habe gehört, er hätte lediglich etwas zuviel getrunken.«

Der Einwand brachte Neraida erst richtig auf. »Du weißt doch wohl selbst, daß Wein nur die Zunge löst. Es war nicht der Wein, der in ihm die Liebe zu dir entfacht hat. Nein! Der Wein gab ihm nur den Mut, auszusprechen, was er vermutlich schon lange dachte. Und dann war da noch dein Tanz. Hattest du es nicht darauf abgesehen, sämtliche Männer im Saal, einschließlich deines Vaters, in dich vernarrt zu machen? Hast du nicht alle Macht aufgeboten, die dir Rastullah verliehen hat, um einen Zauber zu weben, der …«

»Schweig! Du vergißt wohl, daß du nicht mehr als eine Sklavin bist und es dir nicht zusteht, mich zu maßregeln.«

Einen Augenblick lang schien es, als wolle Neraida ihr darauf noch eine Antwort geben, und zum ersten Mal, seit sie die Zofe zu sich genommen hatte, überlegte

Melikae, ob sie nicht den Sklavenmeister rufen solle, um Neraidas Temperament zügeln zu lassen. Doch auch die Zofe schien zu spüren, daß sie ihre Grenzen überschritten hatte. So verneigte sie sich mit übertriebener Unterwürfigkeit und ließ Melikae mit ihren Zweifeln allein.

Vielleicht hatte die dreiste Sklavin ja recht? Vielleicht hatte sie mit ihrem Zauber mittelbar bewirkt, daß Omar morgen zum Richtplatz gebracht wurde? Doch welche Möglichkeiten hatte sie schon, das zu verhindern?

Natürlich könnte sie ihren Vater mit einem Tanz umstimmen und dazu bringen, Omar zu begnadigen. Doch ihr Zauber wirkte nie lange, und sie kannte ihren Vater gut genug und gab sich nicht der Illusion hin, daß er dieses Versprechen gehalten hätte. Schließlich glaubte ihr Vater ja, daß es um seine Ehre ginge. Und seiner Ehre willen würde er jederzeit einen freigelassenen Sklaven opfern.

Ohnehin hatte Melikae das Gefühl, daß ihr Stern bald verblassen werde. Schließlich würde sie schon in wenigen Wochen ihr achtzehntes Lebensjahr vollenden. Sie wurde älter, und ihr Vater würde sich nicht mehr viel Zeit damit lassen, sie zu verheiraten. Allein Rastullah wußte, wie oft sie ihn noch dazu bringen konnte, ihre Hochzeit hinauszuschieben. Und dann …

Vor ihr lag ein Leben an der Seite eines verknöcherten alten Mannes. Vielleicht würde er ihr sogar das Tanzen verbieten oder sie nur noch für sich allein tanzen lassen. Dabei war Melikae sich sicher, daß ihr alle Sultane im Land der ersten Sonne zu Füßen lägen, wenn sie nur Gelegenheit hätte, vor ihnen zu tanzen. Die berühmtesten Krieger, Magier und Sterndeuter überböten sich dann gegenseitig, ihr jeden Wunsch von den Augen abzulesen und als Lohn nicht mehr als ein Lächeln von ihr zu erhoffen. Und das alles sollte sie aufgeben, um mit einem Greis das Lager zu teilen? Nur damit ihr Vater noch mächtiger würde, als er ohnehin schon war?

Vielleicht hatte ihr Rastullah durch Omar ein Zeichen

gegeben? Immer wieder hatte Melikae darüber nachgedacht, ob sie nicht aus dem Haus ihres Vaters fliehen sollte. Natürlich würde es nicht reichen, bis nach Keft oder Fasar zu flüchten. Erst wenn einige hundert Meilen und mindestens ein Gebirge zwischen ihr und Unau lägen, könnte sie sich einigermaßen sicher fühlen.

Melikae ließ sich auf ihr Bett zurücksinken und betrachte die gewölbte und mit Perlen und Edelsteinen verzierte Decke über ihrem Lager. Wie oft hatte sie schon diese kostbare Illusion eines Nachthimmels über der Khom bewundert und dabei von einem glücklicheren Schicksal geträumt.

Melikae seufzte. War sie nicht genauso eine Gefangene wie Omar und wie jeder andere Sklave im Haus ihres Vaters? Vielleicht hatte es Omar sogar besser als sie. Er würde morgen wahrscheinlich sterben. Sie war dazu verdammt, zu leben und einem alten Mann Liebe zu heucheln.

War das wirklich ihr Schicksal? War sie denn nicht dazu geboren, eines Tages vor dem Kalifen zu tanzen? Wenn sie aber fliehen wollte, müßte sie die große Khom durchqueren, und sie wußte nur zu gut, daß sie ohne Hilfe in der Wüste umkommen würde.

Weit im Westen gab es ein kleines Königreich am Meer, in dem eine Frau regierte. Dort liebte man die Kunst, so hatte Melikae Reisende erzählen hören. Ja, man schätzte die Sänger, Gaukler und Akrobaten so sehr, daß man ihnen in den Städten feste Häuser baute, und nur wer gutes Silber zahlte, durfte ihnen zusehen. In einem solchen Land könnte sie mit dem Tanzen reich werden. Sie brauchte keinen alten Kaufmann und müßte dennoch nichts von dem Luxus missen, den ihr der Palast ihres Vaters zu bieten hatte.

Dort würde sie glücklich werden! Nur die Khom, jene unendliche glühende Wüste, die schon ganze Heerscharen von Reisenden verschlungen hatte, versperrte ihr den Weg zur Flucht. Doch war Omar nicht angeblich in der Wüste geboren? Kein Mann in der Stadt würde es wagen, sie den weiten Weg bis in das blühende Königreich hinter den Goldfelsen zu führen. Sie alle hätten Angst, den Zorn ihres Vaters auf sich und ihre ganze Sippe zu ziehen. Nur Omar hatte nichts mehr zu verlieren.

So waren die Geschehnisse dieses Abends also doch ein Zeichen gewesen. Melikae spürte, wie ihr Herz vor Aufregung immer schneller schlug. Heute war eine jener Nächte, wie es sie sonst nur im Märchen gab! Bevor die Sonne wieder ihr Haupt erhob, konnte dieser Wink des Schicksals ihr Leben verändern. Melikae war sich sicher, sie müßte nur entschlossen nach dem Glück greifen, denn eine solche Gelegenheit würde mit Sicherheit nie wiederkehren.

Doch konnte sie Omar trauen? Er hatte behauptet, sie zu lieben. Wenn das stimmte, würde er ihr kein Leid zufügen. Und wenn nicht? Sie brauchte ihn als Führer in der Wüste. Doch sie würde sich ihm nicht hingeben. Nicht einem einfachen Sklaven! Dazu war Melikae zu sicher, zu Höherem geboren zu sein.

Sie würde Fendal mitnehmen, ihren Leibwächter. Ritt der Thorwaler an ihrer Seite, würde sich Omar keine Frechheiten herausnehmen, wenn sie erst einmal in der Wüste waren. Und Neraida mußte auch mitkommen. Ohne eine Zofe konnte man keine Wüste durchqueren!

Melikae stand auf und blickte aus dem Fenster. Die silberne Scheibe der Mada war schon fast hinter den Gärten der Oberstadt versunken. Es blieben nur noch wenige Stunden bis Sonnenaufgang.

Omar glaubte erst, er träume, als sich die Tür zu seinem Gefängnis öffnete und Melikae vor ihm stand.

»Schnell, wir müssen uns beeilen!«

Verwirrt erhob er sich, doch die eiserne Fessel an seinem Fußgelenk erlaubte es Omar nicht, sich mehr als zwei Schritt von seinem Strohlager zu entfernen.

»Los, Fendal, hol ihn da heraus!« zischte Melikae und trat zur Seite.

Lautlos huschte der Leibwächter der Sharisad in die Zelle und kniete neben Omar nieder. »Du bist ein Kind des Phex, mein Kleiner, und du hast mehr Glück als Verstand.«

Fendal hatte die verwirrende Angewohnheit, laufend von fremden Göttern zu sprechen. Er kam aus dem Norden und stammte von einem Volk wilder Seefahrer. Melikaes Leibwächter behauptete, wann immer man ihn fragte, nur deshalb hier im Süden zu sein, weil er von seiner Sippe verstoßen worden sei. Eigentlich mochte Omar ihn nicht sonderlich oder besser gesagt – er hatte Angst vor ihm. Fendal war zwar nicht sehr groß, aber äußerst muskulös und führte ständig so ungewöhnliche Waffen wie eine zweischneidige Axt und ein Schwert mit gerader Klinge mit sich. Über der Lippe ließ er einen struppigen roten Schnurrbart wuchern. Obwohl er schon lange in der Wüste lebte, war seine Haut noch immer erstaunlich hell. Seine Arme waren mit blauen Tätowierungen geschmückt, doch am befremdlichsten waren seine Ohrringe, von denen er mehr trug als selbst eine reiche Sharisad.

Trotz aller Voreingenommenheit war Omar noch nie in seinem Leben so froh gewesen, den stämmigen Nordmann zu sehen.

Ein wenig schwankend richtete er sich auf, nur um in der Tür gleich wieder vor Melikae niederzuknien. »Mein Herz bekommt Flügel, wenn ich Euch sehe, Herrin, und meine Zunge findet keine Worte, um meiner Dankbarkeit Ausdruck zu verleihen.«

Zögernd hob er den Saum von Melikaes weitem Kaftan und küßte ihn. »Du hast mein Leben gerettet, und dafür werde ich dir auf immer dankbar sein. Keine Stunde wird fortan vergehen, in der ich nicht an dich denke, und keine Gefahr wird so groß sein, daß ich ihr nicht trotze, wenn ich dafür nur auf ein Lächeln von dir hoffen darf. Ich ...«

»Genug der Worte, Omar! Du wirst dein Versprechen einlösen können. Bring mich in das Königreich jenseits der Goldfelsen, und du darfst meiner Gunst gewiß sein.«

»Ihr wollt durch die Khom?« Omar ließ erschrocken den Saum des Kaftans sinken und richtete sich auf. »Ihr, die Ihr die zarteste Blume aus den Gärten Unaus seid, wollt Euch der tödlichen Sonne im Herzen der Wüste aussetzen?«

»Lieber setze ich mich der Sonne aus als dem Zorn meines Vaters. Wirst du mich führen oder nicht?«

Omar zögerte einen Atemzug lang. Worauf ließ er sich hier nur ein? Doch als er an Marum dachte, den Scharfrichter, vor dem er ohne Melikaes Hilfe in wenigen Stunden stehen würde, nickte er ergeben. »Euer Wunsch ist mir Befehl, Herrin.«

Die Sharisad drehte sich um und führte die kleine Gruppe durch den Garten zu den Ställen, in denen Abu Feisal seine Shadif hielt. Hengste, von denen noch der geringste mehr als hundert Ziegen wert war.

Als sie vielleicht noch zwanzig Schritt von den langgestreckten Pferdeställen entfernt waren, gab Fendal ihnen ein Zeichen, hinter einem Busch Deckung zu suchen.

Dann schlich der Nordmann allein weiter. Eine Weile beobachtete der Krieger die Ställe. Ein Wächter stand vor dem bronzebeschlagenen Tor, dessen gehämmerte Augen und Schutzzeichen das Gestüt vor Zaubern und Flüchen schützen sollten. Plötzlich richtete sich der Thorwaler auf, trat aus der Deckung und schlenderte auf den Wachtposten zu, als würde er nur einen nächtlichen Spaziergang machen. In holprigem Tulamid grüßte er den Krieger und begann mit ihm zu plaudern. Omar überlegte schon, ob Fendal sie vielleicht verraten hatte, als der Nordmann den Wachtposten völlig überraschend mit einem Fausthieb niederstreckte. Nur einen einzigen Schlag hatte er gebraucht! Welch ein Krieger!

Fendal richtete den Wachtposten auf, so daß er in sitzender Haltung an der Mauer lehnte und man aus der Entfernung glauben mußte, der Mann sei eingeschlafen. Dann öffnete der Thorwaler das Tor und verschwand im Stall. Es schien Omar eine Ewigkeit zu dauern, bis der Nordmann wieder im Türspalt auftauchte und ihnen zuwinkte. Geduckt rannten sie über den Rasen und schlüpften durch das Tor.

Der Duft von Stroh und getrocknetem Pferdedung hüllte sie ein. Omar liebte Ställe. Er selber hatte als freier Mann Pferde züchten wollen. Doch daraus würde jetzt wohl nichts mehr werden.

Mit großen Augen blickte er sich um. Den Stall, in dem die kostbaren Shadif untergestellt waren, hatte er niemals betreten dürfen. Abu Feisal meinte, daß die Anwesenheit von Sklaven dem Stolz der edlen Pferde schaden könnte. Deshalb durften hier nur freie Männer arbeiten. Während Omar noch ehrfürchtig die prächtigen Pferde bestaunte, schritt die Sharisad die Verschläge ab, tätschelte einigen Tieren die Nüstern und nannte andere beim Namen. Dann wählte Melikae vier Hengste für ihre Flucht aus.

»Wir werden auch zwei Lastpferde brauchen. Vier Pferde sind nicht genug, um uns, die Vorräte und Euer Gepäck zu tragen, Herrin«, wandte Neraida ein.

»Was weiß eine Sklavin schon von Shadif?« Melikae musterte ihre Zofe mit spöttischem Blick. »Keines dieser Pferde würde es dulden, daß man sie mit Wasserschläuchen und Packsätteln belädt. So wie es unter den Menschen Auserwählte gibt, denen es bestimmt ist, über die anderen zu herrschen, so sind die Shadif die edelsten von allen Reittieren unter der Sonne. Und sie wissen auch selbst um ihren Rang. Du kannst froh sein, wenn es mir gelingt, einen Hengst dazu zu überreden, dich auf seinem Rücken zu dulden. Jetzt geh und hol meine

Kleider und meinen Schmuck aus dem Versteck, statt mit mir über Dinge zu reden, von denen du nichts verstehst.«

Neraidas Augen funkelten vor Zorn, doch sie zog sich zurück.

»Nicht, daß ich Euch zu nahetreten möchte, doch Eure Zofe hat recht. Wir brauchen Lasttiere.« Fendal hatte die Arme vor der Brust verschränkt und lehnte an einem der Stallpfosten. »Wenn Ihr wollt, daß ich mitkomme, bestehe ich darauf, daß wir einige Shadif als Lasttiere mitführen. Sie sind schließlich auch nur Pferde.«

»Ihr sprecht wie ein Barbar.« Melikae hatte die Fäuste geballt und sich zu dem Nordmann umgedreht.

Einige Atemzüge lang maßen sich die beiden mit Blicken, und Omar war gespannt, wie dieses ungleiche Duell enden würde. Überraschenderweise war es doch Melikae, die schließlich das Haupt senkte. »Wir können es ja versuchen. Auch wenn ich nicht glaube, daß es gutgehen wird. Wir sollten lieber unterwegs bei einer Handelskarawane oder Nomaden zusätzliche Lasttiere kaufen.«

»Das können wir dann immer noch tun«, brummte Fendal sichtlich zufrieden. Dann nahm der Thorwaler etliche leere Wasserschläuche von einem Haken an der Wand und verließ den Stall.

Auch wenn sie gegenüber ihrem Leibwächter nachgegeben hatte, war Melikaes Wut offensichtlich immer noch nicht verraucht. Blaß vor Zorn wandte sie sich Omar zu:

»Steh hier nicht so herum und glotz wie ein verliebter Kamelbulle. Mach dich nützlich! Zäum die Pferde auf!«

Ohne ein Widerwort machte sich Omar an die Arbeit.

Melikae waren schon im Stall die ersten Zweifel daran gekommen, ob es eine gute Idee war, aus dem Haus ihres Vater zu fliehen. Irgendwie hatten ihre Diener und

Sklaven den Respekt vor ihr verloren. Bis zu dem Zwischenfall mit den Pferden hatte es noch nie ein Unfreier gewagt, einen ihrer Befehle in Frage zu stellen.

Wenn diese Bande nun völlig vergaß, wer ihre Herrin war? Vielleicht würden sie sie verschleppen und in Al'Anfa als Sklavin verkaufen? Doch trotz dieser Ängste mußte sie unter allen Umständen ihre Würde bewahren. Sie mußte die drei beeindrucken. Darum war sie fest entschlossen, jede Reisestrapaze ohne das geringste Murren zu ertragen.

Vermutlich hielten die drei sie für verwöhnt und störrisch. Aber sie würde sie eines Besseren belehren! Bislang war ihr Fluchtplan hervorragend aufgegangen. Sie selbst hatte den Wachsoldaten am Tor zur Oberstadt einen Weinschlauch mit einem starken Schlafmittel gebracht und ihnen erklärt, es sei ein Geschenk ihres Vaters, der wünsche, daß jeder freie Mann in der Oberstadt an diesem Abend einen Becher voll Wein bekomme. Da die Wünsche Abu Feisals in der Regel von jedermann als Befehle betrachtet wurden, hatten sich die fünf Wächter beeilt, noch vor ihren Augen den Wein zum Wohl ihres Vaters zu trinken.

Das war vor ungefähr zwei Stunden gewesen, und als sie nun das Tor passierten, lagen die Soldaten schnarchend in ihrer Wachstube.

Hinter dem hohen Tor führte eine breite gemauerte Rampe in die Unterstadt hinab. Der Weg ging dicht an der Garnison und dem Rastullahtempel vorbei, und Melikae murmelte ein kurzes Gebet zu Ehren des einzig wahren Gottes. Im Hain der Gnade hielt die kleine Gruppe an. Die Sharisad zitterte vor Unruhe. Das schwierigste Stück lag noch vor ihnen. Sie mußten das Stadttor passieren, das unter normalen Umständen nicht vor Morgengrauen geöffnet werden würde.

»Du weißt noch, was du sagen sollst?« Fragend blickte sie Fendal an.

Der Nordmann nickte.

Sie gab ihm das sorgfältig gefaltete Schreiben, unter das sie das rote Siegel ihres Vaters gesetzt hatte, und der Thorwaler übernahm die Führung der Gruppe. Widerstrebend streifte sie sich einen schmuddeligen braunen Kaftan über und verhüllte das Haupt mit einem ausgeblichenen Tuch. Schaudernd dachte Melikae daran, was geschehen würde, wenn ihr Vater davon erführe, daß sie sein Siegel mißbraucht hatte. Ein falsches Siegel unter ein Dokument zu setzen, galt in den reichen Händlerfamilien als eines der niederträchtigsten Verbrechen. Sie erinnerte sich, wie man noch heute davon redete, wie vor Jahren einem Schreiber, der ein Siegel gefälscht hatte, beide Hände abgehackt worden waren. Anschließend hatte man den Mann in einen Sack eingenäht und in eines der bodenlosen Schlammlöcher im Salzsee gestoßen.

Ihr Vater galt als äußerst streng in solchen Dingen, und Melikae war sicher, daß er seine Tochter, nur weil sie sein eigen Fleisch und Blut war, nicht schonen würde.

Indem sie das Siegel fälschte, hatte sie für immer mit ihm gebrochen. Vor zwei Stunden noch hatte sie nur das Abenteuer gesehen, das vor ihr lag. Doch jetzt nagten Zweifel an ihr. Wenn erst einmal das Stadttor hinter ihnen lag, gab es kein Zurück mehr.

Melikae drehte sich um und blickte zu der weißen Mauer, die die auf einem Felsplateau gelegene Oberstadt umgab. Dort hatte sie fast ihr ganzes Leben verbracht, und jetzt würde sie nie mehr dorthin zurückkehren können. Sie mußte diese Gedanken verscheuchen! Vor ihr lag eine glänzende Zukunft. Was sie hinter sich ließ, war nicht mehr als ein goldener Käfig. Sie musterte ihre Gefährten. Den stämmigen Thorwaler mit den flammendroten Haaren, den schüchternen Omar, der sie verstohlen beobachtete, wenn er glaubte, sie bemerke es nicht, und Neraida, die sich genau wie sie in Männerkleider gehüllt hatte und ihr Gesicht hinter dem Hattah verbarg, dem großen Kopftuch der Wüstennomaden. Diese drei waren der Schlüssel zu ihrer Zukunft. Sie mußte ihnen trauen.

Fendal winkte ihr zu, sich zu beeilen. Noch einmal prüfte Melikae den Sitz ihres Kopftuchs, dann stieg sie wieder in den Sattel. Bald hatte die Gruppe den Hain durchquert und zog durch die engen Basare, die nach Süden hin zum Stadttor führten.

Es war völlig still. Außer dem dumpfen Schlag der Pferdehufe durchdrang kein Geräusch die Nacht. Melikae erschienen die menschenleeren dunklen Gassen unheimlich. Tagsüber waren die Basare erfüllt vom Geschrei der Handwerker und feilschenden Kaufleuten. Es herrschte dann ein solches Gedränge, daß es fast unmöglich war, in einer Sänfte oder auf einem Reittier die schmalen Gassen zu passieren. Doch jetzt ließ sich nicht einmal eine streunende Katze blicken. Ja, es schien, als sei die Stadt wie ausgestorben. Ob das ein Omen war? War diese unheimliche Stille womöglich ein Zeichen Rastullahs, der sie vor drohendem Unheil warnen wollte?

»Wir müssen uns um dein Pferd kümmern.«

Melikae erschrak. Ganz in ihre düsteren Gedanken versunken, hatte sie nicht bemerkt, wie Omar sein Pferd an ihre Seite gelenkt hatte.

Ohne ein Wort griff er ihr in die Zügel und brachte ihren Hengst zum Stehen. Was war nur in ihn gefahren?

Der ehemalige Sklave sprang aus dem Sattel, kniete neben ihrem Pferd nieder und entfernte die Lumpen, die um die Hufe ihres Pferdes gebunden waren.

Man merkte Omar an, daß er in Freiheit und nicht als Sklave geboren worden war. Wie Neraida vermochte er ihrem Blick länger standzuhalten als die anderen Unfreien im Palast ihres Vaters, die immer scheu zu Boden schauten, wenn sie in ihre Nähe kam. Außerdem schien er nicht dumm zu sein. Es war seine Idee gewesen, die Pferdehufe mit Lumpen zu umwickeln. Erst hatte sie darüber gelacht, denn die Straßen Unaus waren nicht gepflastert, und die Hufe verursachten auf dem festgestampften Sand der Gassen so gut wie kein Geräusch. Doch obwohl Melikae ihren Fluchtplan gut durchdacht hatte, hatte sie die steinerne Rampe vergessen, die in die Unterstadt führte. Sie lag so nahe bei der Garnison, daß man an einigen Stellen mit ausgestrecktem Arm die Mauern der Festung berühren konnte. Wie groß wäre die Gefahr gewesen, daß der Lärm der Hufe einen verschlafenen Wächter auf die Zinnen gelockt hätte!

Melikae lächelte. Man sagte, daß die Stämme in der Wüste allesamt Räuberblut hätten. Und es schien, als habe auch der unscheinbare Omar seinen Teil davon abbekommen.

Es dauerte eine Weile, bis er mit den Pferden fertig war, denn weder Fendal, der offenbar nichts von Pferden verstand, noch Neraida gingen ihm zur Hand. Ein letztes Mal blickte Melikae zu der selbst in der Finsternis noch gut zu erkennenden Mauer der Oberstadt und fast erwartete sie, ihren Vater mit zornig zum Himmel erhobenen Fäusten zu sehen. Dann wandte die Sharisad sich ab und tastete nach dem Talisman, den sie um den Hals trug. Zwei winzige, aus reinstem Zwergengold modellierte Füßchen. Sie sollten sie vor Unfällen schützen, denn nichts fürchtete sie so sehr, wie sich an den Füßen oder Beinen zu verletzen. Sollte ihr das geschehen, dann wäre es vorbei mit ihrer Zukunft als Tänzerin.

Endlich war Omar mit seiner Arbeit fertig, und der kleine Trupp setzte sich wieder in Bewegung. Sie durchquerten noch eine letzte Gasse, schlugen dann einen Bogen und passierten den Platz vor dem Tor. Ein schwerer Balken verriegelte das hohe, zweiflügelige Stadttor. Von den Wächtern war nichts zu sehen, doch hinter den Schießscharten eines der beiden Wachtürme, die das Tor flankierten, schimmerte das gelbliche Licht von Öllampen.

Fendal sprang aus dem Sattel, zog einen Dolch aus

seinem breiten Waffengurt und klopfte mit dem Knauf heftig gegen die Pforte des Turms.

»Aufwachen, ihr verschlafenes Gesindel! Ich reite in einer wichtigen Angelegenheit für Abu Feisal den Prächtigen und verlange, daß man mir umgehend das Tor öffnet.«

Keine zwei Atemzüge später öffnete sich die Tür des Wachturms, und ein unrasierter Mann mit dem gelben Abzeichen der Stadtgardisten auf dem Waffenrock trat heran.

»Was ist so wichtig, das es nicht bis Sonnenaufgang warten kann?«

»Mein Herr, Abu Feisal, schickt mich und diese drei Diener nach Tarfui. Einer seiner Gäste hat ihn beleidigt und behauptet, die Shadif meines Herren seien zwar schön anzuschauen, doch seien sie einem längeren Ritt durch die Wüste nicht gewachsen. Mein Herr hat daraufhin gewettet, daß selbst die geringsten seiner Diener in einem Tag bis nach Tarfui und zurück reiten könnten. Also laß uns passieren, Mann, denn morgen bis Sonnenuntergang müssen wir wieder zurück sein.«

Inzwischen waren zwei weitere Soldaten aus dem Turm gekommen, musterten die prächtigen Pferde und tuschelten miteinander.

Melikae neigte den Kopf und tastete nach dem Schleier, den sie bis unter die Augen hochgezogen hatte. Stumm betete sie zu Rastullah, daß die Männer die Reiter nicht genauso aufmerksam mustern würden wie die Pferde.

»Wozu nehmt ihr die Warenbündel und die überzähligen Pferde auf einen solchen Ritt mit? So werdet ihr doch nur noch langsamer.« Die beiden Soldaten standen jetzt genau vor ihr.

Fendal zuckte mit den Schultern. »Mein Herr wünscht, daß wir an bestimmten Stellen in der Wüste Stoffstreifen an Büsche binden. Die Markierungen sollen beweisen, daß wir tatsächlich bis nach Tarfui geritten sind und unsere Reise nicht mit Hilfe eines Dschinns beschleunigt haben.«

»Welch aufwendige Wette!« Auch der Unrasierte trat jetzt aus dem Turm und musterte die Pferde.

»Prächtige Tiere reitet ihr da. Es ist nur erstaunlich, wieviel Wasser ihr mitnehmt. Wo es doch zu dieser Jahreszeit entlang der Piste genügend Brunnen gibt, die Wasser führen. Dürfen wir vielleicht einmal einen Blick auf die Stoffbahnen in den Bündeln werfen. Wir wollen nur sichergehen, daß der ehrenwerte Abu Feisal nicht bestohlen wird und ...«

Melikae schlug das Herz bis zum Hals. Jetzt war es um sie geschehen. Sie tastete nach dem kleinen Dolch an ihrem Gürtel. Lieber würde sie sich das Leben nehmen als zu ertragen, von den ›Gelbherzen‹, wie man die Stadtwachen abfällig nannte, gefangengenommen zu werden.

»Was nimmst du dir eigentlich heraus, du räudiger Sohn eines Schakals?« Fendal brüllte so laut, daß man es mit Sicherheit bis zu den Wohnhäusern am anderen Ende des Platzes hören konnte. »Du erbärmlicher Bastard, der du wie ein Hund auf der Schwelle seines Herren hier am Kannemünder Tor auf Wache liegst. Sieh dies Schreiben, welches das Siegel meines Herren trägt! Und wenn du mir nicht glaubst, daß ich in seinem Auftrag handele, dann halt mich hier fest und sorg dafür, daß der prächtige Abu Feisal durch dich mehr Gold verliert, als deine ganze jämmerliche Sippe zusammen in den nächsten hundert Jahren besitzen wird.«

Der Anführer der Wachen war ein Stück zurückgewichen und hob beschwichtigend die Arme, doch Fendal beachtete diese Geste nicht und schimpfte weiter.

»Ich weiß ja, daß du in deinem Leben wohl noch kein edleres Reittier als eine ausgemergelte Ziege besessen hast, doch solltest du wenigstens schon davon gehört haben, daß man einem Shadif nicht ohne Not das brackige, salzhaltige Wasser in den Brunnen an dieser

Piste zumuten sollte. Wir führen Wasser aus der eigenen Quelle unseres Herrn mit, um die edlen Hengste unterwegs zu tränken, du hirnloser Tor!«

Der Soldat legte die Hand auf den Griff seines Säbels. Er zitterte am ganzen Leib vor Wut. Leider hatte Fendal nicht das mindeste Feingefühl in der hohen Kunst des Beleidigens. Seine Worte hätten schon einen einfachen Mann in Raserei versetzt. Doch ein Krieger konnte solche Beleidigungen nicht auf sich sitzen lassen. Er mußte den Thorwaler zum Kampf fordern, oder er würde auf immer sein Gesicht verlieren.

Doch bevor der Soldat seinen Säbel ziehen konnte, fielen ihm seine Kameraden in den Arm.

»Laß das, Achmuded! Du machst dich unglücklich! Besudle deine Waffe doch nicht mit dem Blut eines nichtswürdigen Ungläubigen.«

»Ich werde ihn aufschlitzen und sein Gedärm an die Schweine meiner Schwiegermutter verfüttern«, zischte Achmuded. »Laßt mich los!«

Einer der Krieger wandte sich zu Fendal um.

»Ich habe das Siegel Abu Feisals erkannt. Jetzt steigt ab und öffnet euch selber das Tor. Und beeilt euch, denn ich weiß nicht, wie lange wir unseren Freund in seinem gerechten Zorn noch halten können.«

»Laßt ihn doch los und ...«

»Wir danken euch für den Edelmut, mit dem ihr das Leben unseres Freundes schützt«, unterbrach Omar den Thorwaler.

Melikae atmete erleichtert auf. Weder sie noch Neraida hätten sich in den Streit einmischen können, ohne sich durch ihre Stimme zu verraten.

Indessen sprang Omar aus dem Sattel und schob den schweren Torbalken aus seiner Halterung.

»Hilf mir schon, du flammenhaariger Hitzkopf!«

Fendal zögerte. Er schien zu bedauern, daß er nicht dazu gekommen war, mit dem Wachtposten die Klinge zu kreuzen.

Melikae lenkte ihr Pferd näher an ihn heran.

»Jetzt mach endlich, daß du aus dem Sattel kommst, und hilf Omar, bevor die Wachen vielleicht doch noch merken, was hier gespielt wird.«

Ärgerlich brummelnd stieg Fendal ab und packte mit an.

Als erste passierte Melikae das hohe Tor. Besorgt blickte sie nach Osten. Schon begann der Nachthimmel über den fernen Berggipfeln heller zu werden. Es würde nur noch wenig mehr als eine Stunde dauern, bis die Sonne aufging. Ihnen blieb nicht mehr viel Zeit, um einen Weg auf den gefährlichen Salzsee zu finden. Vielleicht war schon jetzt der Diebstahl der Pferde entdeckt und das Haus ihres Vaters in Aufruhr. Allzubald würde Melikae wissen, ob Rastullah ihrer Sache wohlgesonnen war oder den gerechten Zorn ihres Vaters unterstützte.

Wenn sich ein Salzgänger zwei Dinge nicht leisten konnte, dann waren es Eile und Angst. Mehr als eine Stunde ritten sie nun schon am Rand des Cichanebi, ohne daß Neraida sich entscheiden konnte, ihre Herrin und die anderen auf die unsichere Kruste des großen Salzsees zu führen.

Immer wieder musterte sie mit zusammengekniffenen Augen die zerklüftete Ebene vor ihr, um dann den anderen einen Wink zu geben, noch ein Stück weiter gen Norden zu reiten.

Es waren Jahre vergangen, seit Neraida zum letzten Mal am Ufer des großen Salzsees gestanden hatte. Noch heute quälte sie in Alpträumen die Erinnerung an den letzten Tag, den sie am Cichanebi verbracht hatte. Ihr Vater hatte gerade ein Geschäft mit dem Besitzer einer großen Salzkarawane abgeschlossen. Nur wenige Tage zuvor war ihre Mutter verschwunden. Neraida war sich damals sicher, daß der See sie verschlungen hatte, als sie nach neuen Salzklippen suchte, die geeignet waren, aus ihnen jene großen Platten zu schneiden, mit denen die Salzgänger Handel trieben.

Doch ihr Vater wollte davon nichts wissen. Statt zu trauern, raste er vor Wut und behauptete, sie sei geflohen, um den Ungläubigen zu suchen, mit dem sie ihren Bankert in die Welt gesetzt hatte. Ihr Vater war nie freundlich zu ihr gewesen. Aus lauter Bosheit hatte er sie nach Art der Salzgänger tätowieren lassen, weil ihm einige seiner Freunde Komplimente über seine hübsche kleine Tochter machten. Daß sie, Neraida, in Wirklichkeit ein Bastard war, hatte ihr Vater nie öffentlich eingestanden. Bis zu jenem Tag, da ihre Mutter verschwunden war.

Als aber ihr verachtenswerter Stand bekannt war, erhob niemand seine Stimme, als ihr Vater sie, nach Abschluß des Geschäftes mit dem reichen Salzhändler Abu Feisal, gegen zwei junge Kamele eintauschte. All ihr Schreien und Weinen hatten den Vater und auch alle anderen kalt gelassen. Niemand fand etwas Besonderes daran, daß er den Bastard verkaufte, den seine Frau ihm untergeschoben hatte.

Die Sklavenaufseher Abu Feisals mußten sie auf einem Lastkamel festbinden, um sie vom Cichanebi fortzubringen. Immer wieder war sie im Haus des reichen Kaufmanns ausgepeitscht worden, weil sie zu fliehen versucht hatte. Erst als Melikae sie zu ihrer Zofe ausgewählt hatte, waren bessere Zeiten für sie angebrochen. Ihre neue Herrin hatte ihr sogar versprochen, sie freizulassen, sobald sie das ferne Königreich jenseits der Wüste erreichten.

Doch ihr Traum, endlich wieder frei zu sein, wäre so schnell vergangen wie ein Bild, das man in den Sand zeichnete, wenn sie nicht bald einen sicheren Weg zum Salzsee fände.

Der Cichanebi war nicht einfach eine riesige Fläche weiß schillernden Salzes mitten in der Wüste. Hier mengten sich Treibsandfelder mit Hunderten von Quellen und Geysiren, die in unregelmäßigen Abständen eine trübe Brühe aus Salzwasser und Sand ausspien. An einigen Stellen hatten sich so kleine Seen gebildet, deren oberste Kruste durch die sengende Hitze ausgetrocknet und fest geworden war. Doch noch immer waren irgendwo tief unter der Salzdecke die Geysire tätig, so daß man nie völlig sicher sein konnte, ob der trügerische Salzboden nicht plötzlich unter einem aufbrach. Allein ein erfahrener Salzgänger erkannte, wo die Kruste dick genug war, um einen Mann oder sogar ein Pferd zu tragen. Doch selbst solche Veteranen irrten sich gelegentlich, und es schien ein ehernes Gesetz zu sein, daß niemand, der seinen Lebensunterhalt dem Salzsee abrang, an Altersschwäche starb. Die ungewöhnliche Beschaffenheit des Sees bewirkte auch, daß er keine ebene Fläche bildete. Der Druck der unterirdischen Quellen hob die Salzkrusten, die sich gebildet hatten, langsam in die Höhe, bis sie irgendwann zerbrachen. Der größte Teil der Salzkruste versank dann in den bodenlosen Tiefen des Sees, doch jene Blöcke, die an festem Grund anhafteten, blieben stehen und wurden mit der Zeit vom Wind, der ständig feinen Sand und Salzsplitter mitführte, zu bizarren Klippen geschliffen, die manchmal von Ferne an Menschen erinnerten. Einige der alten Sklaven ihres Vaters hatten sogar behauptet, daß die Seelen derer, die vom Cichanebi verschlungen worden waren, auf diese Weise versuchten, wieder zu einem Körper zu gelangen.

An anderen Stellen, wo die Salzgeysire auf sicherem Boden lagen, bildete ihr Auswurf über die Jahrhunderte regelrechte kleine Berglandschaften aus erstarrter Salzlohe. Dies waren die Orte, die die Salzgänger suchten, weil sich hier das weiße Gold der Khom am ungefährlichsten abbauen ließ. Doch gute Plätze waren selten, denn oft waren dem Salz andere Stoffe beigemengt, die es für Mensch und Tier ungenießbar machten und nicht einmal die Verwendung in den Becken der Gerbereien erlaubte.

Einige dieser Quellen stießen zugleich mit der Schlacke, die in Fontänen bisweilen viele Schritt hoch in den Himmel stieg, stinkenden und manchmal sogar giftigen Rauch aus. Auch gab es einen Ort, an dem ein alter Mann eine Quelle bewachte, deren Dämpfe es jedem, der sie einatmete, erlaubten, in die Zukunft zu sehen. Doch dorthin hatte ihr falscher Vater Neraida niemals mitgenommen. Vielleicht war es auch besser so, denn hätte sie als junges Mädchen um ihre Zukunft gewußt, so hätte sie freiwillig den Tod auf dem großen Cichanebi gesucht.

»Bei Swafnir, seht nur dort hinten!«

Fendals Stimme riß Neraida aus den Gedanken. Der Leibwächter zeigte nach Süden, wo irgendwo jenseits des Horizonts Unau lag. Dort war eine kleine Staubwolke zu erkennen.

»Reiter!« Fendal drehte sich um und spuckte vor Neraida in den Sand. »Weißt du, Kleine, noch können wir uns aussuchen, ob wir auf dem Salzsee krepieren oder in Unau hingerichtet werden wollen. Der Sharisad werden sie wahrscheinlich verzeihen, aber uns nicht. Führ uns jetzt auf diesen verdammten See, oder ich reite ohne dich.«

»Noch ein paar Stunden, und du wirst eine Zunge wie eine vertrocknete Dattel haben. Dann wirst du bedauern, daß du vor mir ausgespuckt hast, Großmaul. Und was deinen Übermut angeht, reite nur ruhig hundert Schritt in die Richtung dort, und du wirst samt Pferd auf immer verschwunden sein.« Neraida hätte es am liebsten gesehen, wenn der Thorwaler sich abgesetzt hätte. Sie verabscheute den grobschlächtigen Krieger.

Doch leider hatte er recht. Auch wenn sie noch keine wirklich günstige Stelle gefunden hatte, um auf den See zu reiten, blieb ihnen keine Wahl.

»Steigt von den Pferden und folgt mir!« Neraida schwang sich aus dem Sattel. Vorsichtig setzte sie einen Fuß vor den anderen.

Der Cichanebi hatte kein deutlich zu erkennendes Ufer wie andere Seen. In seinen Randgebieten mischten sich Salz und feiner Staub. Bis zu den Salzquellen, die weiter im Westen lagen, war es noch fast ein halber Tagesmarsch. Doch auch das Randgebiet war nicht ungefährlicher als die trügerischen Salzflächen, die sie noch erwarteten, denn es gab hier ausgedehnte Treibsandfelder.

»Bleibt genau in meiner Spur.« Ein leichtes Prickeln lief der Salzgängerin durch sämtliche Glieder, und eine Unruhe ergriff sie, die sie unbedingt überwinden mußte, oder sie würde Fehler begehen.

Ihre halbe Kindheit hatte sie auf dem See verbracht, und als sie die Geheimnisse der Salzgänger gelernt hatte, war sie auch oft allein unterwegs gewesen, um nach neuen Lagerplätzen zu suchen. Doch nie hatte sie eine Gruppe geführt. Bisher war es immer nur um ihr Leben gegangen.

»Omar, nimm die Palmwedel, die wir in dem Hain vor der Stadt abgeschnitten haben. Du gehst als letzter und verwischst sorgfältig unsere Spur.«

Der Novadi nickte kurz und gehorchte. Neraida mochte den zurückhaltenden jungen Mann. Er war ihr schon aufgefallen, bevor er nach dem Kampf mit dem Löwen zum Helden geworden war. Irgendwie konnte sie sich nicht damit abfinden, daß er ein freier Mann war und sie noch immer eine Sklavin. Für sie hatte sich durch seine Tat nichts geändert. Man wird schließlich kein anderer Mensch, nur weil man einen Löwen tötet. Erst der lange Weg durch die Wüste würde ihn wirklich verändern! Hier wären sie alle dem Tode nahe. Und sie würden nur überleben, wenn sie einander hülfen. Wenn sie die Goldfelsen hinter sich gelassen hätten, dann wären sie wirklich frei. Vielleicht würde Omar bis dahin auch begriffen haben, wie sinnlos es war, die Sharisad zu lieben. Er hatte ihr nichts zu bieten. Melikae liebte keinen Mann um seiner selbst willen. Sie liebte nur den, der sie näher zu ihrem Ziel brachte. Wie lange Omar wohl brauchen würde, um das zu erkennen? Neraida schüttelte den Kopf. Sie durfte sich jetzt nicht von solch finsteren Gedanken ablenken lassen. Sie mußte den Sand beobachten! Mußte einen ungefährlichen Weg finden!

»Uns bleibt nicht einmal so viel Zeit, wie fünfzig betrunkene Rojer brauchen, um eine Otta aus dem Hafen von Thorwal zu bringen, dann haben uns die Reiter.«

Neraida blickte über die Schulter. Mit Fendals merkwürdigen Zeitangaben konnte sie wohl genausowenig anfangen wie die anderen, die ebenfalls nach Süden blickten. Die Staubwolke am Horizont war größer geworden und deutlich näher gekommen. In ihrer Mitte, dicht am Boden, ballte sich eine dunkle Masse. Es mußten mindestens zehn Reiter sein, die ihnen folgten. Vielleicht sogar noch mehr.

Fendal fing an, ein Lied in einer unverständlichen Sprache zu singen. Er hatte seine Axt vom Pferd genommen und hielt sie fast wie ein Kind im Arm.

»Sagt Ihr bitte Eurem Leibwächter, daß ich nicht auf die Stimme des Sandes lauschen kann, wenn er sein Totenlied singt, Herrin!«

Neraida hätte den Rothaarigen am liebsten in die Niederhöllen geschickt. Sie durfte sich jetzt nicht ablenken lassen! Auf tausend kleine Zeichen mußte sie achten. Die Art, wie der Wind den Staub vor sich her trieb, und die komplizierten Wellenmuster, die er in den Sand malte, vermochten den Kundigen vor trügerischem Grund warnen. Selbst auf das Knirschen des Sandes unter ihren Füßen mußte sie achten.

Der Boden war hier ungewöhnlich weich. Bei jedem Schritt versank sie mehr als knöcheltief in dem feinen Gemisch aus Staub und Salz.

Die Sharisad führte einen kurzen, aber scharfen Wortwechsel mit dem Thorwaler. Schließlich hörte er auf zu singen und brummelte nur noch leise irgendeine Melodie vor sich hin.

»Tut mir leid, aber er weigert sich, ganz still zu sein.« Melikaes Stimme klang zugleich gereizt und ergeben. »Er behauptet, er müsse Frieden mit seinem Gott schließen. Swafnir oder so ähnlich heißt das Götzenbild, das er anbetet. Ich glaube, es ist ein großer Fisch.«

»Dann haben wir hier mitten in der Wüste ja sehr viel Hilfe von seinem Götzen zu erwarten und ...« Neraida verharrte. Ihr Fuß war gerade ein klein wenig tiefer eingesunken als noch beim Schritt zuvor. Sie hob den Arm, damit die anderen stehenblieben. Jetzt spürte sie deutlich einen leichten Sog. Ihr Fuß versank weiter. Ängstlich trat sie ein Stück zurück.

Als hätte sich eine eiserne Hand um ihren Fuß geschlossen, so hielt der Sand sie fest. Schließlich befreite sie sich mit einem energischen Ruck, wobei es ihr fast den Stiefel vom Fuß gezogen hätte. Aufmerksam musterte sie das Wellenmuster, das der Wind hier auf den Boden gezeichnet hatte. Dann winkte sie den anderen, scharf nach links abzubiegen.

»Verwisch hier besonders gründlich die Spuren!« befahl sie Omar und setzte mit weitausholenden Schritten ihren Weg fort. Neraida war stolz auf sich. Sie hatte die tödlichen Tücken dieses Wegabschnittes erkannt und sich selbst bewiesen, daß sie das Wissen ihrer Kindheit nicht verloren hatte.

Währenddessen waren die Verfolger stetig näher gekommen, doch ohne Salzgängerin konnten sie dieses Tempo unmöglich beibehalten. Neraida führte ihre Gefährten in einem weiten Bogen um eine mehr als zwanzig Schritt durchmessende Treibsandzone, um dann ihren ursprünglichen Weg wiederaufnehmen zu können. Der Wind war ein wenig aufgefrischt und trieb jetzt dichte Sandschleier um ihre Füße. Zwar würden so ihre Spuren vollständig ausgelöscht, und dafür dankte Neraida Rastullah, doch dafür wurde es jetzt noch schwieriger, rechtzeitig die Treibsandflächen zu erkennen.

Ein wilder Schrei erklang hinter ihnen. Die Reiter hatten jetzt ungefähr jene Stelle erreicht, an der sie selbst erst vor wenigen Minuten abgesessen waren. Es waren Gelbherzen. Neraida glaubte sogar, in dem Anführer jenen unrasierten Krieger zu erkennen, der in der Nacht das Kommando am Kannemünder Tor gehabt hatte.

»Kommt zurück … zwecklos … der Prächtige … gnädiger Tod …«

Der Wind verwehte die Worte des Kriegers. Er winkte ihnen mit beiden Armen. Dann gab er seinen Männern ein Zeichen, von den Pferden zu steigen. Sie waren mit Bogen bewaffnet.

»Was sollen wir tun?« Melikae war totenbleich. »Habt ihr verstanden, was sie gerufen haben?«

»Solange diese Banditen da hinten stehenbleiben, sind wir in Sicherheit.« Fendal streichelte bei seinen Worten den Schaft seiner großen Axt. »Wenn sie sich entschließen, näher zu kommen, wird das auch nicht schwierig werden.«

Neraida biß sich auf die Lippen, um nicht laut aufzulachen. Der Thorwaler litt jedenfalls nicht an falscher Bescheidenheit. Zwölf Soldaten waren ihnen gefolgt, und ein einzelner Mann hätte schon eines Zauberschwertes bedurft, um mit ihnen fertig zu werden.

Wieder schrie deren Anführer ihnen etwas zu, doch diesmal konnte man gar nichts mehr verstehen. Dann hoben die Soldaten auf sein Zeichen ihre Bogen und schossen. Neraida schloß die Augen und murmelte Rastullahs Namen. Einige Augenblicke lang hielt sie in banger Erwartung den Atem an. Dann hörte sie den Thorwaler lachen. »Diese Süßwasserpiraten. Stümperhafte Kameldiebe!« Alle Pfeile waren mehr als zwanzig Schritt vor ihnen im Boden eingeschlagen.

Noch einmal spannten die Soldaten ihre Bogen. Diesmal hielten sie die Waffen steil gegen den Himmel gerichtet.

Wie ein Schwarm böser kleiner Vögel stiegen die Geschosse steil in den Himmel. Dann kippten sie nach vorn über, flogen in weitem Bogen auf sie zu und schlugen ein klein wenig dichter bei ihnen ein.

»Teigarmige Polypen! Lernt erst einmal schießen, bevor ihr euch mit Fendal Ognisson anlegt, ihr schwanzlosen Skorpione!«

»Laßt uns weitergehen!« Neraida war sich jetzt sicher, daß die Gelbherzen keine Gefahr mehr für sie bedeuteten. Ohne einen Salzgänger würden sie es nicht wagen, ihnen zu folgen. Sie hatten es geschafft! Zumindest vorläufig.

Wild gestikulierend redete der Anführer der Gelbherzen auf seine Krieger ein. Offensichtlich wollte er die Verfolgung noch nicht aufgeben.

»Kommt schon! Bis es dunkel wird, müssen wir festeren Grund erreichen. Auch wenn euch der Boden hier sicher erscheint, ist es nicht ratsam, mitten im Treibsand zu lagern.«

Doch die anderen wollten nicht auf Neraida hören. Noch immer starrten sie zu den Verfolgern herüber.

»Sie werden nicht aufgeben«, murmelte Omar halblaut. »Das ist eine Frage der Ehre. Ihr Anführer kann es nicht wagen, ohne uns in die Stadt zurückzukehren. Selbst wenn er den Zorn Abu Feisals überlebte, würde seine Sippe ihn verstoßen.«

»... Memmen? ... ein paar Frauen ... Sklaven ...« Der Offizier war wieder aufgesessen und hatte seinen Säbel gezogen. Während sein Pferd unruhig auf der Stelle tänzelte, schien er seinen Männern eine Rede über Ehre zu halten. Plötzlich riß er sein Pferd herum und trieb das Tier mit wilden Schlägen an, um ihnen zu folgen. Einige Augenblicke lang verharrten die Reiter und blickten ihrem Anführer nach. Dann löste sich erst einer und dann noch einer aus der Gruppe, um ihm zu folgen. Schließlich gaben auch die übrigen ihren Pferden die Sporen, um säbelschwingend auf sie zuzureiten.

»Bei Swafnirs Flossen, jetzt können wir uns auf einen heißen Tanz gefaßt machen.«

»Reich mir eine Waffe, Fendal! Wir müssen die Frauen verteidigen, und ich möchte nicht sterben wie ein Sklave.«

Der Thorwaler warf Omar einen mürrischen Blick zu. Dann zog er sein Schwert aus dem Gürtel und hielt es ihm hin. »Damit wirst du doch wohl klarkommen, oder?« Statt einer Antwort griff Omar nach der Waffe.

Melikae hatte die Hände in die Hüften gestemmt und erwartete, ohne mit der Wimper zu zucken, den Angriff der Reiter. Sie hat es leicht. Ihr werden die Gelbherzen mit Sicherheit nichts tun, dachte Neraida. Unruhig blickte sie sich um, aber auf der fast völlig ebenen Sandfläche gab es kein Versteck. Jetzt blieb nur noch zu hoffen, daß sie sich, was die Beschaffenheit des Treibsands anging, nicht geirrt hatte.

Plötzlich stürzte das Pferd des Anführers und begrub den Reiter unter sich.

»Rastullah sei Dank!« Neraida warf sich auf die Knie und hob die Hände zum Himmel. Ihr Plan war aufgegangen.

Die anderen Reiter rissen die Zügel herum, um ihre Pferde im vollem Galopp zu bremsen. Doch für zwei war es schon zu spät. Verzweifelt wiehernd strauchelten die Tiere.

Die Gelbherzen waren geradewegs in die tödliche Falle geritten. Der Anführer der Reiter hatte es irgendwie geschafft, sich unter seinem Pferd hervorzukämpfen. Er war bereits bis zu den Hüften im Sand versunken. Seine Gefährten aber hatten sich etliche Schritt weit zurückgezogen.

»Helft mir!« Sein Gesicht war vor Schreck verzerrt. »Bitte!«

»Was sollen wir jetzt tun?« Fendal hatte seine Axt in den Gürtel geschoben und blickte Neraida fragend ins Gesicht.

»Gar nichts.« Die Stimme der Zofe zitterte leicht. »Wir können nichts für ihn tun. Wenn du bis über die Knie eingesunken bist, kann dir niemand mehr helfen. Er kann nur noch beten, daß ihm Rastullah gnädig gesonnen ist. Wenn er eine schlechte Stelle erwischt hat, wird er, nachdem er erst einmal bis zur Brust versunken ist, nur noch sehr langsam weiter in die Tiefe gezogen.«

»Aber wir können doch nicht einfach hier stehen und dabei zusehen, wie die armen Kerle verrecken.«

»Du hast recht, Fendal. Wir sollten gehen.« Neraida war über ihre eigenen Worte erschrocken. War es ihre Verachtung für den Ungläubigen, die sie so kaltherzig machte?

»Sie hat recht.« Omar war neben den Thorwaler getreten. »Sie haben genau gewußt, in welche Gefahr sie sich begeben, als sie uns gefolgt sind. Wenn ihr Anführer kein feiger Hund wäre, hätte er nicht um Hilfe gerufen. Als Krieger vom Stamm der Beni Khibera hat er sein ganzes Leben im Umkreis von hundert Meilen um den Cichanebi verbracht. Er weiß, daß es für ihn keine Rettung mehr gibt. Wahrscheinlich hofft er, dich mit seinen Schreien auch noch ins Verderben zu locken.«

»Kommt jetzt!« Neraida griff nach den Zügeln ihres Pferdes und blickte zum Himmel. Die Sonne stand schon hoch. Es blieben noch höchstens drei Stunden bis zur Mittagsstunde. Bis dahin mußten sie das Treibsandgebiet hinter sich gelassen und einen halbwegs sicheren Rastplatz gefunden haben, denn in der Mittagshitze wäre es unmöglich, noch weiter zu gehen.

Fendal fluchte leise vor sich hin. Wenn sie nur wenigstens wieder im Treibsandgebiet wären. Diese verfluchte kleine tätowierte Sklavin hatte sie mitten in die Hölle hineingeführt. Ängstlich blickte er sich um. Drei Tage waren sie jetzt schon auf diesem gräßlichen See und noch immer war kein Ende abzusehen. Neraida sagte zwar immer wieder, sie werde sie geradewegs zum Manekh-Chanebi führen, einem Gebirgszug irgendwo im Westen des Salzsees, doch bislang war von den Bergen noch nichts zu sehen.

Zwei Pferde hatten sie schon auf diesem verfluchten See verloren, und einmal war er selbst ein Stück durch die Salzkruste gebrochen. Die Hitze hatte ihm einen Streich gespielt. Er hatte nur ein paar Schritt entfernt ein Wasserloch gesehen und war ein wenig vom Weg abgewichen.

Ein paar Schritt zuviel.

Fendal hatte es mittlerweile aufgegeben, sich um die trügerischen Wasserlöcher zu scheren, die er immer wieder ganz nahe beim Weg zu sehen glaubte. Eine Lektion war ihm genug. Er wich jetzt keinen Fingerbreit mehr von der Spur Neraidas ab.

Er würde die Lichtspiegelungen einfach nicht beachten. Auch die Salzeruptionen, die es hin und wieder zu sehen gab, erschreckten ihn nicht mehr. Obwohl sie bedenklich an jene Wasserfontänen erinnerten, die große Wale ausbliesen. Manchmal dachte er darüber nach, ob unter der Salzkruste nicht irgendwelche gräßlichen Ungeheuer leben mochten. Geschöpfe, groß wie Wale. Vielleicht gab es in Wirklichkeit gar keine Geysire? Dem Thorwaler schauderte. Er wußte, daß dieses verfluchte Land hier einmal von den Kindern Hranngars, der großen Schlange, bewohnt gewesen war.

Erst vor kurzem, unter dem Sultanat des Abu Tarfidem Tuametef al-Leram, hatte es Gerüchte in Unau gegeben, daß irgendwelche Echsenkreaturen hier ihr Unwesen trieben.

Fendal haßte Gerüchte! Vor etwas Greifbarem hatte er keine Angst. Angst war ohnehin das falsche Wort. Schließlich war er ein Thorwaler, und Thorwaler hatten vor nichts Angst. Es gab höchstens Dinge, die ihnen ein ungutes Gefühl bereiteten. Aber Angst – nein, Angst kannten sie nicht.

Dieses ungute Gefühl plagte ihn allerdings mit jeder Stunde mehr, seitdem sie auf dem Salzsee unterwegs waren. Sie befanden sich jetzt in einem Gebiet eigenartiger Salzklippen. Merkwürdige, vom Wind geschliffene Blöcke, die auf größere Entfernung manchmal wie Lebewesen aussahen. Wenn die kurzen Morgenstunden verstrichen waren, wurde es so heiß über dem See, daß sich die Luft am Horizont in flüssiges Glas zu verwandeln schien. Dieses Naturschauspiel erzeugte oft die Vorstellung, daß Dinge, die in Wirklichkeit fest auf ihrem Platz standen, sich bewegten.

Eine Zeitlang hatte Fendal am ersten Tag überlegt, ob er auch diese merkwürdigen Erscheinungen gänzlich übersehen sollte. Doch mittlerweile wußte er, daß sich das keiner leisten konnte, der den Salzsee überquerte. Irgend etwas belauerte einen auf dem See, und Fendal war sicher, wenn seine Aufmerksamkeit erlahmte, würde es zuschlagen.

Der Thorwaler blieb stehen und blickte sich noch einmal um. Er ging jetzt am Ende der Gruppe. Neraida widmete ihre Aufmerksamkeit offensichtlich wieder ausschließlich dem Wegstück, das vor ihnen lag. Dabei war es mindestens genauso wichtig zu beobachten, was sich in ihrem Rücken tat.

Müde wischte er sich über die Stirn und betrachtete den feinen weißen Salzstaub an seinen Fingern. Die Gesichter der anderen waren weiß vom Salz, und er wußte, daß er selbst nicht besser aussah. Über dem See wehte ständig ein leichter Wind, der winzige Salzkristalle mit sich trug. Dieser feine Staub setzte sich überall fest. Er klebte auf der Haut und machte sie spröde und rissig. Er setzte sich in den Kleidern fest und scheuerte die Haut wund. Doch am unangenehmsten war es, den Salzstaub in Nase und Mund zu haben.

Die kleine Sklavin hatte tatsächlich recht gehabt. Seine Zunge fühlte sich jetzt an wie eine verdorrte Dattel.

Ihn verlangte es nach Bier! Ein ganzes Faß hätte er leertrinken können. Fendal dachte an Krüge, über deren

Ränder flockiger weißer Schaum quoll. Was hätte er nicht alles für einen einzigen Krug voll Bier gegeben. Selbst das abgestandene Wasser in den Lederschläuchen erschien ihm wie eine Köstlichkeit, obwohl er unter normalen Umständen nicht einmal einem räudigen Maulesel eine solche Brühe zu trinken gegeben hätte. Aber hier war alles anders. Außer an die verborgenen Gefahren des Salzsees dachte er nur noch ans Trinken. Schon am ersten Tag hatte Neraida das Wasser streng eingeteilt. Jeder von ihnen bekam einen Schlauch voll Wasser pro Tag. Für jedes Pferd gab es zwei Schläuche.

Zunächst hatte Fendal geglaubt, das sei sehr großzügig bemessen. Schließlich war er nicht zum ersten Mal in der Wüste unterwegs, und er hatte es gelernt, Durst zu ertragen. Doch es war ein Fehler gewesen, den Cichanebi mit der Wüste zu vergleichen.

Die Hitze allein hätte er sicher leicht ertragen. Es war dieser verfluchte Salzstaub, den man mit jedem Atemzug in den Mund bekam, der es so unerträglich machte, den See zu überqueren. Am ersten Tag hatte er immer dann getrunken, wenn sein Mund so trocken gewesen war, daß er mit der Zunge die rissigen Lippen nicht mehr anfeuchten konnte. Doch das war falsch gewesen. Lange bevor es dunkel wurde, hatte er seinen Schlauch leergetrunken.

Wütend ballte Fendal die Fäuste. Er hatte sich zu Tode blamiert. Am Ende jenes Tages hatte ihm der Durst alle möglichen Trugbilder vorgegaukelt. Wie betrunken war er hinter seinem Pferd hergetaumelt und immer wieder der Länge nach hingestürzt. Schließlich hatten die anderen angehalten. Neraida war zu ihm gekommen und hatte ihm etwas aus ihrem Schlauch zu trinken gegeben. Seit dem Augenblick, in dem er an jenem Abend ihren Wasserschlauch gesehen hatte, war er davon überzeugt, daß die tätowierte Sklavin eine Hexe war. Obwohl sie sogar einen etwas kleineren Lederschlauch als er selbst trug, war er noch fast halbvoll Wasser gewesen.

Das war Zauberei! So etwas konnte nicht mit rechten Dingen zugehen. Das hatte auch nichts mehr damit zu tun, daß er ein Thorwaler war und die Wüstenhitze schlechter ertrug. Schließlich hatte er genau gesehen, wie schlaff und leer die Wasserschläuche von Omar und Melikae gewesen waren. Obwohl sie im Land der ersten Sonne geboren waren, brauchten sie nicht weniger Wasser als er. Wütend stampfte Fendal mit dem Fuß auf. Er würde es dieser Hexe zeigen. Sein Wille war mindestens genauso stark wie ihre Zauberei!

Er brauchte eine Richtschnur, irgendeine Zeiteinteilung, an die er sich halten konnte. Also hatte er sich am zweiten Tag nach der Sonne gerichtet. Doch auch das war vergebens, denn der quälende Durst gaukelte ihm – kaum daß er seinen Wasserschlauch wieder ans Sattelhorn gehängt hatte – sogleich vor, es sei eine Ewigkeit vergangen, seit er das letzte Mal getrunken hatte. Ja, er hatte sogar einmal den Eindruck, die glühende Sonnenscheibe sei am Himmel stehengeblieben und der Fluß der Zeit zum Stillstand gekommen.

Als sie dann während der Mittagsstunden rasteten, hatte ihm Omar verraten, wie er sich sein Wasser einteilte. Der Novadi zählte jeden seiner Schritte. Jedesmal wenn er neunundneunzig Schritt gemacht hatte, knüpfte er einen Knoten in eine Lederschnur, die von seinem Gürtel hing. Sobald neun Knoten in der Schnur waren, gönnte er sich einen Mund voll Wasser. Dann löste er alle Knoten wieder und begann von vorn zu zählen. Erst war Fendal dieses System unheimlich gewesen. Er vermutete, daß irgendeine Art von Magie mit der Zahl neun zusammenhing. Er wußte, daß die Neun den Novadis als heilig galt, und das allein machte das System schon verdächtig. Vielleicht war mit der Zählerei irgendein Ritus verbunden? Immerhin waren die Novadis allesamt üble Ketzer, denen man in Fragen der Himmlischen nicht trauen durfte. Behaupteten sie doch steif und fest, es gebe nur einen Gott! Dabei wußte in

Thorwal schon jedes kleine Kind, daß es Swafnir und noch zwölf weitere Götter gab. Schließlich hatte Fendal sich dazu durchgerungen, Omars merkwürdiges System des Schrittezählens zu übernehmen. Nur zählte er nicht bis neunundneunzig, sondern bis hundert und gönnte sich erst bei jedem zehnten Knoten einen Schluck Wasser. So konnte er sicher sein, daß er nicht ohne sein Wissen dem Wüstengott Rastullah huldigte.

Wieder blieb Fendal stehen und suchte den Horizont nach Verfolgern ab. Doch außer verformten Salzklippen war nichts zu sehen oder …

Er stutzte. Im Westen hatte sich der Horizont ein klein wenig verändert. Das Blau des Himmels schien dicht über dem Streifen flimmernder Luft, der über der Salzwüste lag, ein wenig dunkler zu sein. Der Thorwaler hob die Linke, um die Augen gegen das gleißende Sonnenlicht abzuschirmen. Jetzt war er ganz sicher. Dort hinten lagen Berge! Neraida hatte ihren Weg also doch nicht verfehlt! Plötzlich hatte er das Gefühl, daß alle Kraft zurückkehrte, die die Wüstensonne aus seinem Körper gebrannt hatte. Ja, er fühlte sich wie ein Schiffbrüchiger, der endlich ein rettendes Ufer erblickte.

»Seht doch nur! Land, Land in Sicht!«

Die anderen blieben stehen, drehten sich um und blickten ihn verdutzt an.

»Seht ihr denn nicht? Land …« Fendal lachte laut auf. »Ich meine natürlich die Berge. Wir haben es geschafft!«

Neraida schüttelte den Kopf. »Du hast das Wesen des Cichanebi noch immer nicht begriffen. Wir sind hier nicht auf dem Meer! Selbst wenn dein Ziel weniger als eine Meile entfernt zu sein scheint, heißt das gar nichts.«

»Warum?« Fendal baute sich breitbeinig vor Neraida auf. Er hatte schrecklichen Durst, wunde Füße und keine Lust auf die Nörgeleien dieser tätowierten Hexe.

»Warum?« Die Sklavin machte eine große Geste und drehte sich dabei halb zu den anderen um. »Weil wir nicht wissen, ob auf dem Weg Treibsandfelder liegen oder Geysire, die uns mit heißem Schlamm verbrühen, wenn wir ihnen zu nahe kommen. Vielleicht erwarten uns auch weite Strecken, auf denen die Salzkruste zu dünn ist, um uns zu tragen. Oder wir stoßen auf breite Spalten in der Salzkruste und müssen etliche Meilen laufen, um einen sicheren Übergang zu finden. Es kann sogar sein, daß wir wieder ein ganzes Stück zurückgehen und einen neuen Weg suchen müssen, um den Bergen näher zu kommen. Soll ich dir noch ein Dutzend Gründe nennen, warum es bedeutungslos ist, daß wir die Berge des Manekh Chanebi vor uns sehen?«

»Laß ihn in Ruhe, Neraida!« mischte sich Melikae ein. »Fendal ist ein Fremder im Land der ersten Sonne. Wie sollte er die Tücken des Cichanebi so gut kennen wie du, die du deine halbe Kindheit auf dem See verbracht hast? Orhima, die den Herrn erfreut am zweiten Tag, hieße es nicht gut, wenn du dich auf diese Weise einem Fremden gegenüber verhältst. Selbst wenn er nur ein Ungläubiger ist.«

»Laß mich in Ruhe mit Orhima!« Neraida machte eine wegwerfende Bewegung. »Shimja, die Rastullah erfreut am dritten Tag und die über alle wacht, die neue Wege gehen, ist unsere Patronin. Zu ihr bete ich, wann immer ich dem Einen huldige, denn sie allein mag uns einen sicheren Weg in die Berge weisen.«

»Nicht Ohrima und Shimja, sondern …« Jetzt hatte sich auch noch Omar in das Gespräch der beiden Frauen eingemischt. Während sie heftig miteinander diskutierten, welche der neun Frauen Rastullahs ihnen am ehesten Hilfe gewähren würde, nahmen sie erneut ihren Weg auf und wanderten gen Süden.

Fendal blieb ein Stück hinter ihnen zurück. Er hatte keinerlei Sinn für die ketzerischen Streitigkeiten der Novadis, und er wunderte sich, wieviel Kraft sie noch in dieser Situation darauf vergeuden konnten, sich über Göttinnen zu streiten, die es gar nicht gab, wie jeder vernünftig denkende Mensch wußte.

Neraida konnte nicht fassen, welch außergewöhnliches Glück sie hatten. Rastullah mußte ihre Flucht unter einen guten Stern gestellt haben. Fast ohne größere Umwege erreichten sie in anderthalb Tagen die ersten Ausläufer des Manekh-Chanebi. Sie selber kannte diese Gegend überhaupt nicht, denn da dies das Gebiet war, in dem der alte Prophet lebte, hatte man ihr als Kind verboten, bis hierher vorzudringen. Nur den freien Männern unter den Salzgängern war es erlaubt, die geheimnisumwitterte Quelle aufzusuchen, deren Dämpfe Zukunftsvisionen schenkten. Den ganzen Morgen lang hatten sie sich zwischen schroffen Felsenklippen aus rotem Sandstein nach Westen vorgearbeitet. Alle Schluchten zwischen den Klippen waren von Salzkrusten überzogen, die sich als recht gefährlich erwiesen, da sie meist sehr dünn waren.

Neraida spürte, wie unter der Kruste Wasser in den Cichanebi abfloß und so verhinderte, daß sich die Täler allmählich mit einem stetig anwachsenden Salzpanzer füllten.

Obwohl auch Neraida der Marsch einige Mühe gekostet hatte, war sie sich bewußt, wie ungewöhnlich glücklich ihre Flucht über den See verlaufen war. Sie hatten lediglich zwei Pferde verloren, und keiner aus der Gruppe war in eines der tödlichen Salzlöcher geraten. Dabei hatte sie fest damit gerechnet, daß der Thorwaler das andere Ende des Sees nicht lebend erreichen würde, da er sich oft von der Gruppe absonderte und so Gefahr lief, die sichere Spur zu verlassen.

Auch wenn es allen ihren Gefährten schlecht ging und sie von den ungewohnten Strapazen so erschöpft waren, daß sie Tage brauchen würden, um wieder einigermaßen zu Kräften zu kommen, so hatte allein Fendal der Marsch nicht nur körperlich zermürbt. Ständig hielt er nach unsichtbaren Feinden Ausschau und murmelte irgendwelche heidnischen Schutzformeln vor sich hin.

Neraida hatte während ihrer Kindheit schon des öfteren erlebt, wie Sklaven auf dem See wahnsinnig geworden waren. Vornehmlich Männer und Frauen aus dem Norden waren für den unheimlichen Zauber des Salzsees anfällig. Vermutlich strafte Rastullah sie für ihren Unglauben und gaukelte ihnen die schrecklichsten Trugbilder vor. Sicher, der Cichanebi machte auch den Novadis Angst, aber daß ein Krieger aus dem Land der ersten Sonne vor Angst wahnsinnig geworden wäre, hatte sie noch nie gehört. Wer einmal den einzig wahren Glauben gefunden hatte, schien gegen solche Gefahren gefeit zu sein.

Besorgt blickte Neraida sich nach dem Thorwaler um. Während sich die Laune von Omar und Melikae in den letzten Stunden immer mehr gebessert hatte, weil sie die schlimmsten Gefahren jetzt hinter sich gelassen hatten, hatte Fendal den ganzen Morgen über noch kein Wort gesprochen. Sie bewegten sich jetzt auf einem offensichtlich jahrhundertealten Pfad, der sich über felsigen Grund zog. Daß er schon seit Menschengedenken von den Salzgängern benutzt wurde, zeigten die Steinpyramiden, die sie in unregelmäßigen Abständen passierten. Die größten unter ihnen mußten fast vier Schritt hoch sein. Es war eine alte Tradition, daß Reisende, wann immer sie einen Stein auf ihrem Pfad fanden, diesen aufhoben und auf einen der Steinhaufen legten, die vor Urzeiten einmal von den ersten, die einen neuen Pfad erkundet hatten, angelegt worden waren. Dadurch wurden gleich zwei nützliche Zwecke erfüllt. Zum einen säuberte man den Weg von Geröll, so daß er leichter zu begehen war, und zum anderen bildeten die Steinhaufen Orientierungspunkte, die verhinderten, daß man in der zerklüfteten Landschaft den sicheren Pfad verfehlte.

Wieder blickte sich Neraida nach Fendal um. Der Thorwaler ging fast zehn Schritt hinter Omar. Immer wieder hielt er an und blickte nach hinten. Sie mußte sich um ihn kümmern! Neraida kannte diese Anzeichen nur zu gut. Da der Weg nun nicht mehr gefährlich war, ließ sie Melikae und Omar vorbei und wartete auf Fendal.

»Bist du wohlauf?«

Der Thorwaler brummte irgend etwas Unverständliches und schritt an ihr vorbei.

»Gut, daß du unseren Rücken deckst. Man kann ja nie wissen.«

Fendal beachtete sie noch immer nicht.

»Hier in den Bergen muß es Quellen mit Trinkwasser geben. Dort sollten wir ein oder zwei Tage rasten. Man kann vielleicht sogar ein paar Wildziegen jagen. Bist du ein guter Jäger?«

»Hab mich nie um die Jagd geschert. Früher war ich ein ganz guter Fischer. Aber mit dieser Kunst wird man hier ja nicht weit kommen. Was willst du eigentlich von mir? Siehst du nicht, daß ich lieber meine Ruhe haben möchte?«

»Entschuldige. Ich dachte, du fühlst dich vielleicht zurückgesetzt.«

»Überlaß das Denken den Kamelen, die haben einen größeren Kopf.« Fendal schritt jetzt schneller aus und gab sich ganz offensichtlich Mühe, sie wieder loszuwerden.

Neraida ließ ihn gewähren. Der Thorwaler hatte ein kritisches Stadium erreicht. Die Salzgängerin spürte, daß schon ein falsches Wort ihn dazu bringen könnte, seine Kameraden anzugreifen. Sie mußte etwas unternehmen. Es gab ein Mittel, um solchen Männern zu helfen. Ihr falscher Vater hatte zu diesem Zweck immer eine besonders hübsche Sklavin auf seine Salzgänge mitgenommen. Wenn er merkte, daß unter seinen Männer einer vom Salzseewahn befallen wurde, war es Aufgabe der Sklavin gewesen, ihn auf andere Gedanken zu bringen.

Fendal war mit Sicherheit eine noch weitaus größere Gefahr, als irgendein von der Arbeit ausgemergelter

Sklave. Als Melikaes Leibwächter verstand er es besser als jeder andere von ihnen, mit Waffen umzugehen. Sollte er in Raserei verfallen, konnte das für sie alle das Ende bedeuten.

Neraida schluckte. Von Melikae konnte sie nicht verlangen, daß sie ihren Leibwächter verführte. Überhaupt wäre es falsch, sie und Omar auf die Gefahr aufmerksam zu machen, von der sie offenbar bislang nichts ahnten.

Also war es an ihr zu handeln, und es gab nur zwei Möglichkeiten. Entweder nahm sie bei Nacht ihren Dolch und tötete Fendal oder …

Doch im Grunde hatte sie gar keine Wahl. Wahrscheinlich würden sie die Kampfkraft des Thorwalers noch brauchen. Er mußte also leben!

Omar klammerte sich vor Erschöpfung an den Sattelknauf seines Pferdes. Selbst der Hengst war so müde, daß er kaum noch den Kopf hochhalten konnte. Sein Fell war von Salz verkrustet, und er sah mehr wie eine elende Schindmähre als wie ein feuriger Shadif aus. Noch am Morgen hatte Omar geglaubt, sie hätten es geschafft. Endlich hatten sie die Berge erreicht und die tödliche Salzwüste hinter sicher gelassen. Ja, sie hatten sogar einen festen Weg gefunden und mußten endlich nicht mehr vor jedem falschen Schritt Angst haben. Die Steinpyramiden waren ein sicheres Zeichen dafür, daß schon Tausende vor ihnen auf dem festen Felsweg gegangen waren. Und jetzt das! Sie standen vor einer leicht gekrümmten langen Felsschlucht. Sie mochte an der breitesten Stelle vielleicht zweihundert Schritt weit sein. Rechts und links ragten dunkle, von roten Bändern durchzogene Felsen senkrecht in die Höhe. Anders als in der Salzwüste, wo der Boden oft gelblich oder sogar gräulich verfärbt gewesen war, erstrahlte das Salz in der Schlucht in so grellem Weiß, daß einem die Augen schmerzten, wenn man es ansah.

Die Aussicht auf diese neue Strapaze hatte Omar gelähmt. Er fühlte sich unfähig, auch nur einen einzigen Schritt weiterzugehen. Ein pochender Schmerz wütete in seiner linken Brusthälfte. Die gute Pflege in Unau hatte ihn fast vergessen lassen, daß der Löwe ihm drei Rippen gebrochen hatte. Doch mit den Anstrengungen der letzten Tage waren die Schmerzen zurückgekehrt, und oft hatte er Angst gehabt, er könne mit den anderen nicht mehr mithalten. Doch auch Melikae und Fendal schien es nicht besser zu gehen. Nur Neraida hatten alle Strapazen offenbar nichts anhaben können.

»Das muß das Wadi Ghehena, die Straße der Geister sein. Ich hörte die Salzgänger früher oft davon erzählen.« Die Sklavin machte einen Eindruck, als sei sie ganz in die Erinnerung an lang vergangene Tage versunken, während sie erzählte. Irgend etwas Ungreifbares machte Omar an ihr angst. Ja, er hatte den Eindruck, als verberge Neraida irgend etwas vor ihnen. Sie versuchte, ein Geheimnis hinter Belanglosigkeiten zu verstecken.

»Hier findet man reineres Salz als sonst irgendwo auf dem Cichanebi«, fuhr die Zofe fort.

»Und warum heißt dieser verfluchte Ort Straße der Geister?« Ein leichtes Zittern klang in Fendals Stimme. Die Augen des Thorwalers waren blutunterlaufen, und sein Gesicht wirkte durch den feinen Salzstaub, der sich darauf festgesetzt hatte, wie eine weiße Totenmaske. Doch keiner von ihnen sah in Wahrheit besser aus. Durch das Salz, das der Wind beständig mit sich trug, hatten sich ihre Augen entzündet. Ihre Lippen waren in der trockenen Luft hart und rissig geworden, und der Sand in den Kleidern hatte sie wundgescheuert.

»Warum heißt dieser Ort so?« wiederholte Fendal seine Frage.

»Vor mehr als zweihundert Jahren besiegte Malkillah ibn Hairadan, der später unser erster Kalif werden sollte, ein Heer des Kaisers aus dem Norden nahe der

Stadt Unau. Die überlebenden Kaiserlichen flüchteten sich auf den Salzsee, wo fast alle zugrunde gingen. Nur eine Handvoll Offiziere, die von einem verräterischen Salzgänger geführt wurden, konnte dem Cichanebi entkommen. Doch als sie diesen Platz hier erreichten, ereilte sie Rastullahs Rache, denn der einzige Gott wollte nicht, daß auch nur einer jener Krieger entkam, die versucht hatten, das heilige Keft zu schänden. Er schickte einen großen Regen, und die gewaltigen Wassermassen ertränkten alle, die dem Cichanebi entkommen waren. Ihr Schicksal hat sie hier in der Straße der Geister ereilt, und man sagt, Rastullah fügte es, daß für alle Zeiten ein Mahnmal seiner Rache in dieser Straße verblieb. Nach dem großen Regen ist nie wieder ein Tropfen Wasser durch diese Schlucht geflossen, und in der Mittagsstunde wird es so heiß, daß es unmöglich ist, lebend das Wadi zu passieren.«

Omar blickte Neraida verwundert an. Sie hatte die Geschichte vorgetragen, ohne auch nur die geringste Regung zu zeigen. Und trotzdem hatte er das Gefühl, daß dies noch nicht das Geheimnis war, vor dem er sich immer mehr fürchtete. Welcher Art von Frau war diese Sklavin nur? Woher nahm sie die Kraft und die Kälte, die sie oft unnahbar machten?

»Warum hast du uns hierhergebracht?« Melikae schluchzte leise. »Gab es denn keinen anderen Weg? Ich bin am Ende meiner Kräfte. Ich werde hier sterben. Ich kann nicht mehr …«

»Wenn wir hierbleiben, werden wir wirklich alle sterben. Unser Wasser reicht noch für einen halben Tag. Am Ende dieser Schlucht liegen ein fruchtbares Tal und eine Quelle. Sie erwarten jeden, der Rastullahs Prüfungen bestanden hat.«

»Aber die Mittagsstunde ist gerade erst vorbei! Du selbst hast gesagt, wir werden sterben, wenn wir jetzt in die Schlucht reiten.«

»Dann laßt uns rasten und unser letztes Wasser trinken. In ein oder zwei Stunden werden wir aufbrechen. Gebt den Pferden reichlich zu trinken. Wir brauchen sie noch.«

Neraida blickte sich nach einer Felsnische um, die wenigstens ein wenig Schatten bot, und ließ sich nieder.

»Warum können wir denn nicht bei Nacht reiten? Wenn es kühl wird, kann die Straße der Geister doch nicht mehr gefährlich sein.«

Ein zynisches Lächeln spielte um Neraidas Lippen. »Was glaubst du, warum das Wadi diesen Namen trägt? Bei Nacht suchen die Geister der Toten jeden Gläubigen heim und verwirren ihm den Geist, bis er selbst an Rastullah, dem Licht der Weisheit, zu zweifeln beginnt. Bevor die Nacht hereinbricht, müssen wir die Schlucht also wieder verlassen haben.«

Omar trat zu Melikae und legte ihr sanft den Arm um die Schulter. Es war das erste Mal, daß er es wagte, sich der Sharisad auf so vertrauliche Weise zu nähern.

»Laß sie, Neraida war bisher immer eine gute Führerin. Wir werden auch das letzte Stück des Weges überstehen.«

»Aber...« Melikae zögerte. »Ich habe Angst, daß ich nicht mehr aufstehen kann, wenn ich mich jetzt setze. Ich... ich bin so erschöpft wie nie zuvor in meinem Leben. Weißt du, selbst der Tod erscheint mir jetzt als etwas Schönes. Ein langer Schlaf... Und ich habe gleichzeitig Angst zu schlafen, denn könnte es nicht sein, daß ich nicht mehr erwache.«

»Dann laß uns nicht schlafen, sondern reden. Erzähl mir von dem kleinen Königreich am Meer, wo die Menschen große steinerne Paläste für Tänzerinnen bauen, denn wohin immer du gehst, werde ich dir folgen.«

Melikae blickte ihn an und lächelte, und dieses Lächeln schien die Kraft eines Zaubers zu haben. Alle Ängste und Zweifel verblaßten, die ihn selber noch eben gequält hatten, ja, er fühlte sich plötzlich sogar wieder stark und erfrischt. Wenn es sein müßte, würde er die Sharisad auf seinen Armen bis in das Tal tragen, von dem Neraida erzählt hatte. Und selbst wenn ihn das sein Leben kosten würde, wäre es dieses Opfer wert, wenn er darauf hoffen durfte, daß Melikae ihm nur noch ein einziges Mal ein solches Lächeln schenkte.

Der nackte Fels auf beiden Seiten der Schlucht strahlte Glutwellen aus, die Schwindel und Kopfschmerzen verursachten. Melikae hielt die Augen geschlossen, um nicht auch noch vom grellen Weiß des Salzbodens geblendet zu werden.

Bei jedem Schritt zweifelte sie daran, ob sie ihren Fuß noch einmal heben könne. Wann immer sie flüchtig die Augen öffnete, begannen die Felswände einen unheimlichen Tanz um sie herum aufzuführen.

Sie stützte sich schwer auf Omar. Ohne ihn hätte sie nicht mehr weitergekonnt. Immer wieder erinnerte er sie an das kleine Königreich am Meer und erzählte ihr von all den Ungläubigen, die sie mit ihrem Tanz verzaubern würde. Doch würde sie jemals dort ankommen?

Manchmal glaubte sie das Meer zu sehen. Irgend etwas in ihr flüsterte, daß dies nur ein Trugbild sei, doch sie weigerte sich, den schönen Traum aufzugeben. Sie ließ sich fallen und sah ein Meer von Gesichtern, die ihren Namen riefen und ihr zuwinkten.

Mitten in diesem applaudierenden Publikum tauchte Fendals Gestalt auf. Doch er schien nicht begeistert. Er rief ihr etwas zu, aber sie mußte die Worte von seinen Lippen ablesen, denn sie gingen im tosenden Beifall der Massen unter.

»Du darfst nicht aufgeben. In zwei Stunden haben wir es geschafft! Wir sind schon fast am Ziel.«

Dann wurde Fendal von Sulibeth zur Seite geschoben. »Aus dir wird nie eine wirkliche Sharisad, Kindchen. Hab ich es dir nicht immer gesagt? Wie konntest du nur solche Schande über deinen Vater bringen?«

Plötzlich schien Erde auf sie herabzustürzen. Sie war in einem Schacht gefangen, an dessen Ende das traurige Gesicht ihres Vaters auftauchte. Er ließ eine weiße Rose auf sie herabfallen, und obwohl er nur murmelte, toste seine Stimme wie ein Sandsturm in ihren Ohren.

»Ich hätte dir doch vergeben, mein Kind. Mit dir schwindet alles Licht aus meinem Leben. Könnte ich nur an deiner Stelle liegen!«

Dann hatte Melikae plötzlich das Gefühl, schwerelos zu sein. Sie flog hoch über einem grünen Land, und Wolken umfingen sie. Plötzlich veränderten sich die Wolken, und sie sah eine weiße Ebene vor sich. Das Licht war so hell, daß es in ihren Augen schmerzte. Mitten in der Ebene stand eine Stange, an deren Ende ein goldener Fuchs kauerte. Seine Augen schienen auf unheimliche Weise lebendig zu sein, und er blinzelte ihr zu.

»Wir müssen fort von hier, bevor es dunkel wird.« Von irgendwo war ein Streit zu hören. Doch die Worte waren verzerrt, so als seien sie viel zu langsam gesprochen, und Melikae konnte ihren Sinn nicht verstehen.

Dann erklang eine Frauenstimme. »... gut, aber laßt es uns alle gemeinsam tun.«

Melikae begann zu zittern. Ihr war übel, und irgendwelche Hände zerrten an ihr. Sie wollten sie nach unten ziehen!

Die Tänzerin schrie laut auf. Wieder raste Sulibeths Gesicht auf sie zu. »Du wirst nie eine gute Sharisad werden. Du denkst immer nur an dich, doch eine Tänzerin muß geben können.«

Die Züge ihrer Lehrerin verschwammen, wie ein Lufthauch das Spiegelbild in einem Brunnen vergehen läßt. Melikaes Übelkeit war verflogen, und auch das Licht schmerzte nicht mehr in den Augen. Der Himmel erstrahlte in warmen Rottönen, als sei die Sonne gerade versunken.

»Vorsicht! Paß auf ihn auf, er darf nicht ...«

Lautes Meeresrauschen verschlang die Frauenstimme. Dann spürte Melikae, daß jemand an ihre Seite getreten war, und eine vertraute Stimme flüsterte ihr ins Ohr.

»Erzähl mir von dem kleinen Königreich am Meer, wo die Menschen große steinerne Paläste für Tänzerinnen bauen, denn wohin immer du gehst, ich werde dir folgen ...«

Der alte Märchenerzähler räusperte sich und lehnte sich gegen die Mauer zurück.

»Er ist ihr in den Tod gefolgt«, raunte irgendwo eine leise Stimme.

Zu den Kindern, die anfangs den Märchenerzähler umringt hatten, waren jetzt auch viele Erwachsene getreten. In der Ferne ertönte das laute Treiben des Basars. Nur hier in der Gasse der Teppichhändler war es seltsam ruhig geblieben, als hätte der Zauber des Märchens die Lehmhäuser ringsumher samt ihren Bewohnern in eine andere Welt entrückt.

Doch Mahmud wußte, daß dieser Zauber nicht gegen die Macht des Alltags bestehen konnte. Schon sah er im Hintergrund Männer und Frauen, die unruhig wirkten, als hätten sie wichtige Geschäfte zu erledigen, die keinen Aufschub duldeten.

»Jussuf, schieb endlich dieses Knochengestell von deinen Teppichen. Ich will deine Ware sehen! Mein Herr will bei dir kaufen.«

Mit einem Seufzer erhob sich der alte Märchenerzähler. Er war zu stolz, darauf zu warten, bis man ihn zu gehen bat. Langsam verschwanden die Erwachsenen in Hauseingängen und Hinterhöfen.

Mahmud sammelte die wenigen Habseligkeiten auf, die er vor sich auf dem Teppich ausgebreitet hatte. Ganz in der Nähe ertönte ein leiernder Singsang, mit dem eine Frau feine Teppiche anpries, von Kinderhänden geknüpft.

Der Märchenerzähler griff nach seinem Stab und wiederholte leise die Worte: »Feine Teppiche, von Kinderhänden geknüpft!« Nur zu gut wußte er, was aus jenen Kinderhänden wurde, die jahrelang Tausende winziger Knoten zu knüpfen hatten. Die feinsten und teuersten Teppiche wurden von ihnen gemacht, denn die Hände der Erwachsenen waren zu grob, um jene kostbaren Seidenteppiche zu weben, die die Paläste der reichen Kaufleute und des Kalifen schmückten.

Die Kinder zahlten für diese vielbewunderten Schätze mit verkrüppelten Fingern und waren ihre Hände erst einmal zu plump und zu groß für die feine Arbeit geworden, wurden die Kinder verstoßen, und ein Leben als Bettler oder Schlimmeres lag vor ihnen.

Mahmud ballte die Faust um den knorrigen Wanderstab. Am liebsten hätte er die Teppichverkäuferin verprügelt. Aber die Zeiten, da er sich so etwas hatte leisten können, waren vorbei. Er blickte auf die Kinder, die als letzte um ihn herum sitzen geblieben waren.

»Wann wirst du die Geschichte von Melikae und Omar weitererzählen? Sie ist doch noch nicht zu Ende, oder ...«

Der kleine Omar, der Junge, der ihm die Melone gebracht hatte, schaute ihn mit großen Augen an, und der alte Mann mußte lächeln. »Nein, natürlich ist die Geschichte noch nicht zu Ende. Ich hatte dir doch versprochen, daß Omar noch einen Freund treffen wird, der mindestens so unheimlich und geheimnisvoll wie ein Flaschengeist ist. Sehe ich so aus, als hielte ich meine Versprechen nicht?«

Der Junge schüttelte den Kopf. »Nein, so siehst du ganz gewiß nicht aus!«

»Ich komme wieder, wenn die Stunde des Abendgebetes vergangen und es ruhiger geworden ist. Dann wirst du erfahren, welches Schicksal Omar und Melikae erwartet.«

Der alte Mann drehte sich um und ging die Gasse entlang in Richtung des Gebetshauses, das der reiche Kamelhändler Nasir ibn Sachan gestiftet hatte. Kurz bevor Mahmud in die breitere Straße abbog, an der die Läden der Goldschmiede lagen, wandte er sich noch einmal um und winkte den Kindern zu. Ein plötzlicher Windstoß blähte die Sonnensegel über dem Basar auf, und ein breiter Streifen goldenen Lichts fiel auf den Märchenerzähler, der plötzlich nicht mehr schwach und zerbrechlich wirkte, sondern so, als sei er selbst eine verzauberte Gestalt aus einem unbekannten Märchen.

Ängstlich betrachtete der Fährmann den Gast, der eben an Bord seines großen flachen Bootes gekommen war.

Es war ein mittelgroßer, schlanker Krieger, der einen mit Gold beschlagenen und von einem schwarzen Pferdeschweif geschmückten Spangenhelm trug. Am Nasenschutz des Helmes war ein feines Kettengeflecht eingehakt, das auch mit den Wangenklappen verwoben schien und ein gutes Stück auf die Brust hinabreichte. Wie ein Schleier verhüllte der Kettenpanzer das Gesicht des Mannes, so daß nur seine dunklen Augen zu sehen waren. Auch Brust und Arme des Kriegers waren von einem Kettenhemd geschützt, in das kleine Goldplättchen mit verschlungenen Schriftzeichen eingearbeitet waren. Um die Hüften hatte er einen mit Perlen bestickten Waffengurt geschlungen, von dem ein schlankes Tuzakmesser hinabhing. Das leicht gebogene Schwert aus dem fernen Maraskan war eine ungewöhnliche Waffe für einen Novadi. Doch der Fährmann wagte es nicht, den Krieger auf ihre Herkunft anzusprechen. Eines war ihm allerdings klar: Stenggläubig konnte der Fremde nicht sein, denn sonst hätte er niemals eine Waffe getragen, die von der Echseninsel Maraskan stammte.

Der Wind, der beständig über den Fluß strich, spielte mit den Falten der weiten Hose des Kriegers. Sie war aus feinstem grünen Leinen geschnitten und mit goldenen Blumen bestickt. Reitstiefel aus hellem Gazellenleder vollendeten die erlesene Ausrüstung des Reiters.

»Wann legen wir ab, Fährmann?«

Die Stimme des Fremden klang rauh und war so laut, als sei er es gewohnt, noch über das Donnern hunderter Pferdehufe hinweg Befehle zu rufen.

»Ich warte auf weitere Gäste, es lohnt nicht für... ähm, mein Herr hat es mir verboten, für nur einen einzigen Gast zu fahren.«

»Ich zahle dir ein Goldstück, wenn du mich jetzt fährst und mir etwas über einen Mann erzählen kannst, den ich suche.«

Der Fährmann schluckte. Ein Goldstück war ein Vermögen!

Irgend etwas konnte da nicht stimmen. Normalerweise waren Leute wie dieser Krieger nicht so freigebig.

»Wen sucht Ihr denn, Herr?«

»Einen alten Mann. Er trägt einen silberbestickten blauen Kaftan und hat einen langen weißen Bart. Manchmal nennt er sich Mahmud. Er ist ein Märchenerzähler. Ist er auf dieser Fähre gefahren? Ich weiß, daß er auf dem Weg nach Naggliah ist. Er kann nur hier den Mhanadi überquert haben.«

Der Fährmann schluckte. Er kannte den Alten. Der Märchenerzähler hatte sogar eine Nacht in seinem Haus verbracht und statt mit einem Kupferstück die Überfahrt zu zahlen, ihm und seinen Kindern ein Märchen erzählt.

Der Schiffer war sicher, daß für Mahmud nichts Gutes daraus erwachsen konnte, wenn ihn dieser Krieger fand.

»Wann soll denn dieser Alte hier vorbeigekommen sein? Ihr müßt entschuldigen, Herr, aber ich habe so viele Fahrgäste, daß ich mich nicht an alle erinnern kann.«

»Er muß vor zehn oder elf Tagen hier am Fluß gewesen sein.«

Der Fährmann schüttelte den Kopf. »Nein, in dieser Zeit habe ich niemanden gesehen, auf den Eure Beschreibung passen würde.«

Das Pferd des Kriegers tänzelte unruhig. Erst jetzt sah

der Schiffer den Schild, der vom prächtigen Sattel des Shadif hing. Es war ein mittelgroßer runder Reiterschild aus Leder. Der Schildbuckel funkelte in der Sonne. Er war von erbsengroßen Rubinen eingefaßt. Ein einziger dieser Steine würde ausreichen, um eine ganze Herde Wasserbüffel zu kaufen.

Noch beunruhigender als der außergewöhnliche Reichtum, den der Schild verriet, war das mit goldener Farbe aufgemalte Zeichen. Es zeigte das Siegel des Kalifen von Mherwed!

Der Fährmann hatte einmal eine Geschichte gehört, daß Kalif Malkillah nach dem großen Krieg in der Wüste neun Kriegern solche Schilde zum Geschenk gemacht hatte, um sie für ihren besonderen Mut und ihre Heldentaten auszuzeichnen.

»Bist du sicher, daß du den Alten nicht gesehen hast? Ich werde mich auch im nächsten Dorf nach ihm erkundigen, und wehe dir, wenn sich herausstellt, daß du mich belogen hast.«

»Ähm, laßt mich noch einmal überlegen.« Der Fährmann wußte, daß niemand etwas unternehmen würde, wenn ihn dieser Krieger einfach umbrachte oder ihm das Haus ansteckte. Niemand würde die Hand gegen einen Helden aus dem Khomkrieg erheben. Wahrscheinlich würden die Leute sich sogar das Maul darüber zerreißen, für welche Übeltat ihn der gerechte Zorn dieses Kriegers ereilt hatte.

»Also wenn ich es mir genau überlege, dann erinnere ich mich doch. Ihr müßt entschuldigen. Es ist schon etwas länger her, und ich habe damals noch viele andere Gäste an Bord gehabt. Ich hatte den Alten einfach vergessen. Er ist wirklich hier übergesetzt, und ich glaube, er hat die Handelsstraße in Richtung Wen-es-Mocha genommen.«

»Erstaunlich, wie gut du dich plötzlich erinnerst!«

Der Krieger drehte sich um und machte sich an den Satteltaschen seines Pferdes zu schaffen.

Ob er dort einen Dolch suchte? Der Fährmann hatte einmal gehört, daß berühmte Krieger ihre Schwerter nicht mit dem Blut Unwürdiger besudelten. Doch statt einen Dolch zu zücken, warf ihm der Krieger ein Goldstück vor die Füße.

»Hier ist dein Lohn, Fährmann. Setz mich jetzt über.« Die Stimme des Fremden klang plötzlich, als verabscheue er es, auch nur ein einziges weiteres Wort mit ihm zu reden.

Der Fährmann bückte sich und hob das Goldstück auf. Er hatte Frau und Kinder, die ihn brauchten. Nicht für das Gold hatte er den Verrat begangen. Er drehte die kostbare Münze zwischen den Fingern, dann warf er sie in den Fluß.

»Möge Rastullah dich schützen, Mahmud, und mir meine Schwäche vergeben«, murmelte er leise.

Fröstelnd wurde Mahmud wach. Er hatte etwas Beunruhigendes geträumt, konnte sich aber nicht mehr daran erinnern. Verstört blickte er sich um und erkannte erst allmählich den Hof des Bethauses wieder.

Er hatte sich in einer Ecke in eine Decke eingerollt und den späten Nachmittag verschlafen. Jetzt war es dunkel. Nur leise drangen die Geräusche der Stadt bis auf den kleinen Hof. Die Zeit der Geschäfte war vorbei. Man traf sich in Tavernen und auf den Märkten, um miteinander zu plaudern oder den Tänzerinnen und Artisten zuzuschauen, die allerorten auftraten. Es war die beste Zeit des Tages für einen Märchenerzähler. Jetzt würden ihm nicht nur die Kinder, sondern auch viele Erwachsene lauschen, und statt mit Essensresten würde man ihn mit kleinen Kupfermünzen belohnen, wenn die Geschichte ihren Beifall fand.

Müde strich er sich den Sand aus dem Bart und ordnete die Falten seines Gewandes. Die Dunkelheit würde verbergen, wie abgetragen sein Kaftan war, und er wußte, daß er im Licht von Fackeln und Öllampen eine

Aura hatte, die ihn zum Urbild eines Märchenerzählers machte. Mahmud lächelte. Es war ein stilles, in sich gekehrtes Lächeln. Er dachte daran, wie er in schallendes Gelächter ausgebrochen wäre, wenn man ihm vor zehn Jahren prophezeit hätte, wie er einmal seinen Lebensunterhalt verdienen würde. Und doch war es richtig so, denn auch wenn dieses Leben oft hart und entbehrungsreich war, so hatte es ihm etwas geschenkt, das er früher nie gekannt hatte: Zufriedenheit.

Der Alte ergriff seinen Stab und machte sich auf den Weg. Im Bethaus hatte der Mawdli lautstark begonnen, die Irrlehren zu geißeln, die man in Selem über Rastullah verbreitete. Bei einem flüchtigen Blick in den Saal erkannte Mahmud, daß nicht viele gekommen waren, um dem Eiferer zuzuhören.

Der Märchenerzähler verließ den Hof durch ein prächtiges blaubemaltes Tor und trat auf die Straße der Goldschmiede. Obwohl er einige Stunden geschlafen hatte, fühlte er sich noch immer müde und schwach. Jedesmal wenn er die Geschichte von Omar und Melikae erzählte, war es so, als würde ihn ein Feuer von innen auszehren und seinem ohnehin gebrechlichen Körper die letzten Kräfte rauben. Und doch war es sein Lieblingsmärchen und er freute sich darauf, den kleinen Omar und all die anderen Kinder wiederzusehen, die ihm schon während der Mittagsstunden gelauscht hatten.

Als er wieder vor dem Teppichstapel stand, von dem er erst vor wenigen Stunden so unhöflich vertrieben worden war, war er überrascht, wie viele Menschen gekommen waren, um ihm zuzuhören.

Der Händler, dem der Teppichladen gehörte, hatte einen kleinen Krug mit verdünntem Wein und einen Messingbecher für ihn bereitgestellt. In einer flachen Schale lagen Melonenstücke und Obst.

Ein dicker Mann, der einen leicht verrutschten Turban trug, kam auf ihn zu und umarmte ihn, als wären sie alte Freunde.

»Ich freue mich, daß du wiedergekommen bist, Märchenerzähler. Den ganzen Nachmittag hat man hier von nichts anderem gesprochen als von deiner Geschichte. Es ist ein neues Märchen, nicht wahr? Niemand kennt die Geschichte von Omar und Melikae.«

Mahmud löste sich aus der Umarmung des Händlers, nickte kurz und ließ sich auf dem Stapel Teppiche nieder. Mit großer Geste strich er sich über den Bart und musterte die Runde. Unter seinen Zuhörern fanden sich viele neue Gesichter; die Kinder aber waren kaum zu sehen. Die Erwachsenen hatten sie in den Hintergrund gedrängt, um sich selbst auf den besten Plätzen rings um den Märchenerzähler niederzulassen.

»Ist denn meine Stimme so leise wie das heimliche Gesäusel Verliebter?«

Das Murmeln rund um ihn verstummte. Die meisten schienen überrascht und blickten ihn verständnislos an.

Irgendwo raunte jemand. »Was nimmt der sich heraus?«

»Ich möchte, daß ihr die Kinder wieder nach vorn laßt. Für sie habe ich meine Geschichte begonnen. Sie haben mich heute mittag bewirtet, und ich stehe in ihrer Schuld, denn ihnen habe ich versprochen, mein Märchen weiterzuerzählen. Und nicht denen, die einen alten Mann verscheuchen, wenn er einem Geschäft im Wege steht.«

Eine beinahe schon greifbare Spannung lag in der Luft. Mahmud sah, wie die Hände einiger der jüngeren Männer zu den Dolchen glitten. Kinder ihnen vorzuziehen, war eine ausgemachte Beleidigung.

Doch Mahmud fürchtete sich nicht. Er war sich seiner Schwäche bewußt, denn gerade in ihr lag seine Stärke. Einen alten Mann zu schlagen, galt schon als schimpflich, doch Hand an einen Märchenerzähler zu legen, war eine Schande, die die Sippe des Übeltäters noch auf Generationen verfolgen würde.

»Wie weit ist es mit euch eigentlich schon gekommen?« ertönte die schrille Stimme einer alten Frau. »Der

Fremde ist Gast auf unserer Straße, und wenn es sein Wunsch ist, daß die Kinder in seiner Nähe sitzen, so respektiert das, oder es wird schon morgen überall in der Stadt heißen, daß man im Basar der Teppichhändler das Gastrecht mit Füßen tritt.«

Noch einen Augenblick war es ruhig. Dann kam Bewegung in die Händler und ihre Frauen, die Wasserträger, Seidenfärber und alten Witwen, die sich um ihn geschart hatten.

Ein wenig unsicher und zögernd, weil die Augen aller auf ihnen ruhten, kamen die Kinder nach vorn und setzten sich unmittelbar vor dem Teppichstapel auf den Boden.

Mahmud grinste zufrieden. Die meisten mochten ihn für verschroben und altersschwach halten, doch solche kleinen Triumphe waren für ihn die Würze des Lebens. Unter den Kindern war auch der kleine Omar. Mahmud blinzelte ihm zu und klopfte mit der flachen Hand neben sich auf den Teppich.

»Komm her, Omar! Schließlich bist du mein Ehrengast, und das sollen auch alle sehen.«

Schüchtern erhob sich der Kleine und wäre offensichtlich lieber im Boden versunken, als plötzlich im Mittelpunkt zu stehen. Doch dann faßte er sich ein Herz, kletterte auf den niedrigen Teppichstapel und setzte sich an Mahmuds Seite.

Mit großer Geste breitete der Märchenerzähler die Arme aus und bat um Ruhe. Das Murmeln verstummte. Die Menschen vergaßen alle die tausend kleinen und größeren Sorgen, die in der Summe ihr Leben ausmachten.

»Es begab sich zu jener Zeit, als der junge Prinz Mustafa zum Sultan von Unau geworden war, daß Melikae, die Tochter des Handelsfürsten Abu Feisal, aus dem Palast ihres Vaters floh, um nicht jenen alten Kaufmann heiraten zu müssen, dem sie schon vor Jahren versprochen worden war.

Dabei rettete sie den freigelassenen Sklaven Omar, der sein Leben verwirkt hatte, weil er Melikaes Vater offenbarte, wie sehr er dessen Tochter liebte.

Da sich in jenen Tagen viele berühmte Jäger im Hause des Abu Feisal befanden, entschied sich die Sharisad, den gefürchteten Salzsee vor den Toren Unaus zu überqueren, denn ihre Zofe Neraida hatte einst zu den Sippen der Salzgänger gehört und war vertraut mit dem gefährlichen See.

Doch obwohl Rastullah den Flüchtigen zunächst wohlgesonnen schien und sie allen Verfolgern entfliehen konnten, sollte der schreckliche Salzsee ihnen zum Schicksal werden.

Nur eine Meile trennte sie noch von jenem schattigen Tal, das Rettung verhieß, als Melikae stürzte, und ihre Gefährten glaubten, daß das Leben aus ihr weichen wollte. Mit letzter Kraft und selbst dem Tode nahe, trugen Omar und Fendal der Ungläubige, den Melikaes Vater zum Leibwächter seiner Tochter bestimmt hatte, die sterbende Sharisad an den Ort, an dem Vergangenheit und Zukunft eins werden und Rastullah einen jeden seinem Schicksal begegnen läßt.

Es war das Tal der sieben zerbrochenen Säulen, das sie betreten hatten, und als sie Melikae neben der Quelle bei den Säulen zu Boden legten und ihr Gesicht mit Wasser benetzten, da ward sie dem Tod entrissen.

Nun behaupten manche, es sei das Quellwasser gewesen, welches dieses Wunder bewirkte oder aber die Tränen Omars, die auf das Gesicht der Sharisad fielen, als er sein Schicksal verfluchte und mit Rastullah haderte.

Der Gläubige jedoch weiß, daß allein die Macht des einzigen Gottes Melikae vor der Schwelle des Todes zurückhielt. Doch weil Omar Seinen Namen gelästert hatte, zog Rastullah Seinen Dolch und trennte die Schicksalsfäden des freigelassenen Sklaven und der Tänzerin, die bis dahin eng miteinander verwoben waren.

Und so wurde das Tal der sieben geborstenen Säulen zu dem Ort, an dem Melikae ihre Liebe für Omar entdeckte, obwohl entschieden war, daß sich ihre Wege trennen sollten, denn …«

Fendal lehnte sich in dem eigenartig verzierten Wasserbecken nahe der Quelle zurück und seufzte erleichtert. Endlich hatten die Strapazen ein Ende. Kaum war er sicher, daß für Melikae das Schlimmste überstanden war, hatte er seinen Kaftan und den darunter verborgenen Lederpanzer abgestreift, um sich einem erfrischenden Bad hinzugeben. Einige ausgetrocknete Haufen von Kameldung wiesen darauf hin, daß man das Becken jetzt wohl als Tränke nutzte. Dabei war es aus einem sicherlich seltenen grünlichen Stein gefertigt und mit prächtigen Reliefs verziert, die gewundene Schlangenleiber und merkwürdige Echsen zeigten. An einigen Stellen war es beschädigt, und Fendal hatte den Eindruck, daß wohl Novadis in ihrem Glaubenseifer bestimmte Teile des Schmucks zerschlagen hatten. Doch was ging ihn das an?

Eine schmale Rinne verband das Becken mit der Quelle, die dieses abgeschirmte Felstal zu einem blühenden Garten machte. Auf diese Weise war dafür gesorgt, daß ständig frisches Wasser zu einem Bad einlud. Fendal hatte es sich am Beckenrand bequem gemacht, den Kopf in den Nacken gelegt und schaute zu den Sternen hinauf. Hohe Klippen schützten das Tal vor den kühlen Winden, die nachts über die Wüste zogen. Noch hatten die Felsen die Glut der Mittagssonne gespeichert. Doch anders als im Wadi Ghehena war die Wärme, die sie abstrahlten, nicht mehr bedrückend und sinnenverwirrend, sondern überaus angenehm.

Ein Rascheln in den Büschen hinter ihm schreckte den Thorwaler aus seinen Gedanken auf. Er rekelte sich und streckte die Rechte wie zufällig nach dem Dolch aus, den er in Griffweite auf den breiten Rand des Beckens gelegt hatte.

»Ich hoffe, du beabsichtigst nicht, deine Waffe gegen mich zu richten«, erklang die vertraute Stimme Neraidas.

Fendal drehte sich um und haderte im stillen mit den Göttern. Bis zu diesem Augenblick war der Ort fast vollkommen gewesen, wenn man einmal von dem bedauerlichen Mangel an frischem Met absah. Warum mußte diese Schlange ausgerechnet jetzt auftauchen und seine Ruhe stören?

Neraida hatte das Kopftuch, das sie in den letzten Tagen vor Wind und Sonne geschützt hatte, gegen einen merkwürdigen silbernen Kopfputz ausgetauscht, von dem neben einigen Perlenschnüren ein halb durchsichtiger hauchdünner Schleier herabhing. Wahrscheinlich hatte sie das Schmuckstück aus dem Gepäck Melikaes entwendet. Es wirkte einigermaßen unpassend neben dem fleckigen langen Hemd und der weiten Reithose, die sie trug. Ganz zu schweigen von den abgewetzten, flickenbesetzten Stiefeln an ihren Füßen.

»Was ziehst du für ein Gesicht, Fendal? Paßt es dir vielleicht nicht, mit einer jungen Frau dein Bad zu teilen?«

Da war er wieder, dieser herausfordernde Tonfall, den er an der Sklavin sosehr haßte. Auch wenn sie es nicht wirklich ausgesprochen hatte, klang es ganz so, als wollte sie ihm unterstellen, daß er Knaben liebte.

Ohne eine Spur von Scheu ließ die Zofe jetzt ihr weites Hemd zu Boden gleiten.

Fendal bemühte sich, nicht allzu auffällig zu ihr hinüberzustarren. Es war schon eine Schande, daß die Zunge einer Schlange und die Heimtücke eines Skorpions in einem solchen Körper vereint waren. Neraida hatte kleine, fast knabenhafte Brüste und war schlank, ohne dürr zu wirken.

Die Zofe setzte sich auf einen Stein und mühte sich mit ihren Stiefeln ab.

»Magst du mir nicht helfen, Fendal?« Ihre Stimme klang jetzt ganz anders. Melodisch, fast einladend, aber eben doch auch etwas doppeldeutig. Mit wohligem Schaudern dachte Fendal an jene Rahjapriesterin, die er vor langen Jahren in Festum kennengelernt hatte. Ihre Stimme hatte ganz ähnlich geklungen.

Inzwischen war Neraida auch ohne seine Hilfe aus den Stiefeln geschlüpft, hatte die Hose abgestreift und bewegte sich nun auf das Becken zu. Nur ihren Schleier hatte sie seltsamerweise noch immer nicht abgelegt.

Vorsichtig ließ sie sich neben Fendal ins flache Wasser gleiten. Ein fremdartiger, schwer zu beschreibender Duft ging von ihr aus. Wahrscheinlich hatte sie in ihrem hochgetürmten Haar eines jener parfümgetränkten Fettbällchen versteckt, die in letzter Zeit unter den Tänzerinnen, Konkubinen und Haremsdamen immer beliebter wurden. Die Wärme des Körpers brachte das Fett langsam zum Schmelzen, so daß es über Stunden einen schweren, aromatischen Duft abgab. Fendal hatte schon die eigenartigsten Geschichten über diese Parfüms und ihre Wirkung gehört.

»Ich wünschte, Rastullah hätte mir auch einen Körper wie dir geschenkt, an dem selbst die härtesten Strapazen nicht die geringste Spur zu hinterlassen vermögen.«

Der Thorwaler musterte sie. Es war schon ziemlich dunkel, und er konnte beim besten Willen nicht erkennen, worauf die Sklavin anspielte. Sie war weder verletzt, noch wirkte sie außergewöhnlich erschöpft. Warum zum Henker wünschte sie sich einen Körper, wie er ihn hatte? Was sollte dieser Auftritt bedeuten?

»Was hat dich eigentlich dazu veranlaßt, meine Herrin bei dieser gefährlichen Flucht zu begleiten?«

Neraida lehnte sich neben ihm an den Rand des Beckens, so daß ihre Beine ihn streiften.

»Ich habe ihr die Treue geschworen. Also stehe ich ihr zur Seite, gleichgültig, was sie tut.«

»Ein Mann, der einer Frau die Treue hält, ganz gleich, was sie tut... Wie ungewöhnlich. Gilt deine Treue immer nur einer Frau?«

»Wie meinst du das?« Er hatte nur noch halb verstanden, was sie sagte.

Der schwere Duft des Parfums versetzte Fendal in einen merkwürdigen Zustand. Er fühlte sich gelöst, fast wie schwerelos. Trotz des kühlen Wassers breitete sich eine wohlige Wärme in seinen Gliedern aus.

»Kannst du deiner Herrin dienen und gleichzeitig eine andere Frau lieben?« Neraida strich ihm zart über die Brust. »Oder steht dein Schwert immer nur in Diensten einer Herrin?«

Fendal stockte der Atem. Sein Mund war wie ausgetrocknet. Neraida hatte sich jetzt an ihn geschmiegt, und das wohlige Gefühl, das ihn aus der Wirklichkeit hinwegzuspülen drohte, wurde stärker.

»Ich…« Er wußte nicht mehr, was er sagen sollte. Ein seltsamer Dunst hatte sich über das Becken gelegt.

Der Schleier der Sklavin glitt über sein Gesicht. Er spürte ihren Lippen durch den dünnen Stoff. Dann gab er seinen letzten Widerstand auf. Vielleicht war sie doch keine Hexe…

Omar döste unter einer Palme und blickte in den Himmel. Melikae war in seinem Arm eingeschlafen.

Das Tal hier erinnerte ihn an die Beschreibungen, die er vom himmlischen Garten Rastullahs gehört hatte. Es mußte irgendein Zauber über diesem verwunschenen Ort liegen. Wie alle anderen hatte auch er geglaubt, Melikae sei tot, als sie vor drei Tagen das kleine Tal erreichten. Im Wadi Ghehena war die Sharisad plötzlich zusammengebrochen. Gemeinsam mit Fendal hatte er sie getragen. Doch als sie endlich die Oase zwischen den Bergen erreicht hatten, schien der Hauch des Lebens von ihr gegangen zu sein.

Es war wie ein Wunder, als sie wieder die Augen aufschlug, nachdem er ihr Gesicht mit Wasser benetzt hatte. Seitdem war Omar nicht mehr von ihrer Seite gewichen, abgesehen von den kurzen Momenten, da er Früchte oder Wasser für die Sharisad holte.

Mittlerweile war Melikae wieder bei Kräften. Sie machte kurze Spaziergänge und in der letzten Nacht hatte sie sogar für ihn getanzt. Könnten sie nur immer in diesem Tal bleiben! Hier gab es alles, was er gebraucht hätte, um glücklich zu sein. Es war ein vollkommener Ort, und das einzig Beängstigende waren die merkwürdigen Träume, die ihn jede Nacht quälten. Doch das lag wohl an ihm. Er sah schreckliche Schlachten und brennende Städte in seinen Träumen. Und immer war ein unheimlicher verschleierter Krieger in seiner Nähe, von dem er nicht sagen konnte, ob er sein Freund oder ein Feind war.

»Woran denkst du, Omar?«

Er war überrascht, daß Melikae nicht mehr schlief. »Nichts von Bedeutung ...«

»Das glaub ich nicht. Du hast plötzlich ein so besorgtes Gesicht gemacht.«

Omar zögerte, ob er es ihr erzählen sollte. Aber was waren schon Träume? Also schilderte er ihr sein Traumgespinst. Melikae hörte ihm aufmerksam und offensichtlich beunruhigt zu. Als er geendet hatte, schüttelte sie ungläubig den Kopf.

»Merkwürdig. Auch ich habe einen Traum, der ständig wiederkehrt. Ich bin in einem runden Tal, und obwohl ich immer wieder deinen Namen rufe, scheinst du mich nicht zu hören. Dann tauchen Löwen auf. Vier oder fünf. Sie umkreisen mich, und es gibt keinen Ausweg. Doch bevor sie mich töten können, erwache ich jedesmal. Was hat das zu bedeuten? Ist es ein Omen?«

Omar strich ihr zärtlich übers Haar. »Das ist nur ein schlechter Traum. Sicher gibt es in der Wüste und auch hier in den Bergen Löwen, die einen Menschen angreifen könnten, aber daß sie in einem so großen Rudel jagen, habe ich noch nie gehört. Es muß eine andere Bedeutung haben, wenn es überhaupt ein Omen ist. Wofür steht der Löwe?«

»Der Löwe ist ein Sinnbild für den Kalifen im Krieg. Das würde auch deine Träume erklären. Aber warum gibt es so viele Löwen?«

»Vielleicht ein Bruderkrieg, in dem sich verschiedene Familienzweige um die Kalifenwürde befehden?«

Melikae schüttelte den Kopf. »Das glaube ich nicht. Ich glaube nicht, daß es überhaupt so viele verschiedene Parteien gibt, die ein Anrecht auf den Kalifentitel geltend machen könnten.«

»Trotzdem bin ich dafür, daß wir größere Städte und Oasen meiden. Wenn es überhaupt zu einem Krieg kommt, dann werden die Kämpfe um den Kalifenthron dort ausgetragen. Vielleicht sind die Löwen ja auch ein Sinnbild für die Jäger und Soldaten, die uns dein Vater wahrscheinlich hinterherschickt. Auch deshalb sollten wir die große Oase und die Stadt Manesh westlich der Berge unbedingt umgehen. Ich bin sicher, daß man dort schon auf uns wartet. Acht Tage sind vergangen, seit wir aus Unau geflohen sind. Ein guter Reiter kann in drei oder vier Tagen bis nach Manesh kommen, wenn er um den Salzsee herumreitet und sich hinter Keft nach Süden wendet.«

»Laß uns doch einfach hierbleiben und warten, bis mein Vater die Suche aufgibt und uns für tot erklären läßt.« Melikae lächelte ihn verführerisch an. »Oder gefällt es dir hier nicht?«

Es gab nichts, was Omar lieber getan hätte, doch erst am Abend zuvor hatte Neraida sie alle davor gewarnt, lange an diesem Ort zu verweilen. Das Bergtal war die Zuflucht eines alten Propheten, der sich sicherlich in die Klippen zurückgezogen hatte, um in seinen heiligen Versenkungen nicht von ihnen gestört zu werden. Doch wie lange würde er dulden, daß sie ihn vertrieben hatten?

»Omar, du machst ja schon wieder ein so ernstes Gesicht. Willst du dich denn gar nicht von mir aufheitern lassen? Vergiß deine Sorgen! Hier wird man uns nie und nimmer finden. Laß mich für dich tanzen.«

Omar lächelte sie an. »Du hast recht. Bei einem Mann, der dich an seiner Seite weiß, wird der Kummer ein seltener Gast sein.«

»Bist du sicher, daß es dir reicht, mich nur an deiner

Seite zu haben?« Melikae sprang auf und lachte schelmisch. »Beweise mir, daß du noch mehr von mir willst, oder ich kann mir gleich einen gemütlichen Kaufmann suchen, der von mir nicht mehr erwartet, als daß ich ein Schmuck seines Harems bin.«

»Aber du weißt doch, wie ich es gemeint habe und ...«

»Gar nichts weiß ich! Wie sagt man bei den Beni Novad? Wer einen feurigen Hengst besitzen will, der muß ihn auch reiten können. Sonst hat er kein Anrecht auf ihn. Also zeig mir, ob wirklich das Blut der Novadi durch deine Adern fließt.«

Omar war aufgesprungen. Er würde sich auf ihr Spiel einlassen. »Glaubst du vielleicht, du könntest vor mir weglaufen?«

»Ob ich das glaube? Ich bin mir sogar sicher, du fußkranke Kamelstute.« Mit lautem Lachen verschwand Melikae zwischen dichten Büschen, und Omar setzte ihr nach.

Allmählich machte Neraida sich Sorgen. Sechs Tage waren sie nun schon in diesem Tal. Wenn sie noch länger blieben, das spürte sie, würden sie Rastullahs Zorn auf ihre Häupter herabrufen.

Melikae hatte ihr sogar schon erklärt, daß sie gar nicht glaubte, daß es hier in der Gegend einen Heiligen Mann gäbe. Doch ihre Herrin war zu unbedacht. Sie wollte nicht wahrhaben, daß es Dinge gab, die sich nicht ihrem Willen fügten.

Neraida wußte es besser. Heute früh hatte sie Fußabdrücke im Sand nahe der Quelle gefunden. Zuerst hatte sie angenommen, daß sie vielleicht von Omar oder Melikae stammten, doch dann war ihr etwas Ungewöhnliches aufgefallen. Dicht neben dem Abdruck des rechten Fußes fand sich jedesmal eine münzgroße Vertiefung. Wer auch immer in der Nacht zur Quelle gekommen war, hatte sich dabei auf einen Stab gestützt!

Vorsichtig hatte Neraida die anderen am Mittag gefragt, ob einer von ihnen vielleicht zum Spaß einen Wanderstab benutzt habe. Doch alle hatten nur den Kopf geschüttelt und sie verwundert angeschaut. Sie mußte sich dann schnell eine Geschichte einfallen lassen, um eine Erklärung für ihre seltsame Frage zu liefern. Omar und Melikae erinnerten sie an zwei verliebte Märchenhelden, so glücklich schienen sie, und Neraida war sich sicher, daß sie die meiste Zeit über vergaßen, daß es außer ihnen noch andere Menschen auf der Welt gab.

Sogar Fendal war wie ausgewechselt. Sein mürrisches Wesen hatte er abgelegt. Offensichtlich war auch er ernsthaft verliebt, und er zeigte dabei Eigenheiten, die sie bei einem Barbaren aus dem Norden niemals erwartet hätte.

Jeden Morgen, wenn sie erwachte, fand sie eine frische Blume neben ihrem Lager, und Fendal stieg auf die höchsten Palmen, um ihr besonders süße, in der prallen Sonne gereifte Datteln zu pflücken. Überhaupt ließ er keine Gelegenheit aus, ihr seine Aufmerksamkeit zu beweisen.

Von Liebe redete der Thorwaler zwar nie, doch fand er tausend andere Wege, ihr immer wieder aufs neue zu beweisen, was er für sie empfand.

Es war angenehm, ihn um sich zu haben. Neraida lächelte. Vor einer Woche hätte sie das niemals geglaubt. Als sie ihn in ihrer ersten Nacht in diesem Tal verführte, hatte sie das zunächst einige Überwindung gekostet. Den ganzen Weg über den Salzsee hatte Fendal keinen Hehl daraus gemacht, daß er sie verachtete. Hätte sie nicht befürchtet, der Thorwaler könne in seinem merkwürdigen Zustand nach der Überquerung des Salzsees zu einer Gefahr für ihre Herrin werden, sie hätte sich ihm nie genähert.

Doch aus Neraidas rein zweckmäßigem Handeln war eine überaus angenehme Erfahrung geworden. Der rothaarige Krieger war ein wunderbarer Liebhaber. Stark und zugleich zärtlich und einfühlsam, bestimmend und doch bereit, sich ihr im richtigen Moment völlig hinzugeben.

Neraida dachte über die merkwürdigen Gefühle nach, die sie für ihn empfand. Liebe war es nicht. Und doch genoß sie es, mit ihm zu schlafen und von ihm verwöhnt zu werden. Auch das wäre ein Grund, bei ihm zu bleiben. Zumindest für eine gewisse Zeit. Schließlich war er ein Söldner und Seefahrer, und sie konnte sich beim besten Willen nicht vorstellen, daß er ihretwegen eines Tages seßhaft werden würde. Warum also sollte sie ihr Herz an ihn hängen?

Neraida rekelte sich und ließ ihre Blicke über die kargen Felswände des Talkessels gleiten. Liebe war doch nur eine Illusion. Ein Traum, dem Narren nachhingen. Sie hatte schon viele Männer gehabt und wußte, daß nichts auf der Welt weniger Bestand hatte als feurige Liebesschwüre.

Sie war gespannt, wann das Feuer zwischen Omar und Melikae abkühlen würde. Die beiden waren zu ungleich, als daß sie ein gemeinsames Glück finden konnten. Neraida erinnerte sich noch gut, daß die Sharisad den ehemaligen Sklaven in den ersten Tagen ihrer Flucht kaum eines Blickes gewürdigt hatte. Doch seitdem sie in diesem Tal waren, war Melikae wie verzaubert. Ob es daran lag, daß der weinende Omar der erste Anblick war, nachdem sie aus ihrem Todesschlaf erwacht war?

Neraida schnaubte verächtlich. Unsinn! So etwas gab es in Märchen, aber nicht im wirklichen Leben. Vielleicht war sich die Sharisad darüber klar geworden, daß diese Flucht für sie alle tödlich enden konnte. Wahrscheinlich wollte sie nur die Freuden der körperlichen Liebe erfahren. Schließlich hatte ihr Vater bisher immer streng über ihre Unschuld gewacht. Würde sich herausstellen, daß sie keine Jungfrau mehr war, könnte ihr zukünftiger

Mann sie aus dem Haus jagen, ohne dabei ihre Mitgift zurückerstatten zu müssen. Abu Feisal war in diesem Punkt zu sehr Kaufmann, als daß er es bei dem Geschäft mit seiner Tochter auf ein solches Risiko ankommen ließe. Wenn der alte Bock Melikae jetzt sehen könnte! Ihn würde der Schlag treffen, wenn er wüßte, wie sie sich mit einem ehemaligen Sklaven vergnügte. Feisal war nie davor zurückgeschreckt, sich jedes hübsche Sklavenmädchen seines Haushalts in sein Schlafgemach zu holen. So gesehen, glich Melikae ihrem Vater.

Wie lange mochte ihre Liebelei mit Omar wohl bestehen? Bis zum nächsten Rastullahellah? Oder vielleicht sogar bis zum Ende der Regenzeit? Sicherlich kaum länger, als sie brauchten, um die Goldfelsen zu überqueren. Was hatte er ihr schon zu bieten? Die Liebe allein würde sie nicht satt machen. Wenn Melikae erst im Königreich der Ungläubigen tanzte, würden ihr schon bald reiche und mächtige Männer zu Füßen liegen. Selbst wenn sie ihm dann immer noch treu bliebe, würde Omar das nicht lange ertragen. Er war ein Beni Novad. Er könnte niemals allein vom Geld seiner Frau leben. Und er könnte es auch nicht ertragen, mitanzusehen, wie andere Männer ihr den Hof machten. Er würde an seiner Liebe zu Melikae zerbrechen. Er würde anfangen zu trinken und irgendwann sein Weib schlagen, weil er sie und ihren Erfolg nicht länger ertragen könnte.

Neraida schüttelte traurig den Kopf. Dummer Junge, dachte sie. Als sie versucht hatte, ihn zu verführen, hatte er sie nicht einmal beachtet. Das war lange bevor Abu Feisal zur Löwenjagd aufgerufen hatte. Doch Omar war immer schon blind gewesen. In seinen Tagträumen hatte er von Melikae phantasiert. Eine Frau, die er, wenn überhaupt, nur von weitem zu sehen bekam. Neraida hatte nie begreifen können, was er an Melikae fand. Vielleicht war es allein die Illusion? Eine Frau, der man nie wirklich begegnete, hatte es leicht, vollkommen zu sein.

Omar tat ihr leid. Vielleicht würde das Schicksal ihn eines Tages doch noch zu ihr führen? Vielleicht auch nicht. Wer außer Rastullah wußte schon, was morgen geschehen mochte?

In der Nacht quälten Neraida dunkle Träume. Sie hatte Angst, Verrat werde ihr Glück zerstören, und sie glaubte, daß Melikae die Schuld dafür treffen werde. Doch es waren nur dunkle Ahnungen. Und wann immer die Salzgängerin erwachte, konnte sie sich an nichts Greifbares mehr erinnern. Zurück blieb nur das unbestimmte Gefühl, daß sie selbst – wie Melikae – einen Verrat begehen werde.

Diese Träume bereiteten Neraida große Sorgen. Schließlich wußte sie, welche Bewandtnis es mit dem seltsamen Nebel hatte, der jede Nacht von den Felsen hinter der Quelle ins Tal trieb. Die Träume, die man in diesem Tal hatte, wurden immer Wirklichkeit. Zumindest hatten das früher die Salzgänger behauptet, die hierhergekommen waren, um sich ihre Träume von dem alten Propheten, der über die Quelle wachte, deuten zu lassen. Doch die Männer ihres Vaters waren jeweils allein und nur an bestimmten Feiertagen gekommen. Sie wußten, wie heilig dem alten Mann seine Ruhe war. Ihre Anwesenheit in diesem Tal verärgerte ihn gewiß sehr. Morgen würden sie aufbrechen! Sie durften nicht leichtfertig riskieren, daß ein Prophet sie verfluchte. Und er würde sie verfluchen, wenn sie noch länger in diesem Tal blieben!

Neraida rückte ihren Schleier zurecht und stand auf. Obwohl sie sicher war, daß Fendal sie liebte, wollte sie nicht, daß er sie unverschleiert erblickte. Die Tätowierungen, die sie ihrem grausamen Vater zu verdanken hatte, mochten ihn vielleicht abschrecken. Vorher hatte Neraida sich nie darum geschert, was man von ihr hielt. Doch seit ihrer ersten Nacht mit Fendal wollte sie, daß der Thorwaler sie schön fand.

Auch sie wollte geliebt werden! Zu sehen, wie glücklich Omar und Melikae miteinander waren, ohne selber einen Liebhaber zu haben, hätte sie nicht ertragen.

Fendal hatte gerade eine ziemlich hohe Palme erklommen und fragte sich, wie er wohl mit heiler Haut wieder auf den Boden kommen würde, als er eine verdächtige Staubwolke im Wadi vor dem Palmenhain sah. Oder war es nur ein Trugbild? Die in der Hitze flimmernde Luft hatte ihm in den letzten Tagen schon so einiges vorgegaukelt. Vielleicht hatte auch nur ein Windstoß den Staub aufgewirbelt.

Der Thorwaler hob die Hand, um die Augen gegen die Sonne abzuschirmen. Waren dort nicht winzige schwarze Punkte auf dem Weiß der Salzkruste zu sehen?

Er durfte kein Wagnis eingehen! Es war besser, er schlug falschen Alarm, als daß sie womöglich von ihren Verfolgern überrascht wurden. Eilig kletterte er die Palme hinab und lief zur Quelle.

»Sie kommen! Sie haben uns gefunden!«

Schon von weitem rief er den anderen die Schreckensnachricht zu.

»Was hast du gesehen?« fuhr Neraida ihn scharf an.

»Irgend jemand kommt über das Wadi. Sie haben wie wir vor einer Woche den Nachmittag abgewartet und sind jetzt nicht mehr weit vom Eingang zum Tal entfernt.«

»Wie lange werden sie noch brauchen?« Omar war aufgesprungen und an seine Seite geeilt. »Und wie viele sind es?«

»Vielleicht wird es nur noch eine Stunde dauern, bis sie hier sind, vielleicht auch länger. Das hängt davon ab, wie erschöpft sie sind. Über ihre Zahl kann ich nichts sagen. Sie waren noch zu weit entfernt.«

»Selbst wenn es nicht unsere Verfolger sind, sondern nur ein Trupp Salzgänger, die den Propheten besuchen wollen, ist es besser, wenn man uns hier nicht mehr antrifft. Omar, sattle die Pferde. Ich werde unsere Sachen zusammenpacken und …«

Neraida war wieder dabei, das Kommando zu übernehmen, doch auch wenn er sie liebte, würde sich Fendal als Krieger nicht von einer ehemaligen Sklavin befehlen lassen, sobald es um einen Kampf ging. Er wußte selbst am besten, was zu tun war.

»Ich nehme mein Pferd und reite zum Eingang des Tals. Sobald ich weiß, wer da anrückt, werde ich euch folgen.« Der Thorwaler nahm das Zaumzeug für seinen Hengst und drehte sich zu den Pferden um.

»Ist das nicht zu gefährlich? Vielleicht ist es besser, wenn wir zusammenbleiben«, wandte Melikae ein.

»Gefährlich?« Der Thorwaler lachte laut auf. »Wenn die hier im Tal ankommen, werden sie so erschöpft sein, daß eine Schar halbwüchsiger Kinder sie überwältigen könnte, und …«

»Und du wirst das bleiben lassen«, mischte sich Neraida ein. »Es ist besser, wenn sie keine Hinweise dafür finden, daß wir hier im Tal waren. Bis der Prophet aus den Felsen herabgestiegen ist und ihnen erzählt, was er gesehen hat, können Stunden vergehen. Vielleicht wird er aber auch in seinem Versteck bleiben. Wenn die Verfolger hier keine Spuren von uns finden, müssen sie denken, daß wir den Weg über den Salzsee nicht überlebt haben. Das ist das Beste, was uns passieren kann. Sie werden dann nicht mehr länger nach uns suchen.«

»Trotzdem ist es immer besser zu wissen, mit wem man es zu tun hat. Versuch also nicht, mich aufzuhalten.« Fendal warf seinem Shadif den Sattel auf den Rücken und drehte sich nicht zu Neraida um. Er wußte, wenn er ihr in die Augen sah, könnte er ihr nicht widerstehen.

Es mochte etwas weniger als eine halbe Stunde vergangen sein, bis der Thorwaler zum Eingang des Tals zurückgekehrt war. Dort versteckte er sein Pferd und kletterte auf einen Felsen, um das Wadi besser überblicken zu können. Doch es war nichts mehr zu sehen. Ihre Verfolger schien der Erdboden verschluckt zu haben.

Vom Himmel herab erklang ein heiseres Krächzen. Über dem Eingang zum Tal zog ein häßlicher großer Geier seine Runden. Es war der erste Geier, den Fendal an diesem Ort der Ruhe und des Friedens gesehen hatte. Was der Aasvogel wohl suchte? Während das Tier seine Runden zog, schien es zu ihm herunterzustarren. Fendal schluckte. Das war ein schlechtes Omen! Seit sie im Tal waren, hatte er merkwürdige Träume – und jetzt auch noch das. Wie die Raben im Norden, so galten in der Khom die Geier als Boten des Todes. Der Tod, das war es, wovon er in den letzten Nächten immer wieder geträumt hatte. Wie der legendäre Held Ulfgrimm würde er sich in seinem letzten Gefecht einer gewaltigen Übermacht stellen und den Rückzug seiner Gefährten decken. Im Traum hatte er alles ganz deutlich gesehen. Nur an die Gesichter seiner Gegner konnte er sich nicht mehr erinnern. Er focht vor einer himmelhohen Steilwand gegen heimtückische Bogenschützen und einen gewandten Schwertkämpfer. An das Ende des Gefechts konnte er sich auch nicht mehr erinnern, wenn er aus seinen Träumen erwachte. Doch hatte er eine dunkle Ahnung, daß es sein letzter Kampf sein würde. Unruhig ließ er die Zunge über die trocknen Lippen gleiten. Dieser Geier war wirklich kein gutes Omen. Der große Vogel war mittlerweile weiter ins Tal geflogen.

Vielleicht würde er auch erst in vielen Jahren sterben? Fendal schüttelte den Kopf. Er sollte sich besser nichts vormachen. Seine Gegner waren wie Beni Novad gekleidet gewesen. Sie trugen lange Kaftane und kämpften mit breiten gekrümmten Schwertern. Da er vorhatte, gemeinsam mit den anderen die Khom zu verlassen und dann mit Neraida nach Norden zu segeln, konnte das nur heißen, daß er nicht mehr lebend aus dieser verdammten Wüste herauskam. Daß er jemals in dieses sonnenverbrannte Land zurückkehren würde, war ausgeschlossen. Hier gab es keine Häfen und auch sonst nichts, was einem Thorwaler gefiel. Also würde er in den nächsten zwei oder drei Wochen sterben. Länger konnte es kaum dauern, bis sie die Goldfelsen erreichten. Ob Neraida wohl um ihn trauern würde? Doch was hätte er davon? Was sie nach seinem Tod tat, war im Grunde gleichgültig. Schade, daß sie nicht mehr Zeit zusammen gehabt hatten. Auf der Flucht würde es wohl kaum noch Gelegenheit geben, sich gemeinsam für einige Stunden an einen abgelegenen Ort zurückzuziehen und sich zu lieben. Dabei hätte er sie so gern einmal ohne ihren Schleier gesehen. Doch Neraida erfand tausend Ausflüchte, ihn niemals abzulegen. Fendal konnte das nicht verstehen. Schämte sie sich wegen ihrer Tätowierungen? Dazu gab es doch gar keinen Anlaß. Er kannte sie, solange er in den Diensten Abu Feisals gestanden hatte. Dort war sie nie verschleiert gegangen. Er wußte genau, wie ihre Tätowierungen aussahen. Und sie mußte wissen, daß er es wußte. Also warum das Spiel mit dem Schleier? Der Thorwaler schüttelte ärgerlich den Kopf. Wer begriff schon die Frauen? Dabei hätte er alles darum gegeben, wenigstens ein einziges Mal bei Neraidas Küssen ihre Lippen und nicht den Stoff des Schleiers zu fühlen.

Eine Bewegung auf dem Wadi lenkte ihn von seinen trübsinnigen Gedanken ab. Jetzt sah er die kleinen schwarzen Flecke wieder. Sie waren im Schatten einer hochaufragenden Felswand verschwunden gewesen und ein gutes Stück weiter vorangekommen. Mindestens zehn Männer, die ihre Pferde hinter sich herzogen, rückten auf das Tal vor. Wahrscheinlich waren es sogar noch mehr. Auf jeden Fall könnten sie gegen eine solche Übermacht nicht bestehen. Vor allem dann nicht, wenn sich ihre Verfolger einen Tag Zeit nehmen würden, um sich in der Felsoase von den Strapazen des Marsches über den Salzsee zu erholen. Fendal überlegte, ob er den Angriff wagen sollte. Natürlich war es Wahnsinn, sich mit einer zehnfachen Übermacht anzulegen. Doch die meisten Gegner mochten zu erschöpft sein, um nennenswerten Widerstand zu leisten. Wenn er sie jetzt angreifen würde, könnte er die Verfolger vielleicht besiegen. Außerdem war es ihm doch vorherbestimmt, dicht vor einer Steilwand, nahe einer engen Schlucht, zu sterben. Hier, dicht unterhalb des Tales, war das Wadi mehr als zweihundert Schritt breit, und die Felsen sahen völlig anders aus als in seinen Alpträumen. Das konnte also nicht der Ort sein, der ihm für seinen letzten Kampf vorherbestimmt war. Fendal zögerte. Natürlich wären die anderen dagegen gewesen, daß er sich zeigte. Aber sie waren auch keine Krieger. Endlich stand seine Entscheidung fest. Er wäre dumm, wenn er die Gunst der Stunde nicht nutzte!

Neraida hatte wieder die Führung übernommen. Omar gefiel das nicht, aber die Salzgängerin kannte sich einfach besser aus. Während er in den letzten Tagen außer an Melikae eigentlich an gar nichts mehr gedacht hatte, waren Neraida und Fendal bei einem ihrer Streifzüge auf einen versteckten Ausgang aus dem Tal gestoßen.

Trotzdem war Omar alles andere als traurig darüber, nicht vorn zu reiten und alle Pflichten eines Anführers erfüllen zu müssen. Er war ganz versunken in den Anblick Melikaes, die unmittelbar vor ihm ritt. Ihr wunderbares schwarzes Haar wogte ihr weit über die Schultern hinab. Er liebte dieses samtweiche duftende Haar, das sie beide wie ein Schleier umfing, wenn Melikae sich zu ihm herabbeugte und ihn küßte. Als hätte die Tänzerin gespürt, daß er an sie dachte, drehte sie sich um und lächelte ihm zu. Wenn es wirklich so etwas wie einen Zauber zwischen Liebenden gab, dann hatten sie das verwunschene Wort gefunden, das der Welt alle Schatten zu nehmen schien.

»Sieh nur, welch ein großer Vogel!« Die Sharisad zeigte zum Himmel.

Es mußte ein Adler oder ein besonders großer Geier sein. Er schwebte hoch über dem Tal und schien ihnen zu folgen. Doch dann drehte er nach Osten ab und flog in Richtung des großen Salzsees. Omar widmete seine Aufmerksamkeit wieder dem schmalen Pfad. Nicht mehr lange, und sie würden absteigen und die Pferde am Zügel führen müssen. Es schien, als sei dieser Weg nur für Bergziegen geeignet. Doch immer wieder tauchten verwitterte Zeichnungen an den Felsen auf und verrieten, daß sie keineswegs einem beliebigen Wildpfad folgten. Wie lange es wohl dauern würde, bis sie die Berge endlich verlassen hatten?

Kurz vor Einbruch der Dunkelheit erreichte die Gruppe einen engen Paß, wo sich vor Urzeiten ein riesiger Felsblock aus der gegenüberliegenden Steilwand gelöst hatte und nun den Weg vor ihnen fast vollständig blockierte. Mehr als eine Stunde lang waren sie einem schmalen, von himmelhohen Bergrücken eingefaßten Tal gefolgt. Wieder einmal mußten sie absitzen, um weiterzukommen. Müde ließ sich Neraida aus dem Sattel gleiten und blickte nach Osten. Wie viele Stunden mochten vergangen sein, seit Fendal sie verlassen hatte? Zu viele!

Der Thorwaler hatte doch nur zum Eingang der Bergoase reiten sollen, um das Näherrücken ihrer Verfolger zu beobachten. Warum war er noch nicht zurück?

Neraida kniff die Augen zusammen und musterte die karge Felslandschaft hinter ihnen. Das schwindende Licht der Sonne verlieh den roten Felsen ein eigenartiges Glühen. Dort, wo die immer länger werdenden Schatten die Hänge hinabkrochen, sah es fast so aus, als flösse dunkles Blut die Berge hinunter.

Neraida drehte sich um und betrachtete die natürliche Pforte, die durch den herabgestürzten Felsbrocken gebildet wurde. Sie mußte sich mit nützlichen Dingen beschäftigen! Wenn sie finsteren Gedanken nachhing, mochte sie damit Unheil auf Fendal herabbeschwören. Sicher war der Krieger längst auf dem Weg zu ihnen. Der gestürzte Felsen war vielleicht fünf Schritt hoch und lehnte schräg gegen die Steilwand zu ihrer Rechten. Ob es ein Zufall war, daß er ausgerechnet hier, an der engsten Stelle, herabgestürzt war? Er ließ nur einen schmalen Spalt frei, der gerade breit genug war, ein Pferd durchzulassen, wenn sein Reiter abgestiegen war. Neraida griff nach den Zügeln ihres Hengstes. Hinter der natürlichen Pforte würden sie ihr Nachtlager aufschlagen. Sollten sie überrascht werden, ließe sich diese Stelle leicht verteidigen.

Als sie die Felspforte ungefähr zur Hälfte durchquert hatte, spürte sie ein leichtes Kribbeln auf der Haut. Irgend etwas stimmte nicht! Die Salzgängerin ließ die Zügel aus den Fingern gleiten und griff nach dem Dolch am Gürtel. Gegen die Felswand gepreßt, schlich sie langsam vorwärts. Auf der anderen Seite der Pforte weitete sich das Tal. Hier schien der Boden fruchtbarer zu sein als in den Tälern, die sie in den letzten Stunden durchquert hatten. Dürre Büsche klammerten sich mit den Wurzeln an den Felsen fest. Hier und dort ragten einzelne Bäume auf, gewunden und vom Wind gebeugt. Neraida zückte ihren Dolch und blickte nach hinten. Melikae und Omar verharrten regungslos kurz vor dem Felsblock. Sie winkte ihnen zu, sich ein wenig zurückzuziehen.

Was sollte sie tun? Das Tor zu durchschreiten, hieße womöglich, geradewegs in eine Falle zu laufen. Wieder glitten ihre Augen über die Hänge des Tals vor ihr. Nichts wies auf eine Gefahr hin. Spielten ihr am Ende ihre überspannten Sinne nur einen Streich?

Im selben Moment, da sie beschlossen hatte, einfach die letzten zwei Schritte zu tun und hinauszutreten, fiel ihr Blick auf den merkwürdigen Schatten seitlich des Tors.

Er sah aus wie ein riesiges Schlangenhaupt! Neraida erstarrte. Auch der Schatten bewegte sich nicht. Hatte die Kreatur sie bemerkt? Welch ein Wesen mochte es sein, das dort lauerte? So, wie der Schatten fiel, mußte es sich unmittelbar neben dem Eingang an den Felsen pressen. Bereit, jeden, der es wagte, das Tor zu durchqueren, sofort anzugreifen.

Leise zählte Neraida ihre Herzschläge und ließ den Blick nicht von dem Schlangenschatten. Endlose Minuten vergingen so, und der Schatten des Wächters erzitterte nicht einmal in dieser Zeit. Die Salzgängerin wurde immer unruhiger. Sie konnte nicht für immer und ewig hier stehenbleiben. Sicher wußte der Wächter längst, daß sie hier war. Ihr Pferd schnaubte unruhig und scharrte mit den Hufen. Warum griff das Wesen dort draußen nicht einfach an? Trieb es vielleicht ein Spiel mit ihr? Unsicher wog Neraida den Dolch in der Hand. Sie hatte jetzt lange genug gewartet! Ihr blieb nicht mehr viel Zeit. Bald wäre es vollkommen dunkel, und sie könnte den Schatten ihres Gegners nicht mehr erkennen. Damit hätte sie ihren einzigen Vorteil gegenüber der Bestie verloren. Langsam, Spann für Spann, schob sie sich näher an die Kante des Felsblocks. Vielleicht gelang es ihr doch, ihn zu überraschen?

Neraida stand jetzt genau an der Ecke des Felsblocks. Sie verharrte und lauschte. Der Schatten des Schlangenkopfs hatte sich immer noch nicht bewegt. War das Reptil womöglich taub? Die Salzgängerin hatte das Gefühl, daß ihr rasender Herzschlag etliche Schritt weit zu hören war. Verzweifelt krampfte sich die Hand um den Griff des Dolches. Sollte sie einfach vorspringen und zustoßen? Damit würde sie sich ausliefern, wenn es ihr nicht gleich gelänge, ihrem Gegner einen tödlichen Stoß zu versetzen. Nein, sie war einfach keine Kriegerin. Fendal wäre vielleicht so vorgegangen… Wäre der verfluchte Thorwaler doch nur hier!

Neraida preßte die Wange an den Felsen und spähte

vorsichtig um die Ecke. Für einen Augenblick blieb sie wie versteinert stehen. Dann begann sie lauthals zu lachen. Ein großer aus dem Felsen gehauener Schlangenmensch bewachte das Tor. Die Gefahr war nur Einbildung gewesen.

Melikae und Omar eilten herbei, um zu sehen, was mit ihr geschehen war. Im letzten Moment konnte Neraida sie daran hindern, das Tor vollends zu durchschreiten. Mit fragenden Blicken verharrten die beiden unter dem Felsen.

Nun, da sie den steinernen Wächter gesehen hatte, fiel ihr wieder eine Geschichte ein, die man sich unter den Salzgängern erzählte. Es hieß, daß im Nordwesten der Bergoase ein Tor liege, das seit Jahrtausenden von einem zauberkundigen Wächter aus dem alten Echsenvolk gehütet werde. Seine Magie erlaubte es, das Tal der sieben Säulen in dieser Richtung zu verlassen, verhinderte aber zugleich, daß man es von dort aus betreten konnte. Hatte man die Felsenge einmal durchschritten, so hieß es, konnte sie außer dem Propheten von dieser Seite aus kein Sterblicher wiederfinden. Versuchte man aber, durch Magie die verbotene Pforte zu öffnen, so würde der Wächter erwachen und den Frevler töten, denn es war Rastullahs Wille, daß jeder, der das Orakel aufsuchte, vorher die Prüfungen des Cichanebi auf sich nehmen mußte.

Neraida erzählte Melikae und Omar die Geschichte. Dann zogen sie sich von dem Tor zurück und schlugen ein Nachtlager auf. Die Gefährten beschlossen, bis zum Morgengrauen auf Fendal zu warten. Wäre er dann noch nicht zurück, müßten sie das Tor des Schlangenwärters ohne ihn durchschreiten. Würden sie länger warten, könnten sie auch gleich ihren Verfolgern entgegenreiten und sich ergeben. Sie mußten so weit wie möglich kommen, solange ihre Feinde noch zu erschöpft waren, um ihnen zu folgen.

Unruhig starrte Omar in die Finsternis. Er hatte die erste Nachtwache übernommen und kauerte etwas abseits des Lagers hinter einem Felsen. Wo blieb nur Fendal? War er tot oder in eine Falle geraten? War da nicht gerade ein Geräusch gewesen? Der Novadi verharrte und lauschte in die Nacht. Bei Sonnenuntergang war ein leichter Wind aufgekommen. Manchmal erklang ein unheimliches Pfeifen oder ein langgezogenes Heulen. Omar war sich sicher, daß nicht nur Hyänen durch die Täler schlichen. Es hätte ihn nicht gewundert, wenn auch irgendwelche Geister in dieser rastullahverlassenen Gegend ihr Unwesen trieben... Dann und wann hörte er in der Ferne leise das Geräusch von fallenden Steinen. Hätten sie nur endlich diese Berge hinter sich! Die Oase war sicher ein heiliger Ort, doch dieses Gebirge war verflucht! Es gehörte zum Gebiet der Beni Schebt. Ehrlose Hurensöhne waren das! Sie hatten vor vielen Jahren das Lager seines Vaters überfallen und alle Überlebenden in die Sklaverei verkauft.

Ob sie ihn wiedererkennen würden? Eine Weile brütete Omar beunruhigt vor sich hin. Es war unwahrscheinlich – zu viele Jahre waren seitdem vergangen. Damals war er noch ein Kind gewesen. Und doch, wenn sie ihn wiedererkannten, würden sie ihn und alle töten, die bei ihm waren. Gleichgültig, was er vorbrächte, sie hätten Angst, er könnte eines Tages zurückkehren, um gerechte Blutrache zu üben. Sie hatten gar keine andere Wahl. Vielleicht sollte er sich von den anderen trennen? Er hatte das schon früher überlegt, als er merkte, wohin Neraida sie führte. Aber er konnte die beiden Frauen nicht einfach alleinlassen. Ohne seine Hilfe kämen sie niemals bis zu den Goldfelsen.

Omar streckte sich und blickte zum Lagerplatz. Sie hatten sicherheitshalber kein Feuer entzündet. Vielleicht waren ihre Verfolger doch näher als vermutet. Und allein Rastullah wußte, was sich sonst noch in diesen Bergen herumtrieb. Omar betrachtete die beiden schlafenden Frauen. Sie hatten sich in dicke Kamelhaardecken eingerollt und dicht aneinandergekauert. Selbst jetzt trug Neraida ihren Schleier. Irgend etwas stimmte mit ihr nicht. Warum ging sie verschleiert, seit sie in die Berge gekommen waren? Und wie kam es, daß sie soviel über die Echsen wußte? Es stand keinem Gläubigen an, sich mit den verderbten Kulten der Götzenanbeter zu beschäftigen. Ob die Echsen in diesen abgelegenen Bergen wohl noch immer herrschten? War das vielleicht der Grund, warum Neraida verschleiert ging? Hielt sie womöglich Teile ihres Wissens zurück? Sicher, sie hatte sie über den Cichanebi geführt, und ohne ihre Hilfe wären sie wahrscheinlich schon längst alle tot oder zumindest gefangengenommen worden. Und dennoch war ihm die tätowierte Frau unheimlich. Sie wußte einfach zu viele Dinge, die nach Rastullahs Geboten ein Geheimnis sein sollten.

Ein Geräusch ließ Omar auffahren. Irgendwo hatte er einen Stein fallen hören. Es war nicht sehr weit entfernt gewesen. Vorsichtig tastete er nach dem Griff seines Waqqif. Mit dem kleinen gebogenen Dolch würde er nicht viel ausrichten können. Geduckt schlich Omar zwischen einigen Felsblöcken auf die Stelle zu, wo das Geräusch entstanden zu sein schien. Jetzt erklang auch Hufschlag. Es schien nur ein einzelnes Pferd zu sein, und es ging sehr langsam. Das Tier war entweder erschöpft oder wurde von seinem Reiter am Zügel geführt. Ob es Fendal war? Ein Späher würde sich jedenfalls nicht so unvorsichtig nähern.

Omar hielt an und spähte über einen Felsen hinweg. Es war völlig dunkel. Der Mond war schon untergegangen, und die blassen Sterne spendeten nur wenig Licht.

Ein einzelner Mann wanderte leicht hinkend zwischen den Felsen dahin. Hinter ihm trottete ein Pferd. Es hörte sich an, als murmle der Fremde etwas vor sich hin oder singe leise. Doch er war zu weit weg, als daß irgend etwas zu verstehen war. Von der Größe her konnte es Fendal sein. Doch Omar durfte sich keinen Irrtum leisten. Er griff nach einem kleinen Stein und schleuderte ihn in hohem Bogen über den Weg hinweg, so daß er klackernd hinter dem Fremden zu Boden ging. Sofort blieb der Mann stehen und zog eine Waffe. Vorsichtig drehte er sich im Kreis, jederzeit auf einen Angriff gefaßt.

»Wer schleicht hier durch die Nacht? Bei den Flossen Swafnirs, zeig dich, wenn nicht das Herz eines ängstlichen Hasen in deiner Brust schlägt!«

»Bei Rastullah, wer brüllt da wie ein Barbar und stört den Schlaf der Rechtgläubigen?« Omar sprang aus seiner Deckung und lief zu Fendal hinab.

»Was ist geschehen? Wo bist du so lange gewesen? Und warum humpelst du?« Atemlos erreichte der Novadi den Thorwaler und schloß ihn in die Arme.

»Immer mit der Ruhe! Nicht so viele Fragen. Ich weiß ja gar nicht mehr, wo mir der Kopf steht. Und hättest du vielleicht einen Schluck Wasser? Ich glaube fast, ich habe im Lauf des Tages so viel Staub geschluckt, daß meine Eingeweide mittlerweile einen ganz leidlichen Ackergrund abgeben müßten.«

Nachdem Fendal gegessen und getrunken hatte, fühlte er sich wieder besser. Seine Gefährten hatten ihn die ganze Zeit über angestarrt, als säße ein Gespenst vor ihnen.

Vor allem Neraida hatte sich ziemlich merkwürdig verhalten. Erst war sie ihm in die Arme gefallen, und dann hatte sie ihm eine schallende Ohrfeige verpaßt.

»Was ist denn geschehen?« fragte Neraida ungeduldig, nachdem Fendal ihren Wasserschlauch zur Seite gelegt hatte.

»Nun…« Der Thorwaler räusperte sich wie ein Skalde, der ein Heldenlied beginnt. »Als ich erkannte, daß uns mehr als ein Dutzend der Söldlinge deines verehrten Vaters im Nacken sitzen« – Fendal blickte kurz zu Melikae –, »entschloß ich mich, die Zahl unserer Verfolger ein wenig zu verringern. Die Gelegenheit schien günstig. Nachdem sie durch das Wadi Ghehena gekommen waren, konnten sie schließlich kaum munterer als tote Heringe sein. Also habe ich mich auf den Rücken meines Schlachtrosses geschwungen und sie gestellt. Ihr hättet sehen sollen, wie diese Halunken auf einmal laufen konnten, als ich ihnen entgegenpreschte. Zwei oder drei habe ich niedergestreckt, bevor sie überhaupt richtig zu sich gekommen waren.«

Fendal wußte natürlich genau, daß es nur zwei gewesen waren, aber es konnte nicht schaden, seine Heldentaten ein wenig auszuschmücken. Das würde auch den anderen Mut machen.

»Dann stellte sich leider heraus, daß sie nicht so erschöpft waren wie wir, als wir aus diesem verfluchten Wadi herausstolperten. Einige haben versucht, mich mit ihren Speeren vom Pferd zu stoßen. Ein paar Feiglinge haben auch mit Bogen auf mich gezielt. An Deck eines Langbootes, in einer Schildreihe mit meinen Kameraden, hätte mir das sicherlich nicht viel ausgemacht, aber auf dem Rücken eines Pferdes fühle ich mich einfach nicht wohl. Trotzdem habe ich weiter auf sie eingedroschen, bis plötzlich dieser nackte Mann auftauchte.« Fendal machte eine Pause und nahm noch einen Schluck aus dem Wasserschlauch.

»Ein nackter Mann?« Neraidas Stimme klang schneidend. »Welches Märchen tischst du uns hier eigentlich auf?«

»Ich schwöre bei Swafnir, daß ich nicht lüge.« Mit großer Geste legte sich Fendal die Hand aufs Herz und fuhr mit beleidigter Miene fort. »Ich weiß ja selbst, wie verrückt sich das anhört, aber der Mann war völlig nackt. Er stand plötzlich hinter mir, wedelte mit den Händen herum und zischte irgendwelche unverständlichen Worte. Es war ein hagerer kleiner Kerl mit verschlagenem Blick. Obwohl er dunkle Haut hatte, sah er nicht wie ein Novadi aus. Ich glaube, es war ein Schwarzmagier oder ein Dämonenbeschwörer. Jedenfalls kein Mann, der seinen Kampf auf ehrliche Weise mit kaltem Stahl austrägt.«

Der Thorwaler bemerkte, wie Melikae und Neraida einen kurzen Blick tauschten. Sie schienen ihm nicht zu glauben!

Ärgerlich fuhr er fort. »Plötzlich wurde mir ganz schwindlig. Die Krieger verschwammen mir vor den Augen. Irgend etwas traf mein Bein, und auch mein Hengst muß verletzt worden sein. Jedenfalls wieherte er laut auf und schoß davon, als säßen ihm sämtliche Dämonen der Niederhöllen im Nacken. Als ich wieder klar war, hatten wir die Oase erreicht. Was immer dieser nackte Kerl mit mir angestellt hat, er hat nicht lange Macht über mich gehabt.« Fendal lächelte zufrieden. »Wäre ja auch noch schöner, wenn man mich mit ein paar Worten und Handbewegungen in den Staub schicken könnte. Jedenfalls habe ich mir danach überlegt, daß es besser sei, diesen Süßwasserpiraten nicht mehr auf den Leib zu rücken. Ich hab mich zwischen den Felsen oberhalb der Quelle verkrochen und ihnen zugesehen, wie sie eingerückt sind. Da hatte ich auch zum ersten Mal Gelegenheit, sie zu zählen. Siebzehn Mann, ausgerüstet mit den besten Pferden und zusätzlich noch zehn Maultieren. Die verfolgen uns bis nach Al'Anfa, wenn es sein muß. Ich habe einige von den Jägern deines Vaters darunter wiedererkannt, Melikae. Nach der Schlappe mit dem Löwen dürfen sie nicht noch einmal versagen. Zwischen den Felsen kauernd habe ich dann meine Wunden versorgt und bis kurz vor Einbruch der Dämmerung die Oase beobachtet. Ich glaube nicht, daß unsere Freunde eine lange Rast brauchen werden. Dein Vater scheint sich die Zeit genommen zu haben, die besten Krieger zusammenzusuchen, ihnen einen erfahrenen Salzgänger an die Seite zu stellen und auch einen Schwarzmagier anzuheuern. Wir sollten noch vor Sonnenaufgang das Lager abbrechen und sehen, daß wir weiterkommen. Wenn wir geglaubt haben, wir hätten es geschafft, haben wir uns geirrt. Die Jagd auf uns hat gerade erst begonnen.«

Einige Augenblicke lang war es völlig still. Dann fragte Melikae unvermittelt: »Hatte der Nackte Tätowierungen in den Handflächen.«

Fendal nickte. »Ja und da war noch etwas...« Er kratzte sich am Kopf und versuchte sich an das Gesicht des Mannes zu erinnern. Fendal hatte ihn schließlich nur für einen kurzen Augenblick gesehen. »Da war etwas auf der rechten Wange. Einige Narben oder vielleicht eher eine schlecht verheilte Brandwunde.«

»Er ist es«, flüsterte Melikae leise. »Abu Dschenna. Er ist ein Magier aus Khunchom. Mein Vater nimmt manchmal seine Dienste in Anspruch. Ich habe ihn zwei- oder dreimal in unserem Haus gesehen, und er hat, soweit ich weiß, meinen Vater noch nie enttäuscht. Man sagt, daß er sich mit der verlorenen Magie der Echsenmenschen beschäftigt. Die Narben auf seiner Wange soll ihm ein Monster in den Sümpfen bei Selem beigebracht haben, doch ob das stimmt, weiß wohl nur Rastullah.«

»Abu Dschenna«, murmelte Fendal leise. Selbst er hatte diesen Namen schon einmal gehört, auch wenn er nicht mehr wußte, bei welcher Gelegenheit. Aber allein die Tatsache, daß er sich an den Namen eines Zauberers noch erinnern konnte, war bedenklich. Normalerweise maß er Magiern soviel Bedeutung zu wie dem Sand unter seinen Stiefeln. Sie waren alle miteinander eine feige Schlangenbrut und verdienten die Beachtung eines Kriegers nicht.

»Wir sollten das Lager abbrechen und jetzt schon reiten.« Ohne auf eine Antwort zu warten, erhob sich Neraida. »Wenn ich mich richtig an die Erzählungen über das Schlangentor erinnere, sind es von hier aus nur noch wenige Wegstunden bis zur offenen Wüste.«

Fendal grinste über die Frechheit der Salzgängerin, die sich offenbar wieder einmal nicht das geringste um die Meinung der Sharisad scherte. Diese Sklavin führte sich auf, als wäre sie ein Hetmann. Müde stand er auf und humpelte zu seinem Pferd. Schade, daß sie nicht ein einziges nettes Wort über seine Heldentaten verloren hatte.

In den Stunden seit Sonnenaufgang hatte sich die Landschaft sehr verändert. Die Gefährten hatten eine Ebene erreicht, aus der sich rötlich schimmernde große Tafelberge erhoben. Die Ebene selbst war mit Tausenden verkrüppelter kleiner Büsche bewachsen. Hin und wieder überquerten sie noch Geröllhalden, doch der Weg war jetzt sehr viel leichter geworden. Omar hatte ihnen befohlen, dicht bei den Felsen zu bleiben. So mußten sie zwar oft Umwege reiten, waren aber auch schwerer zu entdecken, als wenn sie mitten durch die weiten Täler geritten wären. Trotzdem wurde Melikae das Gefühl nicht los, daß man sie beobachtete. Sie waren auf dem Land der Beni Schebt. Die Nomaden ließen hier ihre Kamel- und Ziegenherden weiden und achteten eifersüchtig darauf, daß niemand ohne ihre Zustimmung das Gebiet durchquerte. Doch bislang hatten sie weder eine Ziege noch einen Hirten gesehen.

Manchmal waren die Felsen mit riesigen Bildern geschmückt. Etliche Schritt über dem Boden waren die Steinbildnisse in den künstlich geglätteten Steilhang geschlagen, so daß es aussah, als hätten Riesen die Berge gezeichnet. Die Bilder waren schön und fremdartig. Nicht so eckig und mit geometrischen Mustern durchsetzt wie die Steinbilder der Echsen, die sie tiefer in den Bergen gesehen hatten.

Sie zeigten feingliedrige Menschen, die durch Gartenlandschaften wanderten oder auf prächtigen Pferden zur Jagd ausritten. Manchmal lagen sie auch im Kampf mit schlangenleibigen Echsenkriegern, doch schienen sie jedesmal mit ihren ungewöhnlich langen Bogen und den geraden Schwertern, mit denen sie gewappnet waren, den Sieg davonzutragen. Melikae liebte es, die Bilder zu betrachten, auch wenn Wind und Sand sie im Lauf von Jahrhunderten fast wieder vom Felsen getilgt hatten. Nur in den zwei Schluchten, die sie durchquert hatten, wo die Reliefs vor dem Toben der Sandstürme geschützt waren, konnte man die Bilder noch so deutlich erkennen, als seien sie erst vor kurzem in den Fels geschlagen worden.

»Halt!« Omar, der jetzt die Gruppe anführte, hatte seine Hand gehoben und sich in den Steigbügeln aufgerichtet.

Melikae zügelte ihr Pferd. Vielleicht dreihundert Schritt vor ihnen hatte sich ein Trupp Reiter aus dem Schatten der Felsen gelöst und kam langsam auf sie zu.

»Laßt die Finger von den Waffen!« Der Novadi hatte sich im Sattel umgedreht. Seine Worte waren offensichtlich für Fendal bestimmt, dessen Hand schon auf seiner breiten Axt ruhte.

»Es sind Beni Schebt. Wir sind, ohne sie zu fragen, abseits der großen Karawanenrouten durch ihr Stammesgebiet geritten. Nach dem Recht der Wüste können sie uns dafür töten.«

»Mich wird man nicht einfach töten«, antwortete der Thorwaler grimmig und zog die Axt aus dem Gürtel.

»Laß es, Fendal! Ich befehle es dir!« mischte sich Melikae in den Streit der beiden. »Wenn wir uns wie Feiglinge verhalten, werden sie uns bestimmt angreifen. Ich werde mit ihnen verhandeln.«

»Ich glaube nicht, daß sie mit einer Frau reden werden, Herrin.«

»Das werden wir sehen.« Melikae gab ihrem Hengst die Sporen und galoppierte an die Spitze der kleinen Gruppe.

Die Beni Schebt hatten ihr Tempo jetzt gesteigert und sich zu einer langgezogenen Linie formiert. Sie ritten Mehari, jene großen weißen Kamele, die für die Krieger im Herzen der Khom typisch waren. Als die Beni Schebt sie schon fast erreicht hatten, rissen sie ihre Säbel aus den Gürteln und stimmten ein infernalisches Geschrei an.

»Malach malachem! Mullah la-udadef!«

Melikae zügelte ihr Pferd und ließ die Reiter auf sich zustürmen. Sie kannte die Art der Nomaden aus den Erzählungen ihres Vaters. Die Krieger würden versuchen, ihnen einen Schreck einzujagen. Es hing jetzt alles davon ab, daß sie scheinbar völlig unbeeindruckt blieben. Alles andere könnte gefährlich werden. Wie erwartet umringten die Reiter ihren Trupp und vollführten Scheinangriffe mit ihren Säbeln. Melikae war mulmig zumute. Es war alles andere als leicht, ruhig im Sattel zu sitzen, während ein Krieger mit seinem Khunchomer ausholte, um ihr den Schädel zu spalten, und seinen Schlag erst im allerletzten Moment abfing.

Die Sharisad versuchte einen Punkt am Horizont auszumachen. Sie starrte unentwegt auf einen großen Felsblock, um sich von den säbelschwingenden Beni Schebt abzulenken. Ihre Hände hatte sie auf den Sattelknauf gelegt, damit niemand merkte, wie sehr sie zitterte. So hatte sie sich ihre Flucht nicht vorgestellt! Schließlich zügelten die Reiter ihre Kamele, und ein Mann mit goldbestickter Weste hielt an ihrer Seite. Er mochte vielleicht vierzig Jahre alt sein. Das Haar an den Schläfen war ergraut, das Gesicht von Sonne und Wüstenwind gezeichnet.

»Bist du eine Frau, die den Männern gebietet, oder warum reitest du an der Spitze?«

»Ich bin eine Frau, die über Karawanen gebietet. Mein Vater ist ein reicher Handelsfürst!«

Der Reiter lachte verschmitzt. »Wo hast du denn deine Karawanen gelassen? Oder nennst du das eine Karawane, was dir da folgt? Ein Weib, ein unreifer Knabe und ein Ungläubiger. Welch eine erbärmliche Gesellschaft für die Tochter eines reichen Kaufmanns!«

Melikae reckte stolz das Kinn. »Zweifelst du an meinen Worten?«

»Könnte eine so schöne Frau wie du denn lügen?« Plötzlich wurde der Krieger wieder ernst. »Ihr befindet euch auf dem Gebiet der Beni Schebt, ohne daß wir euch zu kommen baten. Ihr werdet Wasser aus unseren Brunnen stehlen. Sag, was tätest du mit einem Dieb, den du auf deinem Land fändest?«

Melikae hielt dem stechenden Blick des Kriegers stand. »Ich brächte ihn zu meinem Herren, auf daß er das Urteil fälle. Wen du einmal getötet hast, den wirst du nicht mehr aus Rastullahs Armen reißen. Also bedenke wohl, was du tust, denn ich kenne deinen Herren, Sultan Mahmud ben Dschelef. Töte mich, und deine Sippe wird auf immer in Ungnade fallen. Bring mich zu ihm, und er wird dich belohnen. Das ist natürlich kein Rat, denn auch wenn ich eine Sharisad bin, würde ich es mir niemals erlauben, einem stolzen Krieger einen Rat zu geben, denn ich weiß, daß die Söhne der Beni Schebt stets weise entscheiden und nicht auf das Wort einer Frau angewiesen sind.«

Das Pferd des Kriegers tänzelte unruhig. Er schien zu zögern. »Und was ist, wenn ich dich töte und deinen Schmuck und deine Pferde an mich nehme? Wer sollte dich hier jemals finden? Es hieße, die große Wüste hätte dich und die deinen verschlungen, Weib.«

»Tu es, und auch dein Leben wird verwirkt sein. Ich sage dir noch einmal, ich bin keine einfache Dirne, sondern die Tochter eines mächtigen Kaufmanns. Nimm meine Pferde, und du wirst niemals sicher sein, daß du nicht jemandem begegnest, der weiß, aus wessen Stall sie stammen. Versuche, meinen Schmuck zu verkaufen, und die Goldschmiede werden verraten, wer ihnen diese Stücke gebracht hat. Töte mich, und du wirst nicht reicher werden, denn du wirst es nicht wagen können, deine neuen Schätze irgendwo zu zeigen. Und was ist schon Reichtum, wenn man ihn nicht zeigen kann?«

Melikae machte eine kurze Pause. Dann zwang sie sich zu einem Lächeln und hoffte, daß es auch jetzt noch so entwaffnend war wie auf den Festen ihres Vaters, wenn sie mit reichen Kaufmannssöhnen getändelt hatte.

»Sieh, du bist ein mächtiger Krieger, und ich beuge mein Haupt vor dir und deinen stolzen Reitern. Wo gibt es eine edlere Schar unter Rastullahs Sonne als an deiner Seite? Und doch weiß ich, daß dein wahrer Reichtum deine Weisheit ist. Du wirst nicht von uns lassen, weil du Angst hättest, sondern weil es dir so gefällt.«

Der Reiter zog die Augenbrauen zusammen. Melikae schluckte. Hatte sie etwas Falsches gesagt?

Plötzlich begann der Krieger laut zu lachen. »Es ist wirklich erstaunlich, wie gut du mich kennst, Weib, während du noch nicht einmal meinen Namen weißt. Ich bin Raschid ben Karim, der Neffe des Sultans. Und weil es mir so gefällt, werde ich euch nicht laufen lassen, sondern zu meinem Onkel, dem Sultan, bringen, der ganz in der Nähe im Winterlager meines Vaters zu Gast ist. Folgt mir!«

Erleichtert atmete Melikae aus. Auch wenn sie ihre Freiheit vorläufig verloren hatten, so waren sie wenigstens noch lebendig. Vielleicht war es sogar das beste, in ein Lager der Beni Schebt zu gelangen. Dort würden die Häscher ihres Vaters es nicht wagen, sie anzugreifen.

Gemeinsam mit Fendal und Neraida kauerte Omar dicht bei den Pferden im Sand und beobachtete das Zelt des Sultans. Es mußte mehr als zwanzig Schritt lang sein und war eines der größten Zelte, die er je gesehenen hatte. Sein Stoff unterschied sich kaum von dem der anderen Zelte. Überall in der Khom verwendete man Stoffbahnen aus schwarzgefärbtem, fein gesponnenem Kamelhaar. Die Seitenwände des langen Sultanszeltes waren hochgeschlagen, so daß jeder Windhauch den Männern Kühlung brachte. Die Krieger saßen auf prächtigen Teppichen, zwischen denen man an einigen Stellen Platz für steingefaßte Feuerstellen gelassen hatten. Auch wenn das Zelt sehr lang war, so war es nicht mehr als höchstens vier Schritt breit.

So kam es, daß Sultan Mahmud ben Dschelef, seine Berater und seine Verwandten in einer langen Reihe nebeneinander saßen. Einige lehnten sich auf Kissen, andere wiederum hatten die Beine untergeschlagen und saßen kerzengerade. Zwei Frauen machten sich an der einzigen Feuerstelle zu schaffen, die benutzt wurde. In kleinen Kupferkannen hielten sie den Tee warm, der zu den Verhandlungen gereicht wurde.

Melikae saß so, daß Omar nur ihren Rücken sah. Während sie sprach, gestikulierte sie mit den Armen, doch sie war zu weit entfernt, als daß er ihre Worte hören konnte.

Der Novadi ließ seinen Blick über das Lager der Beni Schebt schweifen. Fast dreißig Zelte waren aufgeschlagen, aber kaum ein Mensch war zu sehen. Die Männer und Frauen hatten sich vor der Mittagsglut zurückgezogen. Ab und an hörte man das Schreien eines unruhigen Kamels, doch sonst herrschte völlige Stille. Mit einem dürren Stöckchen zog Omar Linien in den Sand und verwischte sie sogleich wieder. Es machte ihn unruhig, wie gut Melikae es verstand, mit anderen Männern umzugehen. Immer wieder klang lautes Lachen vom Zelt des Sultans.

Rastlos drehte er das Holzstöckchen zwischen den Fingern. Wie lange würde es wohl dauern, bis Melikae einen Mann fand, der ihr besser gefiel? Was konnte er ihr außer seiner Liebe schon bieten? Sicher hatte sie ihm in der Felsoase ewige Treue geschworen, doch wie lange würde sie der Versuchung widerstehen, wenn er ihr nicht das Leben bieten konnte, das sie gewohnt war? Diese verfluchten Beni Schebt! Hätten sie nicht seine Sippe überfallen und seine Eltern gemordet, dann wäre er jetzt kein Habenichts. Aber er hätte auch Melikae niemals kennengelernt … Mit leisem Knacken zerbrach das Stöckchen zwischen seinen Fingern. Es war unnütz, mit dem Schicksal zu hadern. Sein Leben lag in Rastullahs Hand, und nur wenn er auf Ihn vertraute, würde sich alles zum Besten wenden.

Melikae hatte sich jetzt erhoben und verbeugte sich kurz vor dem Sultan. Dann drehte sie sich um und verließ das Zelt. Sie strahlte. Hatte sie den anderen Männern auch dieses strahlende Lächeln geschenkt? Omar fand, daß sie allzu leichtfertig mit ihren Reizen umging. Vielleicht verstünde einer der Krieger des Sultans ihr Lächeln falsch. Aber sollten sie nur versuchen, seine Frau zu berühren, dachte Omar wütend. Er hatte ohnehin noch eine Rechnung mit den Beni Schebt offen.

»Sie haben die Pferde genommen!« rief ihnen Melikae entgegen. »Wir bekommen vier Reitkamele und zwei Lastkamele dafür. Außerdem will der Sultan mir auch ein kleines Zelt schenken. Habe ich nicht gut verhandelt?«

Der Novadi nickte. Wie gut dieses Geschäft war, würde sich erst zeigen, wenn sie die Kamele zu Gesicht bekämen.

»Was ist mit dir, Omar? Du benimmst dich so seltsam.«

»Findest du?« Omar zwang sich zu einem Lächeln. »Es ist nur … Ich nehme nicht gern etwas von den Beni Schebt an. Vielleicht stammen die Kamele, die du gerade eingetauscht hast, von denen ab, die sie meinen Eltern gestohlen haben. Das heißt, sie würden mir ohnehin rechtmäßig gehören.«

»Sei still!« Melikae blickte sich ängstlich um, ob sie vielleicht jemand gehört haben konnte. »Vergiß die Blutrache! Was willst du ganz allein gegen alle die Krieger im Lager ausrichten? Der Sultan hat uns freundlich aufgenommen. Du wirst jetzt doch nicht das Gastrecht brechen und ihn bestehlen?«

»Ein guter Krieger muß wissen, wann ein Kampf aussichtslos ist, Omar«, mischte sich Neraida ein, die bislang schweigend zugehört hatte. »Wenn du jetzt deinen

Dolch gegen die Beni Schebt ziehst, so werden wir alle gemeinsam sterben müssen. Du siehst doch, wie groß das Lager ist. Glaubst du, wir könnten ihnen entkommen? Oder …«

Omar blickte Melikae fest in die Augen. Sie war so schön. Er hörte nicht mehr, was Neraida sagte. Es war, als gäbe es nur noch ihn und die Sharisad.

»Vertraust du mir nicht mehr?« Ihre Stimme klang unendlich traurig. Er schämte sich für seine Eifersucht und konnte ihr nicht länger in die Augen blicken.

»Bitte verzeih mir. Es ist nur …« Er wußte nicht, was er sagen sollte. Wie konnte er Melikae erklären, wie unerträglich es für ihn war, wenn sie nicht an seiner Seite war? Auch über seine Ängste mochte er nicht mit ihr reden. Wahrscheinlich würde sie ihn für so unmännliche Gefühle nur verachten.

»Entschuldigt, wenn ich mir einfach so erlaube, euch Verliebte zu stören, aber ich glaube, wir geraten jetzt in Schwierigkeiten.« Fendal war zwischen sie getreten. »Seht doch einmal nach hinten!«

Der Thorwaler wies mit ausgestrecktem Arm nach Norden. »Ich fürchte, wir bekommen Besuch von diesem verfluchten Echsenanbeter und seinen Spießgesellen.«

Auch im Lager war die Reitergruppe bemerkt worden. Eilig brachten junge Männer Pferde zum Zelt des Sultans, während sich vor dem Lager einige Krieger auf Kamelen sammelten.

Omar schluckte. Nach dem Kampf mit Fendal mußte Abu Dschenna geahnt haben, daß auch Melikae nicht mehr weit sein konnte. Anders war nicht zu erklären, daß er selbst während der Mittagsstunden nicht rastete. Solche Strapazen brächten jedes Pferd innerhalb weniger Tage um. Doch offensichtlich war er fest entschlossen, der Jagd ein schnelles Ende zu bereiten und sie nicht noch einmal entkommen zu lassen.

Zwischen den Kamelreitern und den Kopfjägern kam es zu einem kurzen Wortwechsel. Dann ritt ihr Anführer eskortiert von einigen Beni Schebt ins Lager ein, wo ihn der Sultan und sein Gefolge erwarteten. Den Kriegern, die den Magier begleitet hatten, gestattete man nicht, das Lager zu betreten. Omar sah, wie einige kleine Jungen unauffällig den Zeltplatz verließen. Vermutlich sollten sie zu den Herden laufen, um die Hirten als Verstärkung zu holen.

Obwohl dieser jetzt nicht nackt war, erkannte Omar in dem verschleierten Mann, der ins Lager geleitet wurde, sofort den Magier, von dem Fendal berichtet hatte. Kein Zweifel, das mußte Abu Dschenna sein. Er war nicht sehr groß und recht hager. Die schreckliche Narbe im Gesicht verbarg der Zauberer hinter einem Schleier, der von seinem prächtigen scharlachroten Turban herabhing. Die Wahl der Kleidung unterstrich seine Macht und seinen Reichtum. Statt eines Kaftans trug er ein besticktes Hemd aus weißer Seide und einen roten Umhang, der bis weit auf den Pferderücken hinabreichte. Dazu eine Reithose aus feinem gelben Gazellenleder und perlenbestickte Stiefel. Das Zaumzeug seines Pferdes klirrte vor silbernen Münzen, die zusammen kaum weniger wert sein mochten als der prächtige Shadif, den er ritt.

Omar überlief ein Schauer. Dieser Mann war gekommen, um Melikae zu rauben und ihn zu töten. Jede seiner Bewegungen verriet Selbstsicherheit und Macht. Wie sollte er gegen ihn bestehen können? Sein Schicksal war besiegelt. Rastullah hatte ihm seine Gunst entzogen.

»Seid gegrüßt, Sultan Mahmud ben Dschelef, edelster unter den Kriegern der Beni Schebt und erleuchtetster unter den Ratgebern des Kalifen. Vergib mir, wenn ich mit meinem Gefolge das Gebiet deines Volkes durchquert habe, ohne vorher deine Erlaubnis einzuholen. Doch ich bin auf der Suche nach einer Tochter, die sich gegen ihren Vater empört hat, und nach Sklaven, die ihre Ketten zerbrachen. Es sind jene, denen du am Mittag Zuflucht in deinem Lager gewährt hast.«

»Wer tritt da vor mich und fordert? Ich bin nicht gewillt, den Worten eines Mannes zu lauschen, der keinen Namen zu haben scheint.«

»Vergebt, daß ich diese Pflicht der Höflichkeit außer acht gelassen habe, denn in Khunchom, meiner Heimat, kennt mich jedes Kind. Ich bin Abu Dschenna, einst erster Schüler des Dschelef ibn Jassafer, Großmeister an der Akademie des fünfgezackten Sterns zu Rashdul.«

Das Pferd des Sultans tänzelte unruhig. »Verzeiht, wenn ich Euch nicht sofort erkannt habe, obwohl Euer Name auch in unseren Zelten nicht unbekannt ist. Doch beschreibt man Euch als größer.«

Omar atmete erleichtert auf. Er hatte schon befürchtet, der Sultan werde sich vor dem Ruhm des berüchtigten Schwarzmagiers beugen wie eine Palme im Sturm. Er hatte es sich gefallen lassen, daß Abu Dschenna ihn nicht seinem Rang entsprechend ansprach, obwohl der Sultan selbst die Form wahrte. Doch diese Spitze verriet, daß er sich zumindest inmitten seiner Getreuen nicht vor Abu Dschenna fürchtete.

Der Magier überging die Worte des Sultans. »Mich schickt Abu Feisal der Prächtige, Haupt der dritten jener neun Familien, deren Blut edel genug ist, aus ihrer Mitte den Sultan von Unau zu wählen. Er fordert seine Tochter zurück, die Rastullah beleidigte, indem sie ihren Heiratsschwur brach. Sie befindet sich unter jenen Flüchtlingen, die du beherbergst. Liefere sie mir aus, und Abu Feisal wird dich reich entlohnen und ...«

»Weder für Gold noch gegen Drohungen wird ein Beni Schebt das Gastrecht verletzen. Wem immer wir Zuflucht gewähren, der steht unter dem Schutz meines ganzen Volkes.«

»Doch Rastullah gebietet, daß keines Seiner Kinder verpflichtet ist, einem Fremden länger als drei Tage der Rast zu gewähren. Wirst du sie mir dann überlassen?«

»Solange die Fremden in meinem Lager weilen, werden sie unter meinem Schutz stehen. So pflegt man in meiner Sippe das Gastrecht, und wir werden mit dieser Tradition nicht brechen, auch wenn dies der Wunsch eines Edlen aus Unau sein sollte. Ich habe zu dieser Angelegenheit nichts mehr zu sagen. Solltet Ihr und Eure Männer verweilen wollen, werden wir auch Euch willkommen heißen.«

»So sei es!« Die Stimme des Magiers klang angespannt, so als habe er Mühe, seinen Zorn zu unterdrücken.

Omar flüsterte leise ein Dankgebet zu Rastullah. Wie verschlungen und unbegreiflich die Wege waren, die Er den Sterblichen vorherbestimmte! Einst hatten die Beni Schebt seine Familie zerrissen, und jetzt war es ihr Sultan, der ihm das Leben rettete. Konnte es sein, daß Schakale zu Löwen wurden?

»Rastullah muß uns lieben! Mach nicht so ein mürrisches Gesicht, Omar. Ist es nicht ein Wunder, wie wir vor dem Zorn meines Vaters gerettet wurden?«

Melikae verstand nicht, daß Omar nicht genauso glücklich war wie sie. Schließlich hatte sich alles zu ihrem Besten gefügt. Sie waren Abu Dschenna entkommen, hatten ein eigenes Zelt und standen unter dem Schutz eines Sultans. Was wollte man mehr? Außerdem würde sie am Abend tanzen können. Das gehörte zu dem Handelspakt, den sie mit Mahmud ben Dschelef getroffen hatte. Sie sollte jeden Abend für die Männer des Stammes tanzen. Vor allem ihr erster Auftritt mußte überzeugend sein, denn dann würde der Sultan ihr jede Gunst erweisen, dessen war sie sicher.

»Wo hast du nur meine Gangas eingepackt, Neraida?« Aufgeregt wühlte Melikae in ihrem Gepäck. »Ohne die Silberschellen kann ich nicht auftreten.«

»Wenn du sie nicht bei dem Schmuck findest, sind sie bei dem Gepäck, das wir verloren haben.«

»Ich habe sie!« Triumphierend hielt Melikae die Tanzschellen hoch und ließ sie mit hellem Klingen aufeinanderschlagen. »Jetzt hilf mir, ein Kleid auszusuchen! Was soll ich nur heute abend tragen?«

»Du nennst das, was du bei deinen Tänzen trägst, ein Kleid, Herrin?« Neraida grinste.

»Wie meinst du das?« brummte Omar ärgerlich.

»Muß ich dir das erklären? Du hast doch Melikae tanzen sehen und solltest wissen, daß das, was sie Kleid nennt, keinen ihrer Reize wirklich verhüllt, auch wenn sie zugegebenermaßen nicht nackt ist und ...«

»Hüte deine freche Zunge! Wie sprichst du von deiner Herrin?«

»Glaubst du vielleicht, du bist besser als ich, Omar? Noch vor drei Wochen hättest du nicht einmal in die Nähe Melikaes gedurft. Also tu jetzt nicht so, als seist du schon immer ihr Mann gewesen.«

Omars Gereiztheit entfachte allmählich ihren Zorn. Lange würde sie seine Launen nicht mehr hinnehmen. »Hört auf zu streiten! Helft mir lieber, mich zu entscheiden, was ich tragen soll. Was hältst du von dem roten Kleid und dem Silberschmuck, Neraida?«

»Zu Rot solltest du Gold tragen. Silber paßt da nicht.«

»Das ist nicht möglich. Gold kann ich nicht tragen, wenn ich vor einem Haufen ungewaschener Kameltreiber tanze, auch wenn ihr Gebieter sich Sultan nennt.«

»Leise, Herrin! Wer weiß, ob nicht jemand draußen vorm Zelt steht und deine Worte hören kann?«

»Unsinn! Wer sollte uns schon belauschen. Und welcher Mann gibt schon etwas auf das Wort einer Frau?« Melikae lachte und warf Omar einen schelmischen Blick zu. »Oder sind es etwa meine Worte, für die du mich liebst?«

»Ich ... Was ... Glaubst du, ich sei wie alle die anderen Männer, die nur deinen Leib begehren?«

»Begehrst du meinen Leib etwa nicht?« Melikae stemmte die Hände in die Hüften und funkelte ihn böse an.

»Aber ... Ich ... Natürlich liebe ich auch ...«

»Ich weiß, Omar.« Sie mußte lachen Es war so leicht, ihn zu verwirren. Sie wußte, wie er manchmal, wenn er glaubte, daß sie schon schlief, neben ihr saß und sie mit so verliebten Augen anblickte, als hätte er sie gerade zum ersten Mal gesehen. Tagsüber versuchte er seine Gefühle zu verbergen, weil es schlecht zu einem stolzen Beni Novad paßte, wenn er wie ein träumendes Kamel dreinschaute. Doch es gelang ihm nie wirklich, seine Liebe zu überspielen.

Aber das gefiel Melikae. Sie wollte keinen Kaufmann, der mit geübter Zunge ihre Vollkommenheit lobte und am nächsten Tag vielleicht mit denselben Worten eine prächtige Kamelstute im Basar anpries. Auch die jungen Männer aus den vornehmen Familien der Städte, die es verstanden, die wunderbaren Liebesverse längst verstorbener Dichter als eigene Hymnen auf ihre Schönheit auszugeben, waren ihr verhaßt. Genauso die ruhmreichen Krieger aus den Lagern der Nomaden, die darauf brannten, mit groben Händen nach ihrem Körper zu fassen und die über die erste gemeinsame Nacht vor ihren Freunden am Lagerfeuer prahlen würden, als hätten sie wieder einmal einen übermächtigen Gegner bezwungen.

Melikae liebte gerade die einfache Art Omars. Seine schlichten Worte, die stets ehrlich waren und denen kein falscher Glanz anhaftete. Seine unbeholfene Zärtlichkeit und seine aufrichtige Liebe, die sie in jedem Moment spürte, den sie gemeinsam verbrachten, so als sei seine Liebe wie ein wärmender weicher Mantel, der die Kälte der Nacht vertrieb.

Melikae merkte, wie sie einfach nur dastand und Omar betrachtete. Sie lächelte. Jetzt sähe sie wohl kaum wie die stolze Tänzerin aus, die bislang noch jeder Mann angebetet hatte. Doch die Tänzerin war nur ein Teil von ihr. Sie wollte nicht allein für die wenigen Stunden geliebt sein, in denen sie Männerherzen verzauberte.

Oft hatte die alte Sulibeth sie davor gewarnt, dem

Glück zu vertrauen, das eine Sharisad allein durch ihre Kunst zu gewinnen vermochte. ›Wer die Tänzerin liebt, wird der Frau das Herz brechen.‹ Das waren ihre Worte gewesen.

Auch wenn sich Melikae oft gegen die Belehrungen Sulibeths aufgelehnt hatte, so wußte sie doch, daß diese Warnung nicht eines der vielen Gebote war, denen sich eine Tänzerin beugen mußte, wenn sie berühmt werden wollte. Sie hatte es Sulibeths traurigen Augen angesehen, daß ihre Lehrerin an ihre eigene Jugend dachte, wenn sie von der Liebe und von Tänzerinnen sprach.

»Nimm doch das blaue Kleid.« Neraidas Stimme riß Melikae aus ihren Gedanken.

»Findest du es nicht zu dunkel? Man wird mich ja im Licht der Lagerfeuer kaum sehen können.«

»Du redest Unsinn, Herrin. Natürlich wird man dich sehen und dein silberner Schmuck wird die Sterne des Himmels überstrahlen.«

Melikae lachte. »Bevor du noch länger wie ein milchbärtiger Dichter in abgedroschenen Phrasen schwärmst, werde ich den silbernen Schmuck und das blaue Kleid nehmen und …«

»Herrin!« Fendal, der bisher schweigend neben dem Zelteingang gesessen hatte, war plötzlich aufgestanden. »Es schleicht jemand um unser Zelt.«

Melikae erblaßte. Konnte das Abu Dschenna sein? Würde er es wagen, gegen das Gebot des Sultans zu verstoßen?

Das durfte nicht sein! Nicht einmal ein Schwarzmagier würde es wagen, das heilige Gastrecht zu brechen. Sie würde sich von ihm jedenfalls keine Angst machen lassen. Das wäre das einzige, was er ihr antun konnte, solange sie im Lager der Beni Schebt war. Er konnte versuchen, ihr Angst einzuflößen.

»Geh hin und sieh nach, wer es ist, Fendal!«

Der Thorwaler griff nach der Axt an seinem Gürtel und grinste. »Mit Vergnügen.«

»Füg ihm kein Leid zu! Damit würden wir das Gastrecht verletzen.«

Fendal brummte etwas Unverständliches und schlug die Zeltplane am Eingang zurück.

Draußen war es dunkel. Vor mehr als einer Stunde war die Sonne versunken, und es blieb nicht mehr viel Zeit bis zu Melikaes Auftritt. Melikae hatte eine Ausrede erfunden, um nicht am Festmahl teilzunehmen, das der Sultan gegeben hatte, denn Omar weigerte sich, mit Dieben und Mördern das Brot zu brechen.

Draußen waren Stimmen zu hören. Dann erschien ein vertrautes Gesicht im Zelteingang. Es war Raschid ben Karim, der Neffe des Sultans.

»As salamu alaikum, Melikae Sharisad.« Der Krieger neigte das Haupt zum Gruß.

»Wa alaikum as salam, Raschid ben Karim«, erwiderte die Tänzerin die rituelle Grußformel. »Was führt dich in mein Zelt?«

Mißtrauisch blickte der Mann in die Runde. »Kann ich vor deinen Dienern frei sprechen, Sharisad?«

»Ich habe keine Geheimnisse vor ihnen.«

Raschid räusperte sich. Einen Moment lang zögerte er, so als falle es ihm schwer zu reden.

»Es geht um meinen Oheim, den Sultan. Kurz vor Sonnenuntergang hat er sich noch einmal mit dem unseligen Abu Dschenna getroffen. Der Magier hat ihm viel Gold für euch geboten, und schließlich hat sich mein Oheim auf einen Handel mit ihm eingelassen. Auf schändliche Weise haben sie eine Lücke in der alten Tradition des Gastrechts aufgetan, so daß der Sultan euch ausliefern kann, ohne gegen das Gastrecht zu verstoßen. Dieses Recht gilt nur in einem Lager. Sei es nun der Zeltplatz einer großen Sippe oder das einsame Nachtlager eines einzelnen Reisenden irgendwo in den Weiten der Wüste. Deshalb wird mein Oheim in zwei Tagen den Befehl geben, unser Lager abzubrechen, um weiterzureiten. Sobald das letzte Feuer gelöscht ist und das letzte Zelt zusammengelegt wurde, es also kein Lager mehr gibt, ist er nicht weiter verpflichtet, den Schutz zu gewähren, den er dir noch am Mittag für dich und die Deinen gewährleistet hat, Sharisad. Dann wird Abu Dschenna euch ergreifen und meinem Onkel das Geld für seinen feigen Verrat auszahlen.«

»Und woher sollen wir wissen, daß nicht *du* der Verräter bist?« rief Omar erzürnt. »Wie können wir dir trauen? Offenbar willst du uns doch dazu verführen, in dieser Nacht zu fliehen. Auch so werden wir den Schutz des Gastrechts verlieren und …«

»Du nennst mich keinen Verräter, räudiger Sklavenbastard!« Raschid war aufgesprungen und hatte seinen gekrümmten Dolch gezogen.

»Hört auf, in Rastullahs Namen!« Melikae sprang auf und trat zwischen die beiden Streithähne. »Raschid, vergebt ihm.«

»Ich bin als Freund gekommen, um euch vor dem ehrenrührigen Verrat meines Oheims zu warnen, doch nun frage ich mich, ob er nicht recht daran tut, euch Abu Dschenna auszuliefern.«

»Ich entschuldige mich für die Worte Omars.«

»Eine Beleidigung kann nur der zurücknehmen, der sie ausgesprochen hat.« Raschid schob seinen Dolch zurück in den Gürtel.

»Aber habt Ihr nicht auch mich beleidigt, Raschid, indem Ihr in meinem Zelt als erster eine Waffe gezogen habt?«

Der Krieger stutzte und nickte schließlich verlegen. »Du hast recht, Sharisad. Ich habe deine Gastfreundschaft verletzt. Es ist auch an mir, um Verzeihung zu bitten.«

Melikae lächelte. Jetzt hatte sie ihn da, wo sie ihn haben wollte. »Ich werde dir verzeihen, wenn du über Omars Fehler hinwegsehen kannst.«

Raschid funkelte sie böse an. Einen Moment lang sah es so aus, als wolle er das Zelt verlassen, doch dann lächelte er überraschenderweise wieder und schüttelte den Kopf. »Wärst du ein Mann, so würdest du bei deiner edlen Herkunft sicher eines Tages Sultan werden. Laß uns den Streit vergessen. Großmut ist nach der Tapferkeit die wichtigste Tugend des Kriegers.«

Melikae war zufrieden über diese Wendung. Mit Männern, die moralische Grundsätze hatten, war immer leicht zu verhandeln. »Sagt, Raschid, was würdet Ihr uns raten, um den Intrigen Eures Oheims zu entgehen. Oder ist unsere Sache schon verloren?«

»Ich kann mich nicht offen gegen den Sultan stellen, auch wenn er eine Schurkerei plant. Mein Vater hat ihm schon vor langer Zeit die Treue versprochen, und dieses Versprechen erstreckt sich auch auf mich als Sohn. Ich würde euch raten, noch in dieser Nacht zu fliehen. Ich kenne ganz in der Nähe eine verborgene Schlucht. Wenn ihr sie nutzt, könntet ihr einen großen Vorsprung gewinnen, denn jeder, der euch folgt und diesen Weg nicht kennt, muß ein weites Treibsandfeld umreiten. Außerdem deutet alles darauf hin, daß morgen ein Sturm aufziehen wird. Deshalb wird mein Oheim das Lager auch erst in zwei Tagen aufgeben. Wenn ihr es noch vor dem Sturm bis in die offene Wüste schafft, werden eure Spuren ausgelöscht sein, und es wird sehr schwer werden, euch in den Weiten der Khom wiederzufinden.«

»Aber wenn diese Schlucht, von der Ihr gesprochen habt, so gut verborgen liegt, wie sollen wir sie dann finden?« Melikae blickte ratlos drein. Sie wußte genau, daß Männer wie Raschid leicht um den kleinen Finger zu wickeln waren, wenn sie sich als Beschützer aufspielen konnten.

»Ich werde euch helfen. In der Stunde, in der die Nacht am dunkelsten ist, bringe ich euch zur Schlucht.«

»Das würdet Ihr wirklich tun?« Melikae seufzte. »Ihr seid sehr edel, Raschid. Wir werden auf Euch warten.«

»So sei es.« Der Krieger verneigte sich. »Ich muß zum

Fest zurück, bevor auffällt, wie lange ich abwesend bin.«

»Ich hoffe, mein Tanz wird Euch erfreuen.«

»So sicher, wie Rastullah den Rechtgläubigen liebt.« Der Krieger schlug die Plane zurück und verschwand in der Finsternis.

Einen Augenblick lang herrschte atemlose Stille. Alle schienen darauf zu lauschen, wie sich seine Schritte entfernten.

Schließlich brach Omar als erster das Schweigen. »Hat dich ein Dschinn geküßt? Wie kannst du ihm nur vertrauen, Melikae?«

»Omar hat recht«, mischte sich Neraida ein. »Was ist, wenn er der Verräter ist? Dann wird er uns geradewegs vor die Messer von Abu Dschennas Halsabschneidern führen.«

Auch Fendal nickte zustimmend. Es schien fast, als hätten sich alle drei gegen Melikae verschworen.

»Sehe ich aus wie eine dumme Kamelstute? Vertraut mir. Natürlich habe auch ich daran gedacht, daß Raschid uns betrügen könnte, und ich habe einen Plan. Hört mir jetzt gut zu und befolgt jedes meiner Worte ...«

Fast alle Krieger der Sippe hatten sich vor dem Zelt des Sultans versammelt. Wohl an die hundert Öllämpchen hatte Mahmud ben Dschelef in einem doppelten Kreis aufstellen lassen, damit es hell genug war, um die Kunst Melikaes auch wirklich genießen zu können. Obwohl es keinen Wein gegeben hatte, herrschte eine ausgelassene Stimmung. Alle erwarteten gespannt den Tanz der Sharisad. Daß sich eine Tänzerin in das Lager von Nomaden verirrte, war selten, und deshalb hatte der Sultan diesen Abend zu einem Fest gemacht. Omar gefiel das rauhe Lachen der Männer nicht. Allein bei dem Gedanken, wie ihre lüsternen Blicke auf Melikae ruhen würden, wurde ihm ganz übel. Neben ihm saß Fendal und lächelte versonnen. Auch mit ihm hatte Melikae noch etwas zu tuscheln gehabt, bevor sie das Zelt verlassen hatten.

Omar seufzte leise. Er wünschte sich, sie wären schon aus diesem verfluchten Lager verschwunden. Noch besser wäre es, wenn sie auch das Stammesgebiet der Beni Schebt hinter sich gelassen hätten. Doch das würde dauern. Auf ihrer Flucht mußten sie fast das ganze Land dieser Räuber durchqueren, denn es reichte bis zu der Oase Sheba, die fast zweihundert Meilen nordöstlich von hier lag. Das einzig Gute an Melikaes Plan war die Tatsache, daß sie den Beni Schebt eine Lektion in Gastfreundlichkeit erteilen würde, über die man noch in Jahren in allen Zelten der Khom lachen würde. Allein der Gedanke daran besserte seine Laune deutlich. Omar musterte die Männer, die vor dem Zelt des Sultans saßen. Einfache Hirten und stolze Krieger, ein paar Handwerker und sogar ein Sterndeuter waren da. Letzterer gehörte sicher zum Gefolge des Sultans, der normalerweise in einer der Oasen residierte und hier im Wüstenlager seines Bruders nur zu Besuch war.

Dicht neben Mahmud ben Dschelef saß der Magier. Er schien bemerkt zu haben, daß Omar zu ihm hinüberblickte. Er hob den Kopf und lächelte böse. Er war sich wohl seines Sieges sehr sicher. Omar lächelte zurück. Von diesem Halunken würde er sich nicht einschüchtern lassen. Er war jetzt endlich wieder ein freier Mann. Falls Abu Dschenna glaubte, er könne ihm angst machen oder ihn auch nur dazu bringen, daß er das Haupt vor ihm beugte, hatte er sich geirrt!

Irgendwo zwischen den Zelten erklang das helle Klirren von Melikaes Gangas. Die Gespräche verstummten. Erwartungsvoll blickten die Männer auf. Langsam, mit grazilen Bewegungen, bahnte sich Melikae ihren Weg durch die wilden Wüstenräuber. Dabei hatte sie hier ein paar neckische Worte für einen der Männer, dort strich sie einem über die Wange und schenkte gleich darauf einem dritten einen feurigen Blick. Omar ballte die Fäuste. Er haßte es, wenn sie so mit anderen Männern umging.

»Nur ruhig, mein Junge. Das ist ihr Spiel«, flüsterte Fendal. »Mach jetzt keinen Unsinn.«

Der Thorwaler hatte leicht reden. Schließlich stand ja auch nicht seine Geliebte halbnackt vor einer Bande lüsterner Wüstenräuber. Melikae trug Pantoffeln aus kostbarem silberfarbenen Brokat. Dazu eine blaue Hose, die wie die weiten Reithosen der Beni Terkui geschnitten war. Doch im Gegensatz zu den groben Kleidern der Wüstenreiter war diese Hose aus so feiner Seide, daß man selbst im gelblichen Licht der Öllampen Melikaes Beine durchschimmern sah. Statt eines Oberteils trug sie eines jener unbeschreiblichen Kleidungsstücke, wie sie sonst unter den Bauchtänzerinnen der billigen Kaschemmen in Mhanadistan verbreitet waren. Ein Nichts aus schillerndem silberbestickten Stoff, das gerade eben ihre Brüste verbarg. Um Melikaes Hals war eine schwere Kette aus hundert oder mehr kleinen Silbermünzen geschlungen, und um ihre Hüften wand sich ein breiter Gürtel, der mit kleinen Perlen bestickt war.

Für diese Kleider bekäme man eine recht ansehnliche Ziegenherde. Ob es klug war, soviel Reichtum zur Schau zu stellen?

Die Männer klatschten begeistert, als die Sharisad in den Kreis der Öllämpchen trat und sich vor dem Sultan und dem Magier verbeugte.

»Ahlan wa sahlan, Melikae Azila!« grüßte sie der Sultan und deutete ebenfalls eine Verbeugung an.

»Ahlan bikum, Mahmud ben Dschelef, Walid Schebt.«

Omar bebte vor Zorn. Dieser greise Sultan hatte es doch tatsächlich gewagt, Melikae den Beinamen Azila zu geben, was soviel wie ›wilde Rose‹ bedeutete. Und seine Melikae hatte diesen geilen Alten doch tatsächlich Vater der Beni Schebt genannt. Omars einziger Trost war, daß Mahmud schon bald zu spüren bekäme, wie wild seine Rose war.

»Ist dir eigentlich auch aufgefallen, wie wenige von Abu Dschennas Kriegern hier sind?« flüsterte Fendal. »Diese verlauste Wüstenratte führt sicher irgend etwas im Schilde.«

»Laß mich in Ruhe!« zischte Omar. Was kümmerten ihn Abu Dschennas Krieger! Vermutlich hatte dieser rothaarige Barbar gar nicht mitbekommen, wie Melikae und der Sultan vor den Augen aller miteinander tändelten.

Melikae hatte zu tanzen begonnen. In langsamen Drehungen bewegte sie sich durch den Kreis aus Licht, machte hier eine auffordernde Geste, verschenkte dort verschwenderisch ihr Lächeln und schien jedem der Krieger, die ihr zusahen, schöne Augen zu machen. Nur Omar beachtete sie nicht, so als ob er gar nicht da wäre.

›Ihr dürft nur auf meine Füße schauen, wenn ich tanze‹, hatte Melikae ihnen allen eingeschärft. Doch Omar durchschaute jetzt den Sinn dieser Worte. Eigentlich waren sie nur für ihn bestimmt gewesen, doch sie hatte zu ihnen allen im Zelt gesprochen, damit er keinen Verdacht schöpfte. Melikae wollte nur erreichen, daß er nicht beobachtete, was sie tat.

Er würde nicht zulassen, daß sie allen anderen etwas schenkte, was sie ihm vorenthielt. Von einem Zauber hatte sie gesprochen. Unsinn! Diese Sorte Zauber kannte er. Jedes hübsche Mädchen beherrschte diese sogenannte Magie.

Irgendwo in der Ferne schien das melancholische Lied einer Kabasflöte zu erklingen. Ein Raunen lief durch die Reihen der Männer.

Melikae wand sich wie eine Schlange zu den Tönen der Flöte. Dann ertönten auch Trommeln und das leise Zirpen der metallenen Saiten einer Zitar. Verwundert blickte sich Omar um. Nirgends waren Musiker zu sehen, und doch wurde der Klang der Instrumente immer lauter, so als stünden die Spielleute unmittelbar neben dem Kreis der Öllämpchen. Einige Männer begannen im Rhythmus der Melodie zu klatschen, und Melikae antwortete ihnen mit ihren Gangas.

Jetzt drehte sie sich. So schnell, daß einem allein schon beim Zusehen schwindlig wurde. Wohlige Schauer durchliefen Omar, und eine schwer zu beschreibende Verzückung ergriff ihn.

Dann ertönte ein mächtiger Gong, und mit einem Ruck blieb die Tänzerin stehen. Die wirbelnde Melodie war jetzt ruhiger geworden und wurde von den scharfen Tönen der Zitar beherrscht. Melikae bewegte lediglich ihr Becken. Jedesmal, wenn die Zitar erklang, hob sie die Hüfte mit einem scharfen Ruck. Omar mußte an ihre gemeinsamen Nächte in der Oase denken. Wie konnte sie so etwas vor anderen Männern tun? Er wollte aufstehen und sie aus dem Kreis holen, doch er war wie gelähmt. Er konnte seine Augen nicht mehr von ihr lassen. Jetzt wurde ihr Tanz wieder lebendiger. Sie schien ihn mit jeder Bewegung einzuladen, ihr zu folgen. Plötzlich wußte er wieder, daß sie nur ihn allein liebte. Alle anderen Männer verschwammen zu undeutlichen bunten Schemen, die nichts als nur Kulisse für Melikaes atemberaubenden Tanz waren.

Als die Musik verstummte, schien es minutenlang völlig still zu sein. Dann rief plötzlich jemand: »Melikae Azila!« Als sei ein Bann gebrochen, trampelten die Männer die Öllämpchen in den Sand, stürmten in den Halbkreis und hoben Melikae auf ihre Schultern. Auch Omar war aufgesprungen. Er mußte ihr nahe sein. Sie hatte ihm ein wunderbares Versprechen gegeben …

»Ich danke euch, meine Freunde. Ich liebe jeden von euch. Doch einer hier ist mein Feind und plant meinen Untergang.« Melikaes klare Stimme übertönte den Jubel der Krieger.

»Nenn seinen Namen! Wer ist der falsche Hund? Laßt uns diesen falschen Skorpion zertreten!« Die Stammeskrieger waren wie rasend.

»Jawohl, erschlagt den räudigen Hund!« brüllte Omar.

»Er sitzt an der Seite eures Sultans. Ergreift Abu Dschenna und seine Männer. Er will eure Rose unter seinem Absatz zermalmen!«

Omar beobachtete, wie der Magier aufsprang, den Sultan zur Seite stieß und versuchte, dem Lichtkreis der Feuer zu entkommen.

»Hinterher!« schrie Omar.

»Was tust du denn?« Leise raunte jemand in sein Ohr und versuchte ihn zu packen. »Hast du denn nicht zugehört, was Melikae uns gesagt hat? Oder hast du etwa vergessen, ihr nur auf die Füße zu blicken?«

»Laß mich los!« Omar drehte sich um. Es war dieser Bastard Fendal, der ihn daran hindern wollte, Abu Dschenna zu ergreifen, wie Melikae es gewünscht hatte.

»Hast du nicht gehört, was sie gesagt hat?«

»Ich glaube, ich habe sogar besser als du gehört, was sie gesagt hat«, zischte Omar.

Es war ihm zu dumm, sich mit diesem Barbaren zu streiten. Die anderen waren schon losgelaufen, um den Magier zu verfolgen. Dabei hatte Melikae doch nur ihn angesprochen!

Etwas Hartes traf Omar am Kinn. Ihm wurde schwarz vor Augen.

Die Möglichkeiten der Magie sind durchaus eindrucksvoll, überlegte Fendal. Verwerflich und unmännlich, aber eindrucksvoll. Irgendwie hatte es Abu Dschenna geschafft, seinen Verfolgern zu entkommen, und Melikae wählte unter den aufgebrachten Novadis dreißig Leibwächter. Der Thorwaler schmunzelte. Es kam zu regelrechten Schlägereien unter den Wüstensöhnen, als es darum ging, wem die Ehre zuteil wurde, mit ihnen zu reiten. Seine Herrin konnte die Männer um den kleinen Finger wickeln. Leider würde die Wirkung von Melikaes Zauber nicht lange anhalten. Und Nebenwirkungen, wie sie Omar zu spüren bekommen hatte, konnte man auch nicht völlig ausschließen. Warum mußte er der Sharisad auch unbedingt beim Tanz zusehen! Schließlich hatte Melikae ihn noch kurz vor ihrem Auftritt gewarnt. Die Tänzerin hatte offensichtlich geahnt, daß sich der Hitzkopf nicht daran halten würde.

Fendal drehte sich um und blickte zu dem Kamel zurück, das er am Zügel führte. Omar lag quer über dem Sattel und war gut gefesselt, so daß er nicht herunterstürzen konnte. Noch war er ohnmächtig, doch es würde sicher nicht mehr lange dauern, bis er wieder zu sich kam und Ärger machte. Warum konnte sich der dumme Kerl auch nicht an das halten, was ihm gesagt worden war? Für einen erfolgreichen Verlauf ihrer Flucht war es wichtig, daß er nicht wie die verzauberten Novadis blind jedem Befehl der Sharisad gehorchte. Nun ja, zum Glück hing der Ausgang ihrer Flucht nicht allein davon ab, wie sich Omar verhalten würde. Zumindest im Augenblick nicht.

Fendal zog am Zügel von Omars Kamel, so daß das Tier nun unmittelbar neben seinem eigenen Mehari ging und er den Heißsporn besser im Auge behalten konnte. Melikae hatte Raschid ben Karim zum Anführer ihrer Reiterkolonne bestimmt. Der Neffe des Sultans war wie alle anderen ihrem Liebeszauber verfallen. Gleichgültig, ob er nun ein Verräter war oder ob er es ehrlich mit ihnen gemeint hatte, jetzt gäbe er sein Bestes, um sie sicher über den Paß zu bringen.

Ungefähr drei Stunden nachdem sie das Lager verlassen hatten, zeichnete sich vor ihnen der drohende Schatten eines riesigen Tafelbergs gegen den Horizont ab.

Wenn Raschid nicht gelogen hatte, war dies der letzte Ausläufer des Manekh-Chanebi. Ein Felsmonument mit steil aufragenden Klippen, das dem Gebirge wie ein einsamer Vorposten vorgelagert war. Dahinter begann die offene Wüste. Hunderte Meilen glühenden Sandes, aus dem sich einige wenige Oasen wie Inseln erhoben. Die Novadi nannten die Khom auch das Sandmeer, und

Fendal fand, daß dieser Vergleich gar nicht so unpassend war. Wie ein Kapitän auf offener See mußte der Führer einer Karawane in dieser gleichförmigen Landschaft, in der sich endlos Düne an Düne reihte, den rechten Weg nach dem Stand der Sonne bestimmen. Sicherer aber war es, zur Nacht bestimmte Sterne als Orientierung zu nehmen. Irrte sich ein Karawanenführer nur ein klein wenig, wenn er seine Route berechnete, würden seine Männer um ein oder zwei Meilen an der rettenden Oase vorbeireiten, wo sie ihre Wasservorräte hätten auffüllen sollen, und statt dessen in den endlosen Weiten der Khom jämmerlich verdursten.

Fendal war unwohl zumute, wenn er daran dachte, daß sie in den nächsten anderthalb Wochen völlig auf Omar vertrauen müßten. Die Art, wie der Novadi in dieser Nacht die Befehle Melikaes mißachtet hatte, ließ nichts Gutes ahnen.

Doch ihnen würde nichts anderes übrigbleiben, denn selbst wenn sich herausstellen sollte, daß Omar ein schlechter Führer war, würden sie ihm folgen und sich auf ihn verlassen müssen: Keiner von ihnen kannte sich in der großen Sandwüste aus. Der Ritt quer durch diese Einöde war der einzige Weg, der in die Freiheit führte. Alle anderen Routen würden sie zu unüberwindlichen Gebirgen führen oder in Städte, zu denen Melikaes Vater enge Handelsbeziehungen unterhielt, so daß sie dort vor Entdeckung und Auslieferung nicht sicher wären.

Erst als die Reiterkolonne das Felsplateau erreichte, entdeckte Fendal, daß es völlig anders beschaffen war als jene Tafelberge, an denen sie am frühen Morgen entlanggeritten waren. Es erstreckte sich zwar über viele Meilen und hatte von ferne wie eine gewaltige, viele hundert Schritt hohe Mauer gewirkt. Doch jetzt, aus der Nähe, erkannte Fendal, wie falsch dieser erste Eindruck gewesen war. Sogar im Dunklen sah man noch, daß das scheinbar so unüberwindliche Felsmonument von zahlreichen Rissen und Schluchten durchzogen war.

Fast schien es, als sei der Berg vor Urzeiten von der Faust eines zornigen Gottes getroffen worden und auseinandergebrochen wie ein Ziegel unter dem Hammer eines Schmiedes.

Raschid führte sie am Fuß des Tafelberges entlang nach Süden. Bald mußten sie absteigen und ihre Kamele am Zügel über hohe Geröllhalden führen, die immer wieder den Weg versperrten. Fendal ging nun dicht an Melikaes Seite. Auch wenn sich fast drei Dutzend andere Krieger um die Sharisad drängten und zumindest jetzt noch bereit gewesen wären, für sie zu sterben, so traute er den liebestollen Novadis nicht.

Als Raschid sich endlich für einen der klaffenden Risse entschieden hatte, die ins Innere des Tafelbergs führten, fand sich Fendal in seinen Vorsichtsmaßnahmen bestätigt. Der Weg durch den Felsen war gerade so breit, daß zwei Kamele nebeneinander passieren konnten. Der Thorwaler hielt sich rechts von Melikae und fluchte. Hätte er nur einen Schild gehabt. Wie leicht wäre es für einen einzigen Mann gewesen, hier eine ganze Armee aufzuhalten. Er brauchte sich nur hoch oben zwischen den Felsen zu verstecken und im richtigen Moment einen Steinschlag auszulösen. Allerdings tröstete ihn der Gedanke, daß Abu Dschenna und seine Männer mit Sicherheit den Befehl erhalten hatten, wenigstens Melikae lebend nach Unau zu bringen. Also würden es die Häscher des Magiers kaum wagen, auf diese Weise gegen sie vorzugehen. Wenn sie sich überhaupt irgendwo zwischen diesen Felsen verborgen hielten, mußten sie schon herunterkommen, um sie gefangenzunehmen. Stiegen sie aber erst einmal von den Steilhängen herab, dann wären sie diejenigen, die in der Falle säßen. Immer vorausgesetzt, ihre Leibwache hielt sich daran, was Melikae ihnen auf dem Weg hierher Mann für Mann eingetrichtert hatte.

Einen bangen Augenblick lang dachte Fendal daran, was wohl geschähe, wenn die Wirkung von Melikaes

Zauber plötzlich nachließe. Vielleicht wären am Ende doch nicht die anderen die betrogenen Betrüger in diesem Possenspiel.

Aber konnte man soviel Pech haben? Fendal war verunsichert. Vielleicht wäre es besser, zu Phex zu beten, dem Gott der Diebe und der List? Wenn überhaupt ein Himmlischer an ihrem Betrug Gefallen fände, dann er. Dieser Ort hätte dem Herren der Heimlichkeit sicher gefallen. Am Grund der Klamm war es so finster, daß man sich vorwärtstasten mußte. Die hochaufragenden senkrechten Felswände versperrten die Sicht auf den Himmel. Wahrscheinlich wurde es hier unten selbst bei Tageslicht nie richtig hell.

Als sie das Ende der Klamm erreichten, erstrahlte der Himmel schon im Rot der Morgensonne. Die Felswände wichen zu den Seiten zurück und bildeten ein weites Tal, in dem einzelne von Wind und Wetter geformte Klippen aufragten, die den Thorwaler ein wenig an versteinerte Bäume erinnerten. Nur daß die Felsen höher als selbst die mächtigste Eiche waren, die er in seinem Leben gesehen hatte.

»Alles aufsitzen!« Raschid hatte sein Kamel bereits wieder bestiegen und wirkte unruhig.

Unwillig wandte sich der Thorwaler seinem Reittier zu. Das Mehari hatte eine Schulterhöhe von fast zwei Schritt, so daß es unmöglich war, wie bei einem Pferd in den Sattel zu springen. Was hätte er dafür gegeben, endlich wieder auf den Planken eines Schiffes zu stehen, statt sich mit irgendwelchen widerborstigen Vierbeinern herumzuschlagen.

Fendal spuckte vor dem Tier in den Sand. »Los, in die Knie, du dummes Ding! Laß mich auf deinen Rücken!« Er redete in der Sprache seines Heimatlands auf das Kamel ein, denn er fand, daß es die anderen nichts anging, was er diesem störrischen Biest zu sagen hatte.

Das Mehari rollte mit den Augen und rührte sich nicht.

»Wirst du wohl in die Knie gehen!« Der Thorwaler hatte drohend die Faust erhoben. »Du glaubst doch nicht etwa, daß ich mir von dir solche Frechheiten gefallen lasse.« Ungeduldig zerrte er am Zügel. Wie machten das nur die anderen? Fast alle waren bereits aufgesessen. Vielleicht sollte er es mit der Reitgerte versuchen? Fendal zerrte den dünnen Bambusstock aus seinem Gürtel.

»Siehst du das hier, du bucklige Mißgeburt? Wenn du jetzt nicht niederkniest, wirst du zu spüren bekommen, was es heißt, wenn meine Geduld erschöpft ist.«

»So gelingt das nicht ...«

»Wer zum Henker ...« Fendal drehte sich um. Er konnte jetzt keine dummen Belehrungen gebrauchen. Doch mitten im Satz hielt er inne. Hinter ihm stand Neraida.

»Oh ... das war nicht so gemeint.«

Die Zofe lächelte. »Ich weiß.« Dann trat sie zu dem Kamel und nahm dem Thorwaler die Zügel aus der Hand.

»Paß auf, es ist im Grunde ganz einfach. Du mußt dem Mehari fest in die Augen blicken, damit es weiß, daß du sein Herr bist.«

»Ja, ja.« Insgeheim hoffte er, daß es auch Neraida nicht besser erginge als ihm.

»Jetzt hör mal gut zu.« Die Zofe schnalzte mit der Zunge und zog gleichzeitig an den Zügeln. Das Kamel gab einen fast knurrenden Laut von sich, knickte die Vorderbeine ein und ließ sich in den Sand sinken. »Siehst du, so einfach ist das! Jetzt steig in den Sattel.«

Fendal wäre am liebsten im Boden versunken. Er spürte ganz genau, wie jetzt alle zu ihm herüberblickten. Hochnäsiges Novadipack! Es war ja wohl kein Kunststück, wenn sie sich mit diesen Mißgeburten besser auskannten als er. Er hätte gern gesehen, wie die sich anstellten, wenn es galt, eine Otta gegen den Sog der Ebbe in eine enge Bucht zu rudern. Wahrscheinlich hätten sie nicht einmal einen gleichmäßigen Rudertakt gehalten.

»Fendal, ich möchte dich ja nicht belehren, aber wenn du willst, daß das Mehari aufsteht, mußt du ihm mit der Gerte einen leichten Schlag verpassen und *Yat, Yat* rufen.« Neraida stand noch immer neben ihm. Sie hatte ihre Worte geflüstert, so daß die anderen Reiter nicht hören konnten, was sie ihm sagte.

»Schon gut.« Fendal holte mit der Gerte aus und verpaßte dem Kamel einen Schlag, an den es sicher noch eine Weile denken würde. Dann brüllte er sein Kommando. Schwankend erhob sich das Mehari, so daß er sich sich mit beiden Händen am hohen Sattelhorn festhalten mußte, um nicht zu stürzen.

»Worauf wartet ihr? Können wir jetzt los?« Er konnte diese Art, wie die Beni Schebt ihm zusahen, nicht leiden. Wenn nur einer von denen es wagen sollte zu lachen ... Die Wüstenkrieger hatten sich in einem weiten Kreis um die Sharisad geschart und ritten langsam durch das Tal. Was wohl aus Abu Dschenna geworden ist? überlegte Fendal. Vielleicht hatten die Beni Schebt ihn ja doch noch erwischt. Er hatte es zwar geschafft, aus dem Lager zu entkommen, doch mehr als zwanzig Reiter waren ihm gefolgt. Ohne seine Leibwächter konnte der Magier gegen eine solche Übermacht unmöglich bestehen. Wahrscheinlich war seine Seele schon längst zu den Niederhöllen gefahren. Jetzt kam es nur noch darauf an, daß Melikaes Zauber lange genug hielt, damit sie diesen Engpaß sicher durchqueren konnten.

Mißtrauisch musterte der Thorwaler die eigenartig verformten Felsnadeln des Tals. Der Platz war ideal für einen Hinterhalt. Er war sicher, daß hier irgendwo Abu Dschennas Halsabschneider lauerten.

Raschid zügelte sein Kamel und hob die Rechte. Fast augenblicklich verharrte die Reiterkolonne. Fendal spürte förmlich die Spannung, die in der Luft lag. Die Nackenhaare sträubten sich ihm. Jetzt würde sich zeigen, welch ein Mann der Neffe des Sultans war.

»Ergebt euch! Eure Flucht endet hier.«

Die Hand des Thorwalers glitt zur Axt an seinem Gürtel.

»Laß das!« zischte ihm Neraida zu. »Wir müssen es darauf ankommen lassen. Verdirb nicht im letzten Moment alles.«

»Leg die Hände auf den Kopf, Ungläubiger, damit ich sie gut sehen kann.« Raschid grinste ihn herausfordernd an, so als warte er nur auf eine Gelegenheit zum offenen Kampf.

Widerstrebend fügte sich Fendal. Verrat und Intrigen, das war nicht seine Welt. Unendlich langsam hob er die Hände.

»Entwaffne ihn!« Raschid gab einem seiner Männer einen Wink und drehte sich ihm Sattel um. »Krieger des Abu Dschenna, hört ihr mich? Wir bringen euch die Flüchtlinge. Kommt heraus!«

Fendal juckte es in den Fingern, den ungewaschenen Heiden einfach aus dem Sattel zu schlagen, als er nach seinen Waffen griff. Immer wieder redete er sich ein, daß schon alles gutgehen werde. Kalter Schweiß rann ihm den Rücken hinab. Was wäre, wenn Abu Dschenna es geschafft hätte, sich zu seinen Männern durchzuschlagen? Schließlich war er ein Magier, und kein Mensch konnte wissen, welche Möglichkeiten dieser Bastard hatte.

»Wir grüßen dich, Raschid, und nehmen im Namen unseres Herrn die Gefangenen entgegen«, erklang es von einer der Felsnadeln. Um sie herum erhoben sich Gestalten hinter den Felsen. Die Jäger, die Melikaes Vater auf ihre Spur gesetzt hatte.

»Befreit mich endlich von diesem Geschmeiß.« Raschids Stimme klang unruhig. Er konnte sich nur schlecht verstellen. »Gebt mir das Gold. Ich muß zurück zu den Zelten meines Vaters.«

Fendal hatte gleich gewußt, daß dieser Kerl ein Verräter war. Für hundert Piaster hatte Raschid sie an Abu Dschenna verkauft. Seine Geschichte vom Verrat des

Sultans war nichts als ein Vorwand gewesen, um sie aus der Sicherheit des Lagers in diese Schlucht zu locken. Doch dafür würde er büßen. Der Thorwaler schmunzelte. Der Plan der Sharisad war von einer Tücke, die er der Tänzerin bislang nicht zugetraut hatte. Raschid und seine Männer würden ihren Preis für den Verrat zahlen müssen.

Die Jäger hatten inzwischen ihre Deckung verlassen, um die Gefangenen von den Beni Schebt zu übernehmen.

»Jetzt!« Klar und schneidend erklang die Stimme der Sharisad. »Erfüllt das Gelübde, das ihr mir gegeben habt. Yalla!«

Mit wildem Geschrei zogen die Novadis ihre Säbel und ritten den Jägern entgegen. Melikae hatte den Beni Schebt, die an Raschids Verrat beteiligt waren, nach ihrem Tanz das Versprechen abgenommen, die Männer Abu Dschennas anzugreifen, wenn es zur Übergabe käme.

»Warte, du Hundesohn!« Fendal schaffte es gerade noch, den Krieger, der ihm die Waffen abgenommen hatte, an einem Zipfel seines weiten Kaftans zu packen. »Laß mich los, Ungläubiger!« keifte der Mann. »Ich habe eine heilige Pflicht zu erfüllen.«

»Nimm das und denk an mich.« Fendal versetzte dem Novadi einen Fausthieb, der ihn aus dem Sattel warf. Dann sprang der Thorwaler von seinem Kamel und nahm dem Bewußtlosen die Waffen ab. »Niemand entwaffnet ungestraft Fendal Ognisson. Schon gar nicht so eine kraftlose Memme wie du.« Verächtlich spuckte er vor dem Mann aus und drehte sich zu seinem Kamel um. »Glotz nicht wie ein toter Hering! Blick mir in die Augen und geh gefälligst in die Knie!« Das Mehari rührte sich nicht von der Stelle. Omar, der mittlerweile wieder zu sich gekommen war und den Melikae von seinen Fesseln befreit hatte, stand ihm unmittelbar gegenüber. Der junge Novadi sah noch ziemlich mitgenommen aus. Offensichtlich war der Kinnhaken ein wenig zu heftig ausgefallen. Dafür genoß es Omar nun, wie das bucklige Ungeheuer Fendal wieder einmal lächerlich machte.

Nur ruhig bleiben! dachte Fendal. Du mußt mit der Zunge schnalzen. Doch sosehr er sich bemühte, er brachte den merkwürdigen Laut, der allen anderen offenbar so leicht über die Lippen kam, einfach nicht zustande. Hinter ihm erklang ein lautes Schnalzen, und das Kamel ließ sich umständlich nieder.

»Irgendwann mußt du das allein schaffen. Ich kann mich nicht immer um deine Schwierigkeiten kümmern.« Neraida! Manchmal war er ihres spöttischen Tonfalls mehr als überdrüssig.

»Reitunterricht kannst du ihm später geben. Jetzt müssen wir sehen, daß wir von hier wegkommen.« Melikaes Stimme klang schrill. Man sah der Tänzerin an, wie sehr sie die Strapazen der letzten anderthalb Tage geschwächt hatten. Sie hatte dunkle Ringe unter den Augen, und ihre Bewegungen wirkten fahrig. »Los jetzt, wir werden nicht abwarten, wie dieser Kampf ausgeht.«

Fendal verpaßte seiner Stute einen Schlag mit der Gerte und das Tier setzte sich in Bewegung. Ein Teil der Jäger hatte es geschafft, sich auf eine der Felsnadeln zurückzuziehen. Die meisten jedoch waren dem überraschenden Angriff der Beni Schebt zum Opfer gefallen.

Noch nie habe ich mich aus einem Kampf zurückgezogen, dachte Fendal verärgert. Was sollte es schon schaden, wenn er sich an dem Gefecht beteiligte? Doch die Sharisad hatte es ihm strikt untersagt. Sie wollte die Zeit nutzen, um das andere Ende der Schlucht zu erreichen. Dort müßten sie noch ein kurzes Stück durch eine zweite Klamm reiten, und dann hätten sie es geschafft. Raschid hatte ihnen den Weg beschrieben. Der Thorwaler schüttelte ärgerlich den Kopf. Es war gegen die Ehre des Kriegers, aus einem Kampf zu fliehen. Sollte er seine Ehre verschenken, nur weil es der Sharisad lästig war, die verliebten Novadis noch länger um sich herum zu haben? Natürlich hatte sie das nicht so deutlich ausgedrückt. Glaubte man den Worten der Sharisad, dann bestand vor allem die Gefahr, daß ihr Zauber allmählich die Wirkung verlöre und sie dann womöglich einer vereinten Streitmacht aus Jägern und aufgebrachten Novadis gegenüberständen.

Aber das war Unsinn. Selbst wenn der Zauber nicht mehr wirkte, würden die Männer nicht aufhören, sich zu bekämpfen. Sie waren schließlich Krieger. Die Jäger würden den Beni Schebt ihren Verrat nicht vergeben, und die Novadis würden glauben, die Jäger hätten sie in den Hinterhalt gelockt, um ihnen das Gold nicht auszahlen zu müssen. Statt den Irrtum aufzuklären, würden sie die Waffen sprechen lassen.

Inzwischen war die westliche Klamm in Sicht gekommen. Von weitem sah sie wie ein schmaler Riß in der gewaltigen Felswand aus. Hier war die Steilwand nicht so stark zerklüftet wie im Osten, und es bestand keine Gefahr, den Weg zu verfehlen. Fendal war immer noch unentschlossen, ob er sich nicht doch am Kampf beteiligen sollte. Er könnte den anderen ja später folgen. Er zügelte sein Kamel und blickte zurück.

Raschid hatte sich mit seinen Männern ein Stück von der Felsnadel zurückgezogen, auf der sich die letzten Überlebenden der Jäger verschanzt hatten. Es hatte den Anschein, als überlegten die Beni Schebt, wie sie mit möglichst wenig Verlusten den Gegner überrennen konnten. Die Mehari waren für das weitere Gefecht nicht mehr zu verwenden, denn es ging nun darum, in die Felsen zu klettern und im Kampf Mann gegen Mann die letzten Verteidiger zu überwinden. Vielleicht bestand auch die Möglichkeit, von mehreren Seiten gleichzeitig anzugreifen. Wahrscheinlich müßte man diesen Novadibanditen erst einmal eine Lektion in Strategie erteilen.

Fendal wollte gerade sein Kamel wenden, um sich doch noch in den Kampf zu stürzen, als er aus den Augenwinkeln ein verdächtiges Blinken in den Felsen nahe der Klamm sah. Licht, daß sich auf einer Rüstung oder einer blanken Waffe gebrochen hatte.

»Bei Swafnir!« Abu Dschenna hatte vorgesorgt. Es waren Wachen bei der Klamm postiert, für den Fall, daß es der Sharisad gelang, der ersten Falle zu entgehen. Die Frage war nur, wieviel Mann dort standen. Fluchend peitschte der Thorwaler mit seiner Gerte auf die Flanken des Kamels ein, um wieder zu seinen Gefährten aufzuschließen, die weitergeritten waren.

»Haltet an! Nicht weiterreiten!« Omar, der die kleine Gruppe anführte, war höchstens noch zweihundert Schritt von der Klamm entfernt. Nicht mehr weit, und er wäre auf Bogenschußreichweite an das Versteck der Jäger herangekommen.

»Was ist los?« Neraida reagierte als erste. Verärgert zügelte sie ihr Mehari. »Hast du noch immer nicht begriffen, daß wir uns beeilen müssen, damit wir vor dem Sturm ein sicheres Versteck jenseits der Felsen finden?« Auch die anderen hatten jetzt ihre Reittiere gezügelt.

»Bei Swafnir, wartet! Laßt mich als ersten in die Klamm reiten. Das ist eine Falle. Ich will versuchen, die Jäger abzulenken. Sie warten mit Sicherheit, bis wir alle in die Klamm hineingeritten sind, um uns anzugreifen. Wenn es mir gelingt, sie zu beschäftigen, könnt ihr ungehindert passieren.«

»Ich komme mit.«

»Nein, Omar!« Der Thorwaler schüttelte entschieden den Kopf. »Wenn ich nicht allein in die Klamm reite, könnten sie Verdacht schöpfen. Bleib bei den Frauen. Sie werden deine Hilfe brauchen, falls noch weitere Krieger im Paß selbst warten.«

»Hast du dir gut überlegt, was du da tust? Was fängst du an, wenn du allein gegen fünf oder sechs Feinde stehst?«

Fendal lächelte breit. Er mußte es schaffen, Neraidas Zweifel zu zerreden, oder sie ließe ihn nicht gehen.

»Mir wird schon nichts passieren. Wir haben doch alle gesehen, daß uns die Mehrzahl der Jäger zwischen den Felsnadeln erwartet hat. Es sind höchstens noch zwei oder drei Krieger übrig. Mit denen werde ich schon fertig. Wenn ihr mich rufen hört, dann reitet ihr, was das Zeug hält, und schaut, daß ihr so schnell wie möglich durch die Klamm kommt. Ich werde euch folgen.«

»Und wie willst du uns wiederfinden? Wenn wir in die Wüste reiten, wird der Sandsturm unsere Spuren löschen.«

»Folgt dem Rand des Felsplateaus nach Norden. Zwischen den Klippen findet ihr leichter ein Versteck vor dem Sturm. Wartet dort, bis der Sturm vorüber ist. So können wir uns nicht verfehlen.«

»Der Vorschlag klingt vernünftig.« Neraida musterte ihn kritisch. »Aber bist du sicher, daß du mit den Jägern allein fertig wirst?«

»Natürlich. Ihr werdet sehen, noch vor Mittag habe ich euch wieder eingeholt«, log Fendal. »Jetzt müssen wir uns trennen, sonst schöpfen Abu Dschennas Männer noch Verdacht. Ich denke, daß sie uns von ihrem Versteck aus beobachten.« Fendal wendete sein Mehari.

»Warte!« Neraida streifte sich ein dünnes Lederband über den Hals. Einen Augenblick lang verrutschte dabei ihr Schleier und Fendal sah die Tätowierungen der Sklavin. Verschlungene Linien in einem dunklen Rot, die sich zu eigenartigen Mustern fügten. Sofort zupfte Neraida den Schleier wieder zurecht. Er würde am Abend mit ihr darüber reden. Falls sie sich nur seinetwegen verschleierte, sollte sie es bleiben lassen. Früher hatte sie ihre Tätowierungen schließlich auch nicht versteckt. Sie gehörten zu ihr, wie zu ihm die roten Haare gehörten. Fendal wollte ihr versichern, daß die Male, die ihr Vater ihr beigebracht hatte, für ihn kein Makel waren.

»Nimm dies, es wird dir Glück bringen. Solange ich denken kann, habe ich diesen Talisman immer über dem Herzen getragen. Jetzt soll er dich beschützen.«

An der Lederschnur hing ein dünnes Bronzeplättchen, das eine Hand mit einem Auge in der Mitte zeigte. Es war das erste Mal, daß ihm Neraida in Gegenwart der beiden anderen offen ihre Zuneigung zeigte.

»Danke.« Fendal wußte nicht, was er sagen sollte. Er nahm den Talisman und rieb das dünne Metallplättchen zwischen den Fingern. Es war noch warm von Neraidas Haut. »Weder Magie noch alle Dämonen der Niederhöllen werden mich davon abhalten, dich heute abend in meine Arme zu schließen. Mach dir keine Sorgen um mich. Ich spüre, daß dein Talisman uns wieder zusammenbringen wird.«

Fendal drehte sich im Sattel. Er wollte nicht, daß die anderen sahen, wie er sich eine Träne von der Wange wischte. Ein Staubkorn mußte ihm ins Auge geraten sein. Aber das würde ihm wohl keiner glauben. Dann biß er die Zähne zusammen und blickte zur Klamm. Irgendwo links von dem Felsspalt hatte er das verräterische Glitzern gesehen. Dort versteckten sich die Jäger.

Nachdem Fendal ein Stück in die Klamm hineingeritten war, kehrte er zum Eingang der Schlucht zurück. Die Jäger sollten glauben, er sei gekommen, um den Weg auszukundschaften. Noch schienen sie keinen Verdacht geschöpft zu haben.

Wieder vor der Klamm angekommen, sprang der Thorwaler aus dem hohen Sattel. Das wirkte zwar nicht sonderlich elegant, war aber mit Sicherheit einfacher, als dieses blöde Tier dazu zu bringen, sich niederzuknien. Links neben der Klamm lagen große Felsen, die vom verwitterten Rand der Steilklippe herabgestürzt waren. Fendal streichelte seinem Kamel über den Hals. Er bemühte sich, so unauffällig wie möglich zu wirken. Das Tier war unruhig, so als spüre es die Nähe der Jäger. Wie sollte er sich dem Versteck nur weiter nähern, ohne daß die Jäger Verdacht schöpften? Wahrscheinlich waren sie mit Bogen ausgerüstet, und er wollte es nicht darauf ankommen lassen, von einer Pfeilsalve empfangen zu werden.

Ein leises Geräusch ließ ihn herumfahren. Das Kamel hatte sich erleichtert, und einige schwärzlicher Klumpen lagen im Sand. Das war es!

Fendal trat von einem Bein auf das andere. Dann begann er, unruhig an der Lederverschnürung seiner engen Hose zu spielen. Unsicher blickte er zu seinen Gefährten zurück, die noch immer auf ein Zeichen warteten, und dann wieder zu den Felsen. Hoffentlich nahmen die Jäger ihm sein Schauspiel ab! Vor Anspannung kaute er auf der Unterlippe. Wie weit würden seine Feinde ihn wohl kommen lassen? Ob sie ihm wohl glaubten, daß er einen Platz zum Wasserlassen suchte?

Er ging auf die Felsen zu. Konnte er es wagen, sie zu umrunden? Es mußte doch im Sinne der Jäger sein, daß es noch zu keinem Zwischenfall kam. Würden sie ihn jetzt angreifen, wären die anderen gewarnt. Er war ihnen gegenüber also im Vorteil.

Der Thorwaler umrundete die Felsen – und stand vor drei Jägern! Zwei von ihnen bedrohten ihn mit gespannten Bogen. Der dritte legte den Finger auf die Lippen und grinste ihn frech an. Dann deutete er auf die Axt an seinem Gürtel und machte eine Geste, daß Fendal sie auf den Boden werfen solle.

Fendal hätte laut fluchen mögen. Wie konnte er sich nur so dämlich verhalten? Er hätte damit rechnen müssen, daß sie auf ihn warteten. An ihrer Stelle hätte er sich schließlich auch nicht anders verhalten. Als nächstes würden sie ihn sicher dazu zwingen, seine Gefährten zu rufen. Aber da kannten sie ihn schlecht. Lieber ließe er sich in Stücke schneiden, als seine Herrin zu verraten.

Langsam ließ er die Hand zum Gürtel gleiten. Angespannt verfolgten die Jäger seine Bewegung, bereit, ihn jederzeit niederzuschießen. Ihr Anführer hatte die Rechte auf den Knauf seines breiten Khunchomers gelegt.

Fendal schluckte. Wenn nur die beiden verdammten Bogenschützen nicht gewesen wären. Er hatte Bogen schon immer gehaßt. Ein Krieger, der eine solche Waffe benutzte, war nicht besser als ein Zauberer. Er war ein Feigling, der es nicht wagte, Mann gegen Mann zu kämpfen.

»Für Swafnir!« Fendal warf sich zu Boden, riß noch im Fallen seine Axt aus dem Gürtel und schleuderte sie nach dem linken Bogenschützen. Im selben Augenblick zischte ein Pfeil nur wenige Finger breit an seiner Wange vorbei.

»Jetzt wirst du sterben, Ungläubiger.« Der Anführer der Jäger hatte seinen Khunchomer gezogen und stürmte auf ihn zu. Fendal rollte sich zur Seite, und der erste Hieb des Kriegers verfehlte ihn. Gleichzeitig zog der Thorwaler seinen Dolch. Doch noch bevor er dazu kam, auf die Beine zu springen, war der Schwertkämpfer wieder über ihm.

Fendal riß den Dolch hoch, um einen Hieb abzufangen, der auf seinen Kopf zielte. Die Wucht des Angriffs prellte ihm die Waffe aus der Hand, doch mit seiner Parade hatte er den Schlag des Kriegers ein wenig abgelenkt, so daß auch diesmal die tödliche Klinge neben ihm in den Sand fuhr.

»Winde dich nur wie eine Schlange. Es wird dir nicht viel nützen«, zischte der Novadi. Breitbeinig stand der Krieger jetzt über ihm, die Klinge zum tödlichen Schlag erhoben.

Statt zu antworten, trat Fendal dem Mann in den Unterleib. Der Schwertkämpfer taumelte stöhnend zurück. Endlich hatte der Thorwaler Gelegenheit, auf die Beine zu springen und sein eigenes Schwert zu ziehen. Es ist nie gut, wenn man beim Kämpfen zuviel redet, dachte Fendal.

Sein Gegner hatte sich mittlerweile wieder gefangen und hob die Waffe, bereit, jeden seiner Angriffe zu parieren.

In dem Moment, da er vorwärtsstürmen wollte, um den Schwertkämpfer anzugreifen, traf ihn ein Schlag an der linken Schulter. Ein Pfeil! Mit einem Wutschrei fuhr er herum und sah, daß der zweite Bogenschütze auf einen Felsen gestiegen war. Schon zog der Jäger einen neuen Pfeil aus seinem Köcher. Er saß in der Falle! Fendal fluchte leise. Würde er versuchen, auf den Felsen zu klettern, fiele ihm der Schwertkämpfer in die Seite. Griffe er aber den Schwertkämpfer an, könnte ihm der Bogenschütze in den Rücken schießen.

»Gib auf, du tollwütiger Hund!« Der Krieger mit dem Khunchomer stieß ein gepreßtes Lachen aus. Es klang ganz so, als habe er den Tritt noch nicht verwunden.

»Es sieht wirklich so aus, als hätte ich meinen Meister gefunden.« Ich muß Zeit gewinnen, überlegte Fendal. Vielleicht gab es doch noch eine Möglichkeit zum Sieg. »Was werdet ihr mit mir machen, wenn ich mich ergebe?«

»Das entscheidet Abu Dschenna. Laß deine Waffe fallen!«

Fendal fühlte sich benommen. Die Wunde an der Schulter blutete stark. »Mach mir ein besseres Angebot.«

»Was? Ich glaube, du verkennst die Lage, Ungläubiger. Du kannst es dir nicht leisten, Bedingungen zu stellen.«

»Und wenn ich euch Gold dafür biete, daß ihr mich laufen laßt?«

»Abu Dschenna zöge uns bei lebendigem Leib die Haut ab, wenn wir dich und deine Gefährten entkommen ließen.«

»Bist du sicher? Was hält euch davon ab, einfach in der Wüste zu verschwinden? Ich biete meine Ersparnisse aus zwei Jahren.« Die Hand des Thorwalers glitt zum Lederbeutel am Gürtel. »Ich zeige euch, von wieviel Gold ich rede.« Noch immer versuchte er fieberhaft, einen Fluchtweg zu finden. Lange würden sich die beiden von seinem Gerede nicht mehr hinhalten lassen. Unsicher nestelte er mit der linken Hand am Riemen seines Geldbeutels. Jede Bewegung bezahlte er mit stechenden Schmerzen in der Schulter. Endlich war es geschafft. Zitternd griff er in den Beutel und holte einige Goldstücke heraus. »Hier, seht euch das an. Das sind keine Piaster, wie sie Dhelrumun heute schlagen läßt, sondern gute Goldstücke aus der Zeit des Kalifen Chamallah al-Ghatar.« Fendal warf dem Krieger einige Münzen vor die Füße, doch der Mann blieb ungerührt.

»Wir könnten dir einen schnellen Tod schenken. Mehr bekommst du für dein Gold nicht von uns.«

»Gut. Komm her und stech mich nieder.«

Der Schwertkämpfer lachte laut auf. »Du hältst uns wohl für sehr dumm, Heide. Glaubst du, ich gebe dir Gelegenheit, mich anzugreifen? Vielleicht erhoffst du dir, mich als Schutzschild gegen Hassans Pfeile benutzen zu können. Vergiß es! Die Gnade, die wir dir gewähren, besteht darin, dich gleich zu erschießen. Hast du noch einen letzten Wunsch?«

»Ja, ich möchte dem Mann in die Augen sehen, der mich tötet, und ihm selber das Kommando geben.«

Der Schwertkämpfer kratzte sich am Kinn und dachte nach. »Gut. Ich kann keine Heimtücke in deinen Worten finden. Wir werden dir diesen Wunsch erfüllen.«

Fendal drehte sich um und blickte zu dem Bogenschützen hinauf. Hassan hatte auf ihn angelegt und wartete auf den Befehl. Der Thorwaler hob sein Schwert an die Lippen und küßte die Waffe. »Swafnir, schenke mir die Gnade, daß meine Knochen auf dem Grund des Ozeans ruhen werden, und schütze mich«, murmelte er leise in seiner Heimatsprache. Dann rief er laut: »Schieß!« Im selben Augenblick warf er sich zur Seite und rollte sich zu dem toten Krieger, den er mit der Axt niedergestreckt hatte. Zischend schlug der Pfeil in den Sand.

Fendal packte die Wurfaxt und riß den Toten hoch, um ihn als Schild gegen den Bogenschützen zu nutzen.

Ein glühender Schmerz pulste in seiner Schulter. Er mußte weg von hier! Lange könnte er gegen die zwei nicht mehr bestehen.

Die Klamm war seine Rettung. In der engen Schlucht hätte er wenigstens den Rücken frei. Wenn er einzeln gegen sie kämpfen konnte, mochte es ihm vielleicht sogar gelingen, seine Gegner doch noch zu besiegen. Stöhnend schob er das Schwert in den Gürtel und wechselte die Axt in die Rechte. Langsam zog er sich zwischen die Felsen zurück. Hoffentlich waren Melikae und die anderen schon in der Schlucht.

»Du hast uns einmal zum Narren gemacht, Bastard, jetzt brauchst du nicht mehr auf unsere Gnade zu rechnen.«

»Warum sollte ich auf etwas hoffen, das ich nicht mehr brauche, du Schakalgesicht? Du hast mir gezeigt, daß du das Hirn einer Made besitzt. Warum sollte ich dich noch fürchten?« Fendal hoffte darauf, den Krieger zu einem Angriff verlocken zu können. Er mußte diesen Kampf schnell zu Ende bringen. Mit jedem Atemzug fühlte er sich schwächer werden. Wenn er sich nicht bald um seine Pfeilwunde kümmerte, würde er ohnmächtig werden.

»Hast du gehört, du Bastard einer räudigen Sklavenhure und eines läufigen Hundes? Ich verachte dich.«

»Stirb!« Das Gesicht des Kriegers war zu einer bleichen Grimasse erstarrt. Er hob seinen Khunchomer und stürmte auf den Thorwaler zu. Genau das hatte Fendal erhofft. Jetzt stand der Novadi zwischen ihm und dem Bogenschützen und blockierte seinem Kameraden die Schußlinie.

»Nimm das!« Mit letzter Kraft stieß er dem Angreifer den Körper des Toten entgegen. Mitten im Hieb riß der Jäger die Arme hoch, um den Leichnam aufzufangen.

Diesen Augenblick, da der Novadi ohne Deckung war, nutzte Fendal, um ihm einen Axthieb zu versetzen. Mehr als einen Schlag brauchte er nicht. Gurgelnd ging der Krieger in die Knie und griff sich nach der aufgeschlitzten Kehle.

Ein Pfeil zischte dicht an Fendals Gesicht vorbei und schlug gegen einen Felsblock. Eilig suchte der Thorwaler Deckung. Nur wenige Schritte trennten ihn noch vom Eingang zur Klamm. Wenn er dicht an der Steilwand blieb und geduckt rannte, würde ihn der Jäger vielleicht nicht treffen können. Er hatte keine Wahl, er mußte weg von hier. In die Klamm würde der Bogenschütze ihm nicht folgen. In der engen gewundenen Schlucht hätte seine Waffe keinen Wert. Dort müßte er mit dem Schwert kämpfen, und Fendal hoffte, daß dem Krieger nach dem Tod seiner beiden Kameraden dazu der Mut fehlte.

Wieder wurde ihm schwindelig, und er mußte sich gegen einen Felsen lehnen. Kleine Lichtpunkte tanzten ihm vor den Augen. Er durfte jetzt nicht ohnmächtig werden! Er mußte in die Schlucht! Fendal biß die Zähne zusammen.

Taumelnd rannte er los. Es waren nur noch so wenige Schritte! Ein Schlag traf ihn am Bein, und der Thorwaler stürzte. Ein Pfeil hatte seinen Schenkel durchbohrt.

Er mußte weiter, doch er hatte nicht mehr die Kraft aufzustehen. Die Beine versagten ihm den Dienst.

Ein neuer Pfeil schlug dicht neben ihm ein. Er hatte doch geträumt, daß ihn in einer engen Schlucht das Schicksal ereilen werde. Hatte das Orakel ihn betrogen? War schon jetzt die Stunde seines Todes gekommen? Der Thorwaler bot seine letzten Kräfte auf und kroch auf die Schlucht zu. Spann für Spann arbeitete er sich durch den feinen Sand. Der Bogenschütze hatte aufgehört zu schießen. Vielleicht war er endgültig außer Reichweite. Doch was machte das schon aus? Der Novadi brauchte ja nur von seinem Felsen zu herabzusteigen, um ihm den Rest zu geben. Ein einziger Schritt war es noch bis zur Klamm! Er mußte es schaffen. Fendal quälte sich, um auf die Knie zu kommen. Es mußte doch möglich sein, noch einen einzigen Schritt zu tun. Nur einen Schritt!

Er stützte sich auf den Knauf seiner Axt und stemmte sich hoch. Ein sengender Schmerz durchpulste sein Bein. Ihm wurde schwarz vor Augen. Wütend biß sich Fendal auf die Lippen. Er mußte an etwas anderes denken als an die Schmerzen.

Neraida! Sie würde über ihn lachen, wenn sie seine Schwäche sähe. Taumelnd tat er einen Schritt, dann noch einen und noch einen. Er hatte es geschafft! Erschöpft lehnte er sich gegen die Steilwand. Er war in der Klamm. Jetzt konnte er auch wieder sehen. Es herrschte düsteres Zwielicht. Etwas Großes, Weißes bewegte sich vor ihm. Sein Mehari. Das Kamel hatte auf ihn gewartet.

»Hallo, häßliches Buckeltier...« Er lächelte müde. »Ich hätte ... nicht gedacht ... daß du das letzte wärst ... was ich in meinem Leben sehe.« Fendal spürte seine Beine nicht mehr. Seine Hand glitt langsam von der Felswand. »Jetzt gehe ... ich vor *dir* in die Knie.« Er lachte erstickt. Das Kamel beugte den Kopf zu ihm und stieß ihm mit seiner weichen Schnauze gegen die Brust. »Was willst du?« Die Klamm verschwamm ihm vor den Augen. »Gibt es ... zwischen uns noch eine offene Rechnung?«

Wieder stieß ihn das Kamel sanft mit der Schnauze.

»Du hast ... recht.«

Fendals Zunge fuhr über die trockenen Lippen. Dann preßte er sie gegen den Gaumen und ließ sie schnalzend nach vorn schnellen. Langsam und schwankend kniete das Mehari neben ihm nieder.

Der Thorwaler lachte leise. »Willst mich ... von hier wegbringen ...«

Er streckte die Hand nach dem Sattelhorn aus. Wenn er es schaffte, auf den Kamelrücken zu gelangen, würde das Mehari ihn aus der Schlucht bringen. Seine Feinde würden dann nicht den Triumph erleben, seine Leiche zu finden. Das Kamel würde ihn irgendwohin in die

Wüste tragen. Vielleicht zu einer kleinen Oase, wo ihn friedliche Bauern beerdigten.

Abu Dschenna und seine Jäger würden niemals wissen, ob er tot war. Ein Leben lang müßten sie damit rechnen, daß er eines Tages wieder vor ihnen stand, um Rache zu nehmen.

Fendal spannte die schmerzenden Muskeln an und stieß sich mit dem unverletzten Bein vom Boden ab. Mit einem Ruck rutschte er in den Sattel. Der Schmerz ließ ihn laut aufstöhnen. Mit zitternden Fingern tastete er nach seiner Gürtelschließe. Er würde den Gürtel um die Handgelenke schlingen und dann am Sattelhorn befestigen. So konnte er nicht vom Kamelrücken stürzen, wenn er wieder das Bewußtsein verlor.

Das Kamel blieb still liegen, bis er fertig war.

»Yalla«, flüsterte Fendal leise. Einen Augenblick lang hatte er Angst, das Mehari hätte ihn nicht gehört. Er hatte nicht mehr die Kraft, ihm ein lautes Kommando zuzurufen.

Dann erhob sich das Tier. Fendal rutschte ein Stück im Sattel zurück. Eine neue Welle von Schmerz raste durch seine Schulter. Wie einen Blitz aus Licht sah er den Himmel am Ende der dunklen Klamm. Dann schwanden ihm die Sinne.

Der Sturm hatte nicht einmal eine Stunde lang gedauert, doch sein wütendes Toben klang noch immer in Neraidas Ohren.

Es war, als hätte eine gewaltige Bestie das Land umgepflügt. Riesige Dünen waren eingeebnet worden, und eine Zeitlang hatten die drei Gefährten befürchtet, daß der Eingang zu der Felsspalte, in die sie sich vor der Wut des Sturms gerettet hatten, von Sand zugeweht würde.

Doch Rastullah war ihnen gnädig. So wie der Wind den gelben Wüstensand herangetragen hatte, hatte er ihn auch wieder in die grenzenlose Weite der Khom zurückgeschleudert.

Neraida kauerte am Eingang der Felsspalte und blickte nach Süden. Ob sie noch lange auf Fendal warten mußten? Wenn sie die Augen schloß, sah sie sein Gesicht. Den struppigen roten Bart über der Oberlippe und die himmelblauen Augen.

Erst beim Abschied war ihr klar geworden, daß er mehr für sie bedeutete als nur ein Liebhaber. Er war nicht wie jene anderen Männer, in deren Armen sie bislang nie länger als für eine Nacht Zuflucht gesucht hatte. Er verfolgte sie. Sein Lachen klang hell in ihren Ohren, und sie mußte lächeln, wenn sie an seine Art des Kamelreitens dachte. Alle anderen Männer hatte sie vergessen, wenn sie sich morgens von ihrem Lager erhob, doch Fendal ging ihr nicht mehr aus dem Sinn. Er war stolz und unbeugsam. Seine Ehre als Krieger war ihm jedes Opfer wert, und dennoch war er wie ein Junge für sie auf Palmen geklettert, um ihr süße Datteln zu pflücken.

Wenn er nur endlich käme! Neraida kniff die Augen zusammen und musterte den Horizont. Es konnte doch nicht so lange dauern, bis er ihr Versteck fand. Vielleicht mußte er seine Wunden verbinden. Wahrscheinlich hatte der Kampf ihn geschwächt. Schließlich war er allein gegen viele Gegner angetreten. Vielleicht war er auch …

Neraida schüttelte den Kopf. Nein, das konnte nicht sein! Er war ein Held. Er käme zu ihr zurück. Er ruhte sicher nur aus, um sich vom Kampf zu erholen. Bald wäre er wieder bei ihr.

Während des Sturms hatte sie Zeit zum Nachdenken gehabt. Sie wußte, wie sehr er sich nach dem Norden sehnte. Fendal hatte ihr viel von seinem Land mit den zerklüfteten Bergen erzählt, die bis ans Meer reichten. Vielleicht gefiele es ihr dort auch. Es war ein Land, in dem es keine Sklaven gab.

Am Horizont hatte sich etwas bewegt. Oder war es nur ein Flimmern der heißen Luft gewesen? Neraida mußte über sich selbst lachen. Sie führte sich auf wie ein kleines Mädchen, das zum ersten Mal verliebt war. Jetzt sah sie es wieder. Es war ein einsamer Kamelreiter, der dicht bei der Steilwand ritt. Das konnte nur Fendal sein!

»Er kommt! Er hat es geschafft!« Neraida wäre am liebsten aus ihrem Versteck hervorgesprungen und ihm entgegengelaufen. Doch noch war sie nicht völlig sicher, ob es sich wirklich um Fendal handelte. Jetzt die Felsspalte zu verlassen, wäre töricht gewesen. Omar und Melikae waren zu ihrem Versteck heraufgeklettert.

»Hat er es also tatsächlich geschafft?« In Omars Stimme lag neben Anerkennung auch ein kleines bißchen Neid. Er würde niemals ein Krieger wie Fendal werden. Statt in seiner Jugend gestählt und im Schwertkampf geschult zu werden, war er nur ein Haussklave gewesen. Das würde er niemals ganz ausgleichen können.

Jetzt konnte Neraida deutlich Fendals rote Haare erkennen. Er mußte im Kampf sein Kopftuch verloren haben. Außerdem säße wohl kein Novadi so seltsam schief im Sattel, wie er es tat.

»Tatsächlich, er ist es. Rastullah sei Dank. Komm Neraida, laß uns zu ihm hinunterlaufen.«

Die Salzgängerin zögerte. »Herrin, darf ich ihn zuerst allein empfangen. Es ist ...«

Melikae lächelte. »Ich weiß. Geh.«

Mit klopfendem Herzen eilte Neraida die Geröllhalde hinab. Nur wenige Herzschläge noch, und er würde sie wieder in die Arme schließen. Der Schleier verrutschte ihr beim Laufen, doch das war ihr gleichgültig. Sie wußte jetzt, daß er sie liebte. Sie würde keine Maske mehr brauchen, würde sich ihm gegenüber nie wieder verstellen.

Irgend etwas stimmte nicht. Er saß so seltsam zusammengesunken im Sattel. Und dann sah sie es: einen breiten dunklen Streifen, der vom Sattel über das helle Fell des Mehari lief.

»Nein!« Das durfte nicht sein. Sie rannte noch schneller. Er war verletzt. Er brauchte ihre Hilfe. Jetzt sah sie den abgebrochenen Pfeilschaft aus seiner Schulter ragen. Ein zweiter Pfeil steckte in seinem Bein. Sie wollte dem Mehari in den Zügel fallen, doch die Zügel waren um das Sattelhorn gebunden.

»Fendal! Fendal, hörst du mich?«

Neraida griff in das dichte Fell am Hals des Kamels und brachte das Tier zum Stehen. »Mein Liebster, sag ein Wort! Verlaß mich nicht! Wie kannst du mir zeigen, was das Licht ist, und mich dann in die Dunkelheit zurückstoßen?«

Sie gab dem Mehari das Kommando zum Niederknien. Dann sah sie die lederne Fessel, die Fendal am hohen Sattelhorn festband. Vorsichtig tastete sie nach seinen Händen. Sie waren kalt wie der Wind, der nachts über die Wüste strich. Seine klaren blauen Augen blickten starr zum Horizont.

Neraida zog ihren Dolch und durchtrennte die Fessel. Dann nahm sie ihn in die Arme. Sie konnte es nicht fassen. Nie wieder würde er von Sturmfahrten auf weiten Meeren erzählen. Nie mehr Blumen auf ihre Decke legen und ihr verliebt in die Augen schauen.

Melikae und Omar hatten ihr geholfen, Fendals toten Körper bis zum Ende jener Felsspalte zu bringen, die sie vor dem Sturm geschützt hatte. Dann waren sie gegangen, damit sie allein Abschied von ihm nehmen konnte. Stundenlang hatte sie dagesessen und seine kalte Hand gehalten. Sie konnte noch immer nicht glauben, daß ihr Traum vom Glück so kurz gewesen war. Im roten Licht des Sonnenuntergangs sah es aus, als schliefe er nur. Die Blässe war aus seinem Gesicht verschwunden. Sie hatte seine Wunden gesäubert und ihm die Pfeile aus dem geschundenen Fleisch gezogen. Es schien, als hätte er noch bis nach dem Sandsturm gelebt, denn es klebte fast kein Sand an seinen blutigen Wunden. Vielleicht hatte das Mehari mit seinem toten Reiter aber auch in irgendeiner Schlucht Zuflucht vor dem Sturm gefunden.

Hier am Ende der Felsspalte sollte er einen würdigen letzten Ruheplatz finden. Lieber noch hätte sie ihn zum Meer gebracht, das er so sehr geliebt hatte. Sie mußte ihn mit Steinen zudecken, damit die Hyänen und Geier seinen toten Körper nicht schänden konnten.

Langsam machte sich Neraida an die Arbeit. Sie trug Felsblöcke zusammen und schichtete sie um den Leichnam auf. Doch sie brachte es nicht fertig, sein Gesicht mit Steinen zu bedecken. Noch immer starrten Fendals blaue Augen auf einen fernen Horizont. Sanft strich sie ihm übers Gesicht.

Neraida konnte nicht weinen. Nicht einmal ein Totenlied konnte sie singen. Es war, als hätte Fendal ihre ganze Kraft mit sich genommen. Sie fühlte sich nutzlos wie ein zerbrochener Krug.

Welchen Sinn hätte es, vielleicht noch viele Jahre zu leben, nur um jeden Tag zu wissen, daß das Glück, das sie einmal gefunden hatte, niemals zu ihr zurückkehren würde?

Sie zog den kleinen Dolch, den sie am Gürtel trug. Lange blickte sie auf die schlanke silberglänzende Klinge. Fendal hatte jede Art von Flucht gehaßt. Er war nur mitgekommen, weil es Melikae ihm befohlen hatte. Die Treue zu seiner Herrin war ihm wichtiger gewesen als der Ehrenkodex des Kriegers.

Was hätte *er* wohl getan, wenn er an *ihrem* Grab gesessen hätte? Hätte er dasselbe gedacht wie sie? War es nicht auch eine Flucht, wenn sie ihm in den Tod folgte?

Lange Schatten waren von den Felsen herabgekrochen und hüllten die Felsspalte fast völlig in Finsternis, obwohl die Sonne noch nicht ganz vom Horizont verschwunden war. Ein letzter Lichtstrahl fiel auf Fendals Axt und ließ das stählerne Blatt silbern aufleuchten. Neraida war sich plötzlich sicher, daß sie ihm nicht folgen sollte. Sie sollte leben und von seinen Taten erzählen! Durch sie würde auch er weiterleben.

Jetzt endlich fand sie die Kraft, die letzten Steine auf seinen Grabhügel zu schichten. Noch einmal blickte sie ihm lange ins Gesicht. Dann drückte sie ihm die Augenlider zu und verkantete ein flaches Felsstück so zwischen den Steinen, daß es nicht auf das Gesicht des Toten drücken würde. Zum Schluß stieß sie seine Axt zwischen die Felsbrocken, so daß die Klinge nach Westen zeigte, dorthin, wo das Meer lag. Dann nahm sie ihren Schleier ab und wickelte ihn um den Schaft der Waffe. Sie würde nie wieder einen Schleier tragen. Wohin immer Fendal gegangen sein mochte, wenn er zu ihr zurückblickte, sähe er sie unverschleiert.

Omar war sich bewußt, daß er jetzt ganz allein die Verantwortung für die beiden Frauen tragen mußte. Fendals Tod schien sie alle der Sprache beraubt zu haben. Schweigend saßen Melikae und Neraida über ihrem Hirsebrei, während er die Kamele sattelte. Im Osten glühte bereits das erste Morgenrot.

Fast war es wie in jenen Zeiten, als er noch bei seiner Sippe gelebt hatte. Sein Vater war Karawanenhändler gewesen. Als wäre es erst gestern gewesen, so konnte er sich immer noch daran erinnern, wie er in jenen Tagen jeden Morgen vom Duft nach grünem Tee und dem Hirsebrei geweckt worden war, den man mit frischer Kamelmilch kochte. Obwohl er die Beni Schebt haßte, hatte er einer ihrer Frauen um ein paar Silberstücke Hirse und Tee abgeschwatzt. Es sollte wie früher sein, wenn er sein neues Leben begann.

Es lag jetzt ganz allein an ihm, die Freiheit von Melikae und Neraida zu verteidigen. Im Gegensatz zu dem toten Thorwaler war er kein Kämpfer. Er brauchte also einen Verbündeten, wenn er gegen Feisals Häscher bestehen wollte. Die Khom sollte sein Schild und seine Waffe sein.

Omar hatte sich entschlossen, weit abseits der großen Karawanenrouten und aller bekannten Oasen oder Brunnen zu reiten. Das weglose Meer aus Sanddünen, das vor ihnen lag, sollte sie verschlucken. Niemand, der seine Sinne beieinander hatte, würde ihnen dorthin folgen. Omar hatte darüber mit den Frauen nicht gesprochen. Seine Entscheidung war erst in der letzten Nacht gereift. Entweder würden sie es schaffen oder in der Wüste verdursten. Doch Abu Feisals Männern würden sie nicht in die Hände fallen. Er wußte, daß Melikae der Tod lieber war als die Schande. Zumindest hatte sie das einmal behauptet. Und Neraida …

Der Novadi blickte zu der Salzgängerin hinüber, die mit erstarrtem Gesicht an dem Feuer aus Kameldung saß, das er entzündet hatte, um Tee und Brei zuzubereiten. Neraidas Augen starrten bewegungslos nach Westen. Wie unter einem Zauber nippte sie immer wieder an der Schale mit dem Brei, ohne dabei ihrer Mahlzeit Beachtung zu schenken. Ihr war es offensichtlich gleichgültig, ob sie tot war oder lebte.

Omar wußte, daß sie ungefähr zwei Tagesmärsche von hier auf einen Gebirgszug treffen mußten, der südwestlich der Oasenstadt Birscha lag. Dort würden sie sicher eine Quelle finden. Häufungen von Kot und sternförmig verlaufende Tierpfade, das waren die Zeichen, die einen erfahrenen Karawanenführer selbst inmitten der Sandwüste zu verborgenen Wasserlöchern führten. Manchmal lohnte es auch, in den ausgetrockneten Wadis zu graben. Oft ließ sich nur schlammiges Wasser finden, das einem, dem Tode nahe, kostbarer dünkte als die edelsten Weine Al'Anfas. Omar war sich sicher, daß es ihm gelingen würde, die Frauen durch die Wüste zu führen. Energisch zurrte er den letzten Sattelgurt seines Kamels fest. Alle Tiere waren jetzt bereit zum Aufbruch. Es galt nur noch, die Spuren ihres Lagers zu beseitigen und die flachen Holzschalen, aus denen sie gegessen hatten, mit Sand auszuwischen.

»Bis zur Mittagsstunde werden wir die Kamele am Zügel führen.« Der Novadi hatte sich an Melikae gewandt. »Wir müssen die Tiere schonen. Während der Mittagszeit, in der größten Hitze, werden wir reiten. Die Tiere sind dann noch ausgeruht und kräftig.«

Die Sharisad nickte. »Wie viele Tage werden wir brauchen, bis wir die Goldfelsen erreichen?«

»So Rastullah uns gnädig ist, kommen wir am zwanzigsten Tag in das Land der Heiden. Müssen wir aber oft nach Wasser suchen oder den Lagern fremder Sippen ausweichen, so kann es auch doppelt so lange dauern.«

Omar wollte Melikae keine allzu großen Hoffnungen machen, schon bald am Ziel zu sein. Zu viele Unwägbarkeiten lagen noch vor ihnen. Allerdings fürchtete er nicht, daß die Häscher von Melikaes Vater sie in der Wüste fänden. Waren sie nämlich erst einmal in dem endlosen Meer der Sanddünen verschwunden, dann mochten Verfolger höchstens noch zufällig auf sie stoßen. Schon in wenigen Stunden löschte der leichte Wind jede Spur im Sand aus, und zwei Reitertrupps konnten in den Dünentälern im Abstand von wenigen hundert Schritt aneinander vorbeiziehen, ohne daß der eine etwas vom anderen ahnte.

Hoch über ihnen kreiste ein Geier. Der Vogel schien auf unheimliche Weise zu spüren, daß hier ein Toter lag. Er drehte einige Runden über ihnen und verschwand dann irgendwo zwischen den Felsen der Steilklippe. Omar griff nach dem Zügel seines Kamels. Sie mußten aufbrechen. Es galt, die kühlen Stunden des Morgens zu nutzen.

Mit aller Kraft kämpfte Melikae gegen den Schlaf an. Die eintönige Landschaft, die drückende Hitze und das rhythmische Schaukeln des Kamelsattels, all das schläferte sie langsam ein. Gleich, wohin sie blickte, nirgendwo fand das Auge einen Halt. Die Welt schien nur noch aus einem stahlblauen Himmel mit weißglühender Sonnenscheibe und immergleichen gelben Sanddünen zu bestehen. Sie mußte in sich selbst etwas finden, das ihr die Kraft gab, gegen den Schlaf zu bestehen. Die Sharisad wußte nur zu gut, daß Omar und Neraida den gleichen Kampf zu führen hatten wie sie. Sie würden sie nicht beachten und kaum merken, wenn ihr Mehari aus der kleinen Gruppe ausscherte, um seinen eigenen Weg zu gehen, oder einfach erschöpft stehenblieb. Wenn sie dann erwachen würde, wäre sie allein in diesem Sandmeer. Der Wind hätte vielleicht schon die Spur ihrer Freunde ausgelöscht, und sie wäre dazu verurteilt, qualvoll zu verdursten. Schon oft hatte sie solche Geschichten von den Karawanenführern ihres Vaters gehört, die berichteten, wie sie Männer verloren hatten, die im Kampf gegen die Sonne unterlegen waren. Niemand machte sich die Mühe, umzukehren und solche Schwächlinge zu suchen. Es hieße, die ganze Karawane aufs Spiel setzen, wenn man umkehrte, um einen einzelnen Mann zu suchen, denn es galt, den nächsten Brunnen zu erreichen, bevor die Wasservorräte erschöpft waren, und eine stunden- oder womöglich tagelange Suche konnte man sich nicht leisten. Handelskarawanen führten stets nur sehr knapp bemessene Wasser- und Futterrationen mit, denn jeder Wasserschlauch bedeutete ein Warenbündel weniger, das man den Lastkamelen aufbürden konnte.

Melikae reckte sich im Sattel und blickte zur Sonne. Es war kurz nach der Mittagsstunde, und es würde noch eine ganze Weile dauern, bis es ein wenig abkühlte.

Die Sharisad seufzte. Sie hatte das Gefühl, daß sie ganz allein die Verantwortung zu tragen hatte für alles, was geschah. Es war ihre Schuld, daß Fendal tot war. Hätte sie diese Flucht nicht unternommen, würde der Thorwaler noch leben. Genauso war es ihre Aufgabe, sich um Omar und vor allem um Neraida zu kümmern.

Wovon sollten die beiden leben, wenn sie erst einmal ihr Ziel erreicht hatten? Sie konnte tanzen. Doch wer brauchte im Land der Heiden schon eine Salzgängerin oder einen Novadi, der eine Vergangenheit als Haussklave hatte?

Ein Geräusch schreckte sie aus ihren Gedanken auf. Es klang dumpf wie Hufschlag im Sand. Auch Omar schien es gehört zu haben. Er hob die Hand und zügelte sein Kamel.

Melikae drehte sich im Sattel um, doch nichts war zu sehen. Sie ritten am Fuß einer wohl mehr als zehn Schritt hohen Düne entlang. Omars Hand fuhr an das Schwert, das ihm Neraida am Morgen überreicht hatte. Es war Fendals Waffe. Die Salzgängerin hatte es ihm nach dem kargen Frühstück wortlos gereicht. Das Schwert war die einzige Waffe, die sie mit sich führten, wenn man von den Dolchen absah.

Wie das Donnergrollen eines Gewitters, das während der Regenzeit langsam von den Bergen heranzieht, so näherte sich der Hufschlag. Dann tauchten auf dem Kamm der Düne über ihnen Reiter auf. Sie waren mit Dschadras, kurzen Reiterlanzen, und Bogen bewaffnet. Mitten unter ihnen ritt Abu Dschenna. Melikae durchlief ein eisiger Schauder. Wie hatte es der Magier geschafft, vor zwei Nächten den Beni Schebt zu entkommen?

»Ich grüße dich, schöne Tänzerin. Deine Kunst hat mich zutiefst beeindruckt, doch jetzt ist es vorbei mit deinen Spielchen.« Der Magier gab den Reitern einen Wink, und sie galoppierten den Hang herab, um sie einzukreisen.

»Du wirst uns niemals lebend fangen, Schurke!« Omar riß sein Schwert aus dem Gürtel. Drei Reiter hatten ihn bereits erreicht und zielten mit ihren Lanzenspitzen nach seiner Brust.

»Stoßt ihn aus dem Sattel! Er soll keinen so leichten Tod haben.«

»Nein. Bitte, schont ihn!« Melikae konnte es nicht ertragen, wie sie Omar quälten. Sollte denn jeder sterben, der mit ihr geflohen war? »Laßt ihn am Leben, Erhabener. Ich bitte Euch auf Knien darum.«

Unter derbem Gelächter stießen die Männer mit den stumpfen Enden der Lanzen nach Omar. Der Novadi versuchte ihre Angriffe so gut wie möglich mit dem Schwert zu parieren, doch drei Gegner waren trotzdem zuviel für ihn. Schon bald stürzte er aus dem Sattel. Zwar konnte er sich geschickt abrollen und stand fast sofort wieder auf den Beinen, doch hatte er sein Schwert verloren. Mit bloßen Händen trat er den Kriegern gegenüber.

»Kommt schon, ihr Hurensöhne! Kämpft mit den Fäusten, wie ich es tue, oder gebt mir eine Waffe, wenn in euch Bastarden auch nur ein Funke Ehrgefühl glimmt.«

Die Reiter hatten wieder einen Kreis um ihn gebildet. Sie schienen auf ein weiteres Kommando Abu Dschennas zu warten.

»Du willst mich doch auf Knien um sein Leben bitten, Melikae, Tochter des Abu Feisal. Du sollst Gelegenheit dazu haben, dein Wort einzulösen.«

Die Sharisad bebte vor Wut. So hatte noch kein Mann zu ihr gesprochen. »Ich werde meinem Vater sagen, was …«

»Was wirst du? Dein Vater hat mir befohlen, diesen freigelassenen Sklaven zu töten, sobald er mir in die Hände fällt. Wenn du wünschst, daß ich gegen die Befehle deines Vaters verstoße und diesem Omar nichts antue, mußt du mir schon etwas bieten.«

Melikae zwang ihr Kamel, sich niederzulegen. Dann stieg sie mit hocherhobenem Haupt aus dem Sattel.

»Erniedrige dich nicht vor ihm. Er ist es nicht wert. Er ist ein …« Ein Lanzenstoß brachte Omar zum Schweigen.

Abu Dschenna lenkte sein Pferd die Dünenflanke herab. »Nun?«

Melikae ließ sich auf die Knie sinken. Eines Tages würde er für diese Demütigung büßen. Doch jetzt zählte nur Omar. »Ich bitte Euch um das Leben meines Geliebten, Erhabener. Bitte, laßt Gnade walten und verschont ihn.«

»Sehr schön, meine verwöhnte Prinzessin. Das ist dir sicher nicht leichtgefallen. Du mußt ihn ja wirklich sehr lieben.« Abu Dschennas Stimme klang fast herzlich. »Ich werde mein Wort halten, Prinzeßchen. Erdrosselt ihn!«

»Du Hund!« Melikae war mit einem Satz auf den Beinen und wollte den Magier aus dem Sattel stürzen. Doch einer seiner Krieger hielt sie fest, bevor sie ihn erreichen konnte.

»Hältst du so dein Versprechen?«

»Warum? Habe ich etwa etwas anderes versprochen, als daß *ich* ihm nichts tun werde. Es sind meine Männer, die ihn umbringen.« Der Magier lachte. »Holt jetzt die Zofe von ihrem Kamel! Ich schenke sie Euch für diese Nacht.«

Neraida hatte sich bislang nicht gerührt. Selbst als die Krieger sie aus dem Sattel zerrten und fesselten, kam kein Laut über ihre Lippen. Teilnahmslos blickte sie ins Leere.

»Mit denen wolltest du die Wüste durchqueren«, höhnte Abu Dschenna. »Du scheinst das wirkliche Leben mit den romantischen Geschichten der Märchenerzähler zu verwechseln. Du kannst froh sein, daß ich dich gefunden habe und keine Bande dahergelaufener Banditen.«

»Bitte, Herr, verschont Omar und Neraida. Ich habe sie zur Flucht angestiftet. Nicht sie sind es, die es verdienen, bestraft zu werden.«

»Kannst du mir denn noch etwas bieten?« Der Magier gab seinen Männern ein Zeichen, und Melikae sah aus den Augenwinkeln, wie die Krieger vom bewußtlosen Omar abließen. »Es würde mich ermüden, noch einmal mitansehen zu müssen, wie du dich schon wieder vor mir in den Staub wirfst.«

»Du willst mich also schänden!« Melikae warf den Kopf in den Nacken und betrachtete voller Verachtung den verschleierten Magier. »Mein Vater wird dir dafür bei lebendigem Leib die Haut abziehen lassen, du narbengesichtige Mißgeburt.«

Abu Dschenna lachte erneut. »Du erheiterst mich, Melikae. Wie kommst du darauf, daß ich dich anziehend finden könnte? Dein hübscher Freund wäre vielleicht eine nette Unterhaltung für eine Nacht, doch ich wüßte nicht, was ich mit dir anfangen soll.«

Melikae starrte den Magier einen Augenblick lang fassungslos an. Zum ersten Mal in ihrem Leben wußte sie nicht mehr, was sie sagen sollte. Sie wollte Omar um jeden Preis retten ... Doch was konnte sie tun?

»Weißt du, meine Kleine, für mich wäre es viel verlockender, wenn du mir versprächst, daß du mir ohne weiteren Widerstand nach Unau folgst. Ich habe schon viel zuviel meiner kostbaren Zeit damit vergeudet, dir nachzujagen. Ich möchte nicht auch noch auf dem Rückweg dauernd darüber wachen müssen, ob du nicht einem meiner Krieger den Kopf verdrehst oder andere Fluchtpläne ausbrütest.«

»Gut, ich werde mich Euch fügen, doch nur, wenn Ihr Omar laufen laßt und auch Neraida durch Eure Krieger kein Leid erfährt. Wenn wir den großen Salzsee erreichen, sollt Ihr auch sie freilassen und ...«

»Nein, meine Kleine. So nicht! Ich werde dir ein Leben schenken. Mehr nicht. Entscheide!«

»Aber ich verlange ...«

»Ich kann dich auch auf deinem Kamel festbinden lassen. Ich bin sicher, auf diese Weise habe ich keine Schwierigkeiten mehr mit dir. Spiel nicht mit meiner Großmut.«

Melikae zögerte. Sie kannte ihren Vater gut genug, um zu wissen, daß Omar keine Gnade zu erwarten hatte, wenn er nach Unau gebracht wurde. Bei Neraida würde er es sich vielleicht noch einmal überlegen. Ob er von ihrem Betrug mit dem Siegel wußte? Vielleicht würde er sie in seinem Zorn sogar Meister Marum, dem Scharfrichter, vorführen lassen. Wenn Omar entkäme, hätte sie ihrem Vater wenigstens dieses eine Leben abgetrotzt. Über ihn war das Urteil schon gesprochen. Sie selbst und Neraida mochten vielleicht noch auf Gnade hoffen können, doch Omars Tod war gewiß und …

»Entscheide dich, Melikae.« Das Pferd des Zauberers tänzelte nervös.

»Schenkt Omar das Leben.« Melikae flüsterte die Worte fast. Scheu blickte sie zu Neraida, doch die Salzgängerin war noch immer wie versteinert. Sie schien gar nicht zu bemerken, was um sie herum geschah.

»So sei es. Ich schwöre bei Rastullah und seinen neun Frauen, daß weder ich noch einer meiner Männer Omar ein Leid zufügen werden. Er soll Wasser und Speise für fünf Tage erhalten, so daß er von hier aus zu Fuß bis in die Oasenstädte Birscha oder Manesh gelangen kann. Möge der Zorn Rastullahs mich vernichten, wenn ich mein Wort breche.«

Melikae war erleichtert. Nicht einmal Abu Dschenna würde es wagen, einen Schwur vor Rastullah zu brechen. Sie legte die rechte Hand auf das Herz und blickte dem Magier in die Augen.

»Ich gelobe feierlich, Euch, Abu Dschenna, ohne Widerstand bis nach Unau zu folgen und auf diesem Weg keinen Versuch zu unternehmen, Euch zu entfliehen. Möge Rastullahs Fluch meine Sippe erlöschen lassen, wenn ich es wage, dieses Gelübde zu brechen.«

»Welch ein Schwur!« Der Zauberer lachte und lenkte sein Pferd an Melikae vorbei. Dann wies er mit der Reitgerte auf den Körper des bewußtlosen Omar.

»Reißt ihm die Kleider vom Leib und treibt vier Pflöcke in den Sand!«

»Was soll das?« Melikae war ihm nachgeeilt und griff dem Pferd des Zauberers in die Zügel.

»Keine Sorge. Wir werden ihm nichts zuleide tun. Ich habe deinem Vater versprochen, daß Omar sterben wird. Dir aber habe ich geschworen, daß ich ihn nicht töten werde. Ich werde mein Wort halten.« Wieder lachte der Zauberer sein schreckliches Lachen. »Ich lasse ihn an Pflöcken hier auf den heißen Sand binden. Seine Hand- und Fußgelenke sollen mit den Lumpen seiner Kleider gepolstert werden, damit ihm die Lederriemen nicht ins Fleisch schneiden. Schließlich habe ich dir doch versprochen, gut mit ihm umzugehen. Neben seinen Kopf sollen zwei Wasserschläuche und ein Beutel mit Datteln und Broten gelegt werden. Genug Nahrung für fünf Tage. Wenn Omar das Essen nicht anrührt, ist das seine Sache. Ich glaube, die Sonne wird ihm spätestens morgen zu schaffen machen. Bis zum Einbruch der Dämmerung wird er dann vermutlich tot sein. Vielleicht meint Rastullah es auch gut mit ihm und schickt einige Geier oder einen Schakal, die ihn vor dem Verdursten bewahren. Doch wie dem auch sei, dein Geliebter wird weder durch meine Hand noch durch die eines meiner Männer sterben, und trotzdem halte ich auch das Versprechen, das ich deinem Vater gegeben habe.«

»Du Bestie!« Melikae versuchte, Abu Dschenna aus dem Sattel zu reißen, doch er versetzte ihr einen Fußtritt, so daß sie in den Sand stürzte.

»Hüte deine Zunge, Weib! Wie waren deine Worte? *Ich gelobe feierlich, Euch, Abu Dschenna, ohne Widerstand bis nach Unau zu folgen ...* Du solltest nicht so leichtfertig einen Schwur brechen, den du vor Rastullah geleistet hast. Packt sie jetzt und setzt sie auf ihr Kamel.«

Melikae fühlte sich elend. Wie hatte sie nur so dumm sein können, den Betrug des Magiers nicht zu durchschauen? Abu Dschenna hatte die ganze Zeit über nur mit ihr gespielt. Warum durfte nicht sie für ihren Fehler zahlen? Warum mußte Omar dafür büßen?

Der Novadi war, seit die Krieger Abu Dschennas ihn gewürgt hatten, noch nicht wieder zu Bewußtsein gekommen. Wehrlos lag er im Sand, Arme und Beine durch die Fesseln weit ausgestreckt.

Stumm und ohne Tränen weinte Melikae in sich hinein. Sie würde dem verfluchten Magier niemals ihre Schwäche zeigen. Jede ihrer Tränen wäre ein Triumph für ihn gewesen. Sollte sie jemals Gelegenheit haben, sich an ihm zu rächen, dann würde sie genausowenig Gnade kennen wie er.

»Verschwende deine Gedanken nicht an diesen törichten Knaben. Im Grunde ist er doch kaum mehr als ein rebellischer Sklave. Er hat nichts Besseres als den Tod verdient.«

Melikae schwieg. Sie wandte den Blick nicht von Omar, seinem zarten, geschmeidigen Körper. Rastullah mußte sie verflucht haben. Wie anders war zu erklären, daß Neraida und sie selbst innerhalb eines Tages ihre Geliebten verloren hatten? Strafte der Gott sie auf diese Weise dafür, daß sie gegen ihren Vater aufbegehrt hatte?

»Dein kleiner Sklave hat sich wohl für sehr schlau gehalten, als er weitab aller Wege in die Wüste geritten ist«, höhnte Abu Dschenna. »Anderen wärt ihr im Sandmeer vielleicht sogar entkommen. Es war schon großartig, wie du jene Jäger, die mit mir den Salzsee überquert haben, in den Tod gelockt hast, Melikae. Weißt du überhaupt, daß an deinen Händen das Blut von sechzehn Männern klebt? Was bedeutet es da schon, wenn jetzt noch einer mehr stirbt?«

Die Sharisad wandte den Blick nicht von Omar ab. Es war das letzte Mal, daß sie ihn sah. Den Worten des Magiers versuchte sie keine Beachtung zu schenken. Sie wußte, daß alles, was er zu sagen hatte, wie das Gift eines schwarzen Skorpions war und sie von innen verbrennen würde.

»Fast hätte sogar mein Blut an deinen Händen geklebt, kleine Tänzerin. Könnte ich nicht die Gestalt eines Geiers annehmen, ich wäre in der Nacht, als du vor den Beni Schebt getanzt hast, dem wütenden Mob sicher nicht entkommen. Doch so war es mir ein leichtes, bis zur Oase Manesh zu fliegen, wo genau wie in Keft noch weitere Krieger im Sold deines Vaters nach dir Ausschau hielten. Hörst du mir überhaupt zu?«

»Du sagst, du bist ein mächtiger Magier, Abu Dschenna. Reicht deine Macht, eine wilde Rose herbeizuhexen, wie man sie in den Bergen östlich Unaus findet?«

»Was soll dieser Wunsch? Was willst du mit einer Rose?«

»Ich möchte sie Omar zum Abschied schenken.«

»Was?« Der Magier lachte wie eine Hyäne. »So etwas können sich wohl nur Frauen ausdenken. Glaubst du wirklich, ich rufe jetzt einen Dschinn herbei und trage ihm solchen Unsinn auf?«

Der Magier hob den rechten Arm. »Los Männer, aufsitzen! In Unau wartet eine Menge Gold auf uns.«

Ein Krieger griff nach den Zügeln von Melikaes Mehari. Die Sharisad blickte noch immer zu Omar. Nicht einmal ein Abschied war ihnen vergönnt. Doch vielleicht zeigte Rastullah Gnade, indem Er ihn nicht aus seiner Ohnmacht erwachen ließ. So blieben ihrem Geliebten die Qualen des Verdurstens erspart.

Erst als sie die große Düne überquert hatten und sie Omar nicht mehr sehen konnte, drehte sich die Sharisad um. Nur drei Pferdelängen vor ihr ritt der verfluchte Magier, und von nun an war Rache ihr einziger Gedanke.

Am Morgen nach dem alljährlichen großen Kamelrennen erreichten sie Unau. Es war der neunte Tag vor dem ersten Rastullahellah im 248. Jahr nach dem Mysterium von Keft. Die Ungläubigen nennen dieses Datum den 26. Firun 1008 nach Bosparans Fall. Ein Tag, der die Geschichte der Khom verändern sollte.

Schon als sie die weitläufige Zeltstadt vor den Mauern Unaus durchritten, fiel Melikae die ungewöhnliche

Stimmung auf. Es fehlte die Ausgelassenheit, mit der normalerweise das große Fest gefeiert wurde.

Die Frauen vor den Zelten mahlten Mehl auf flachen Steinen. Kinder mit Holzgerten lieferten sich spielerisch Kämpfe, und einmal hörte sie einen kleinen Jungen rufen: »Stirb, al'anfanischer Schurke!«

Auch den anderen schien aufgefallen zu sein, daß etwas nicht stimmte. Die Männer blickten unruhig, und selbst ihre Pferde schienen nervös zu sein. Am Stadttor waren die Wachen verdreifacht worden. Ein junger Offizier hielt die Gruppe an.

»Was ist hier los? Haben die Männer Unaus das Kamelrennen verloren?« Abu Dschennas Stimme klang hochmütig, so als könne ihm nichts auf Dere auch nur das geringste anhaben.

Einen Augenblick lang herrschte angespanntes Schweigen.

»Habt ihr denn noch nicht gehört, was geschehen ist?« Der Wachoffizier starrte den Magier fassungslos an. »Der Götzenpriester aus Al'Anfa hat den Kalifen beleidigt. Er ist mit einem Heer in Selem gelandet und marschiert nun den Szinto aufwärts. Doch der glorreiche Abu Dhelrumun ibn Chamallah, Herr aller Gläubigen, hat vor den Toren unserer Stadt ein Heer zusammengerufen, wie es die Khom seit den Tagen des Kalifen Malkillah ibn Hairadan nicht mehr gesehen hat. Vierhundert Soldaten des Kalifen und mindestens genau so viele Männer aus der Stadt und von den Stämmen sind mitgeritten. Sie werden den schwarzen Götzenpriester unter den Hufen ihrer Shadif zermalmen.«

»Möge Rastullah ihre Lanzen in die Herzen der Feinde lenken. Doch nun laßt mich passieren. Ich muß zu Abu Feisal dem Prächtigen. Ich bringe ihm seine Tochter zurück.«

»Die geflohene Sharisad?« Der Offizier blickte zu ihr herüber. Melikae zog einen Zipfel ihres Kopftuchs vor das Gesicht. Sie wollte nicht von diesen Männern angestarrt werden. Der Ritt durch die Stadt würde sicher eine einzige Demütigung, und sie wünschte, sie wäre schon im Haus ihres Vaters.

»Wenn du Abu Feisal suchst, mußt du zum Szinto reiten. Er hat sich mit seinen Männern der Armee angeschlossen. Doch wahrscheinlich werden sie schon in zwei oder drei Tagen zurück sein und hier auf dem Weg nach Mherwed haltmachen, bevor sie dem Kalifen den Kopf des Götzenkönigs von Al'Anfa vor die Füße legen.«

»Wir warten lieber in seinem Haus auf ihn. Ich möchte der Sharisad nicht länger die Strapazen eines Zeltlagers zumuten«, heuchelte der Magier. Melikae schnaubte verächtlich. Als ob Abu Dschenna sich einen Deut um ihre Bequemlichkeit scheren würde.

»Es tut mir leid, aber ich darf Euch nicht gestatten, die Pforten zur Oberstadt zu passieren. Das ist nur Mitgliedern und Gästen der neun Familien erlaubt.«

»Ich bin ein Gast Abu Feisals«, entgegnete der Magier gereizt. »Er hat mich damit beauftragt, seine Tochter so schnell wie möglich zu ihm zurückzubringen.«

Der Wachoffizier zuckte mit den Schultern. »Es tut mir leid, aber mir liegt kein Befehl vor, Euch passieren zu lassen. Nicht einmal die Tochter Abu Feisals dürfte ich in die Oberstadt lassen, bevor nicht feststeht, ob sie gegen die Gesetzte Unaus verstoßen hat.«

Melikae horchte auf. Es schien nicht allgemein bekannt zu sein, daß sie das Siegel ihres Vaters gefälscht hatte. Vielleicht mußte sie nicht mit einer so schweren Strafe rechnen, wie sie bislang befürchtet hatte.

»Vielleicht solltet Ihr es beim Wesir Jikhbar ibn Tamrikat versuchen. In Abwesenheit des Sultans lenkt er allein die Geschicke der Stadt. Ein Wort von ihm genügt, und Ihr könnt die Pforten zur Oberstadt passieren. Ihr findet ihn im Funduq, der Karawanserei nahe der Westmauer. Er berät sich dort allerdings zur Zeit mit Abudallah Fenakka, dem Großmukthar von Mherwed und Beschützer der Straßen und Reisenden. Der Kalif hat diesen hohen Beamten zusammen mit zwanzig Kamellasten kostbarer Gewänder aus seiner Schatzkammer geschickt. Jeder der Krieger, der an der Seite der Soldaten des Kalifen gestritten hat, soll zum Lohn einen perlenbestickten Kaftan erhalten, den er während der Siegesparade in Mherwed tragen soll. Der Wesir und der Großmukthar beraten nun über die Abwicklung der Siegesfeierlichkeiten.«

»Dann laßt mich durch, damit ich mit dem Wesir sprechen kann.«

Der Offizier machte den Weg frei und winkte seinen Männern, beiseite zu treten, um die Gruppe in die Stadt einreiten zu lassen.

Melikae neigte den Kopf, um hinter ihrem Schleier nicht erkannt zu werden. Doch aus den Augenwinkeln sah sie, wie die Frauen mit Fingern nach ihr zeigten, als sie durch die engen Gassen ritt, und die Kinder sangen ein Spottlied auf ihren Versuch, sich gegen den Willen ihres Vaters aufzubäumen.

Als sie endlich den Funduq erreichten, ließ der Wesir sie mehr als drei Stunden warten. Abu Dschenna fiel es sichtlich schwer, sich mit dieser Demütigung abzufinden. Zweimal geriet er mit dem Schankwirt der kleinen Taverne aneinander, die sich bei der Karawanserei befand, weil er ihm angeblich sauren Wein gebracht hatte.

Die Mittagsstunde war schon vorüber, als endlich ein kleiner Sklavenjunge aus einem der Lagerhäuser trat und dem Magier die Botschaft überbrachte, daß der Wesir nun bereit sei, sie zu empfangen.

Der Wesir erwartete sie im Lagerhaus des Sultans, einer großen Halle, die sich fast über die ganze Westfront der Karawanserei erstreckte. Das hohe Portal wurde von vier Gelbherzen bewacht, und auch im Innern hatten sich vier Soldaten mit Bronzeschilden und schimmernden Speerspitzen hinter dem Wesir aufgestellt.

Jikhbar ibn Tamrikat war ein Greis mit schlohweißem

Bart und sonnenverbranntem faltigen Gesicht. Mit stechenden schwarzen Augen musterte er den Zauberer, und Melikae hatte den Eindruck, daß es selbst dem gefürchteten Schwarzmagier schwerfiel, dem Blick des Wesirs standzuhalten.

»Ich würde lügen, wenn ich behauptete, daß es mir Freude bereitet, dich in Unau zu sehen, Abu Dschenna. Ein Mann mit deinen Möglichkeiten sollte beim Heer des Kalifen im Szintotal stehen und die Ungläubigen bekämpfen, die gekommen sind, um uns unser Land und unsere Ehre zu rauben. Was ist dein Begehr?«

»Ich beuge mein Haupt vor Euch, Ehrwürdiger. Mein Herz schmerzt vor Trauer, daß nicht auch ich unter den Kriegern des Kalifen stehen kann, doch wie Ihr sicherlich wißt, Erhabener, hat Abu Feisal mir eine andere Pflicht auferlegt. Ich bin hier, um seine Tochter Melikae in sein Haus zurückzuführen, doch man verwehrt mir den Zutritt zur Oberstadt.«

»Und so soll es auch bleiben. Wenn Abu Feisal einen Mann mit solch zweifelhaftem Ruf in sein Haus lädt, so ist das seine Sache. Ich jedoch werde nicht gestatten, daß ein Mann, dem man nachsagt, er habe seine Seele gegeben, um an das geheime Wissen der Ssrkhrsechim zu gelangen, der schlangenleibigen Echsenmagier, jenen Teil unserer Stadt betritt, der allein den Edelsten aus unseren Familien vorbehalten ist.« Die Augen des Wesirs funkelten vor Zorn, und es war offensichtlich, daß er Abu Dschenna am liebsten in Ketten gelegt hätte. Vielleicht ist jetzt die Stunde meiner Rache gekommen, dachte Melikae.

»Wo bleibt Euer Ehrgefühl, Erhabener?« Abu Dschennas Stimme klang höhnisch, und er vollführte eigenartige Gesten mit den Händen, während er sprach. »Wollt Ihr denn der Tochter eines jener Edlen zumuten, noch weiter im Staub der Wüste zu schlafen, während ihr Palast mit seinen ganzen Annehmlichkeiten doch so nahe liegt?«

»Halt deine Hände still, heimtückischer Skorpion! Versuch nicht, mich mit einem deiner Zauber zu belegen, oder ich lasse dir mit glühenden Zangen das Fleisch von den Knochen reißen.«

»Nie würde ich es wagen, mich an Euch zu vergehen, Edelster unter den …«

»Schweig! Ich kann deine heuchlerischen Lügen nicht länger ertragen.« Der Wesir wandte sich an Melikae. Die Sharisad blickte verlegen zu Boden. Sie hatte nicht die Kraft, seinem strafenden Blick standzuhalten.

»Ich kenne dich, seit du an der Brust deiner Amme gelegen hast, Melikae. Was in Rastullahs Namen hat dich so verblendet, daß du deinem Vater solchen Kummer bereiten konntest? Er mußte das Heiratsversprechen lösen und hundert Kamele geben, um die Schande zu tilgen, die du über den Namen des dir versprochenen Kaufmanns gebracht hast.«

»Und doch ist diese Schande klein wie ein Staubkorn vor einem Gebirge, wenn ich der Schande gedenke, die mir Abu Dschenna angetan hat.«

»Du verleumderische Hure, was …«

»Schweig, Schurke, oder ich lasse dich von den Wachen ergreifen.« Die Soldaten traten ein Stück vor und senkten drohend die Speere.

»Sprich, Melikae, was ist geschehen?«

»Ich … ich weiß kaum, wie ich Worte dafür finden soll. Nacht für Nacht hat er mich in sein Zelt genommen und gezwungen, ihm zu Willen zu sein.«

»Das ist alles erlogen.« Der Magier schäumte vor Wut. »Glaubt ihr kein Wort!«

»Packt ihn!« Auf einen Wink des Wesirs stürmten die Soldaten vor. Abu Dschenna versuchte, zum Tor des Lagerhauses zu entkommen, doch auch dort versperrten ihm Wachen den Weg.

»Steckt ihm einen Knebel in den Mund und bindet ihm die Hände auf den Rücken, damit er keine seiner unheiligen Zauber wirken kann.«

Ein Soldat schlug dem Magier mit dem Speerschaft auf den Rücken, so daß er auf die Knie stürzte. Dann stopften sie ihm ein Stofftuch in den Mund und banden ihm die Hände mit Lederriemen auf den Rücken.

»Du sprichst doch wahr, mein Kind?«

»Ich schwöre bei Rastullah, daß ich nicht lüge. Glaubt Ihr, ich gestände eine solche Schande ein, die auf ewig als Makel am Namen meiner Sippe haften wird, wenn es nicht die Wahrheit wäre? Ihr wißt genausogut wie ich, daß ich eine Ausgestoßene sein werde, wenn bekannt wird, was Abu Dschenna mir angetan hat. Und spätestens dann, wenn er wegen seiner Verbrechen gerichtet wird, wird die ganze Stadt von meinem Unglück erfahren. Nie wieder wird ein Mann um meine Hand anhalten, und wenn ich meinem Vater keinen Enkel gebäre, wird unsere Sippe aussterben. Glaubt Ihr, ich würde einen solchen Preis für eine Lüge zahlen?«

»Benenne Abu Dschennas Sünden, und ich werde ihn richten.« Das Gesicht des Wesirs war wie versteinert, und seine Stimme klang tonlos, als spräche ein ehernes Standbild.

Melikae wußte, was es hieß, als ehrlos zu gelten. Jeder Mann konnte ihr von nun an ungestraft nachstellen, denn gleichgültig, was sie auch sagte, man wiese ihr einen Teil der Schuld zu. Doch sie war bereit, diesen Preis zu zahlen, wenn sie dafür den Magier sterben sähe. Er hatte Omar ohne Gnade einem erbärmlichen Tod in der Wüste ausgeliefert. Dafür sollte er nun zahlen.

»Schon in der ersten Nacht, die ich in der Gefangenschaft dieses Schurken verbrachte, hat er mich gezwungen, ihm zu Willen zu sein. Ich habe mich gewehrt, geweint und geschrien, doch ich konnte mich seiner nicht erwehren. Ich weiß, daß die Flucht vor meinem Vater große Schande über unser Haus gebracht hat, doch so wahr mir Rastullah helfe, keiner meiner Sklaven hat auch nur mit einem Wort meine Unschuld besudelt. Erst der Häscher, den mein Vater hinter mir herschickte, hat mich in die tiefste Schande gestürzt, denn er hat mich ...« Melikae stockte.

»Schon gut, mein Kind, du brauchst nicht weiterzureden. Wie konnte dein Vater nur eine solche Schlange in seinen Dienst nehmen?« Jikhbar warf dem Magier einen verächtlichen Blick zu. Abu Dschenna bäumte sich in seinen Fesseln auf, doch die Wachen drückten ihn wieder zu Boden.

»Bringt ihn in den Kerker der Garnison und kettet ihn dort an die Wand. Sobald Abu Feisal aus dem Krieg zurückgekehrt ist, soll diesem Frauenschänder auf dem Markt bei lebendigem Leibe die Haut abgezogen werden, und sein Haupt wird auf einem Pflock über unserem Stadttor stecken, damit jeder Fremde weiß, wie dem geschieht, der unseren Frauen Gewalt antut.«

Melikae fühlte keinen Triumph, als Abu Dschenna von den Wachen fortgeschafft wurde. Sein Tod würde ihr Omar nicht wiederbringen. Sie hatte geglaubt, die Rache könnte einen Teil ihres Schmerzes auslöschen, doch das Gegenteil war der Fall. Der Gedanke an Rache hatte ihr Kraft gegeben und sie von ihrer Trauer abgelenkt. Jetzt blieb ihr nur noch der Schmerz um ihr verlorenes Glück. Doch vielleicht würde Rastullah ihr Leben schon bald beenden, um sie in den finstersten Abgrund der Niederhöllen zu schleudern, denn sie hatte falsches Zeugnis abgelegt und ihre Lügen bei Seinem Namen beschworen.

»Melikae, du magst nun in den Palast deines Vaters gehen. Dort wirst du bleiben, bis ich mit deinem Vater und den Mawdli über deine Strafe beraten habe, denn Rastullahs Weisheit sagt, daß bei allem, was geschehen ist, nie den Mann allein die Schuld treffen kann. Jeder in der Stadt weiß, daß dies auf dich ganz besonders zutrifft, mußte ich doch selbst miterleben, wie dein Tanz das Blut der Gäste in Wallung brachte. Sicher wirst du auch nicht bestreiten, daß du es warst, die dem

Löwentöter Omar so sehr den Verstand verwirrte, daß der junge Held von deinem Vater das einzige verlangte, was ihm Feisal nicht geben konnte.«

Melikae schwieg. Sie wußte, daß sie für ihre Verleumdung zahlen mußte. Wahrscheinlich würde ihr Vater sie verstoßen, und sie würde in billigen Tavernen tanzen müssen, um wenigstens genug zu essen zu bekommen. Alle ihre Träume von Ruhm und Reichtum waren zerbrochen. Doch was bedeutete ihr schon ein Leben, das sie nicht mehr mit Omar teilen konnte?

»Geh nun, Weib! Ich kann den Anblick deines Leibes, der soviel Unglück heraufbeschwor, nicht länger ertragen.«

Gesenkten Hauptes verließ Melikae die Karawanserei. Ein Soldat begleitete sie und sorgte dafür, daß ihr das Tor zur Oberstadt geöffnet wurde. Dort wartete Sulibeth auf sie.

Der Hain vor dem Rastullahtempel der Unterstadt war von Menschen überfüllt. Krieger der verschiedensten Sippen drängten sich neben Händlern und Salzgängern. Die schrillen Rufe der schwarzgewandeten Klageweiber übertönten das Gemurmel der Menschenmenge. Hier und dort hörte man Kinder weinen oder den lautstarken Streit zwischen zwei Wüstenreitern.

Wie alle anderen erwartete Neraida den Mawdli, der bald vor dem Portal des Tempels erscheinen mußte. Seit zwei Tagen hatte sie nichts mehr gegessen und auch nur wenig getrunken, um ihre Demut vor dem einzigen Gott zu bekunden. Die ganze Stadt schien von einem Fieber ergriffen zu sein.

Fünf Tage war die Nachricht alt, daß das Heer des Kalifen bei Malkillabad am Szinto eine vernichtende Niederlage erlitten hatte. Doch die Umstände, die zum Untergang der fast zweitausend Mann starken Armee geführt hatten, waren noch unklar. Die einen erzählten, daß die Krieger Al'Anfas zahlreich wie die Heuschrecken über das Land hergefallen seien. Andere berichteten wiederum, daß Tar Honak, der Hohepriester des Götzen Boron, Dämonen beschworen habe, die den Soldaten des Kalifen allen Mut zum Kampf geraubt hätten. Nur in einem Punkt stimmten die verschiedenen Gerüchte überein. Fast alle, die gegen Al'Anfa ausgeritten waren, waren jetzt tot oder in Sklaverei. Die wenigen Überlebenden, die sich nach Unau gerettet hatten, redeten wirr, und einige wußten nicht einmal mehr, wie sie hießen. Ein Mawdli, der mit dem Heer geritten war und dessen Geist von den Schrecken der Schlacht weniger betroffen schien, hatte berichtet, daß Feisal der Prächtige gemeinsam mit einigen anderen Stadtfürsten von Unau bei einer Attacke über den Szinto im Pfeilhagel der Feinde gefallen sei.

So kam es, daß Jikhbar ibn Tamrikat verkünden mußte, daß Melikae nun die Letzte aus dem Geschlecht der Haschijad sei und über alle Reichtümer ihres Vaters gebieten könne. Gleichzeitig erklärte er sie aber für ehrlos, so daß es jedem freigeborenen Unauer verboten war, ihren Palast zu betreten.

Die Lüge, daß sich Abu Dschenna an Melikae vergriffen hatte, war mittlerweile in aller Munde. Manche erzählten auch, Melikae sei es gewesen, die den Magier mit einem ihrer Zaubertänze verführt habe. Ja, es wurde sogar erzählt, sie habe Unzucht mit dem Sklaven Omar und ihrem heidnischen Söldner getrieben, von dem sie nun ein Kind unter dem Herzen trage. Neraida fühlte sich ganz elend, wenn sie diesen Tratsch in den Basaren mit anhören mußte. Die Geschichte von der Liebe zwischen Fendal und Melikae traf sie so, als hätte man ihr einen Dolch ins Herz gestoßen. Melikae hatte durch ihre Flucht zu guter Letzt doch noch alles gewonnen, überlegte die Salzgängerin. Sie mußte den alten Kaufmann nicht mehr heiraten und konnte sogar frei über das Vermögen ihres Vaters verfügen. Selbst die Strafe, als ehrlos zu gelten, brachte ihr noch Vergünstigungen ein. Als Ehrlose konnte sie nun überall tanzen, wo sie wollte, wohingegen sie sich als anständige Tochter aus vornehmer Familie nur mit der Erlaubnis ihres Vaters oder ihres Mannes vor Fremden zeigen durfte. Auch mußte der Makel der Ehrlosigkeit ihr nicht für immer anhaften, denn sollte sie berühmt werden, würde sie vielleicht eines Tages vor dem Kalifen auftreten, und der Herrscher aller Gläubigen konnte den Bann von ihr nehmen. Den Tod Omars würde sie bald vergessen. Einer Frau von ihrer Macht würden immer Männer zu Füßen liegen.

Und was blieb ihr selbst? Ihre Herrin Melikae schien sie völlig vergessen zu haben. Stundenlang saß die Sharisad neben dem Teich mit den Seerosen und lauschte den schwermütigen Melodien eines Flötenspielers, den sie in ihre Dienste genommen hatte. Neraida aber fand keine Zeit mehr, sich ihrer Trauer hinzugeben. Der Sklavenaufseher hatte ihr mehr Arbeit gegeben, als zwei Hände zu bewältigen vermochten. Wenn er sie weinend und in Trauer fand, dann schlug er sie. Heute hatte sie nur deshalb den Palast verlassen dürfen, weil der erste Rastullahellah einer der fünf höchsten Feiertage im Jahr war. Den rechtgläubigen Sklaven stand an diesem Tag frei, einen Tempel oder ein Mawdli zu besuchen, um wie die anderen Gläubigen Rastullah in aller Öffentlichkeit ihre Demut zu zeigen.

Oft lag Neraida nachts wach auf ihrem Strohsack und bedauerte, sich am Grab Fendals nicht den Tod gegeben zu haben. Was hatte ihr das Leben noch zu bieten? Bei Melikae, die schon immer reich und glücklich gewesen war, fügte sich alles, obwohl sie den Namen Gottes mit einem falschen Schwur besudelt hatte. Und was geschah mit ihr? Sie war wieder Sklavin, und da Melikae nicht mehr nach ihr fragte, hatte sie ihre bevorzugte Stellung als Zofe verloren.

Auch den Dolch, den sie während der Flucht getragen hatte, hatte man ihr wieder abgenommen, denn Sklaven war es verboten, Waffen zu tragen. Mehr denn je schien ihr der dünne eiserne Ring um den Hals die Luft zum Atmen zu nehmen. Es wäre besser gewesen, sie hätte niemals wieder den Geschmack der Freiheit gekostet!

Manchmal redete sie sich auch ein, es sei Sulibeth gewesen, die sie von Melikae getrennt hatte. Die alte Tanzlehrerin führte das Regiment im Haus, während Melikae träumend am Seerosenteich saß. Sulibeth hatte keinen Hehl aus ihrer Überzeugung gemacht, Neraida sei schuld an Melikaes Verfehlungen. Die Salzgängerin schnaubte verächtlich. Als ob die Sharisad jemals auf sie gehört hätte! Wenn Fendal doch noch leben würde! Er würde nicht dulden, daß die alte Hexe Sulibeth sie nun die schmutzigsten Küchenarbeiten erledigen ließ.

Doch Rastullahs Wege waren verschlungen und unergründlich für den Verstand des Sterblichen.

Abu Dschenna war auf geheimnisvolle Weise die Flucht gelungen. An dem Morgen, als der Scharfrichter gekommen war, um ihn zu holen, hatte er den Kerker leer vorgefunden. Die Fesseln, mit denen man den Zauberer an die Wand gekettet hatte, waren auf seltsame Weise verbogen gewesen, und nur seine Kleider waren in der leeren Zelle zurückgeblieben. Man munkelte, ein Dschinn habe ihn geholt, doch Neraida wußte es besser: Rastullah duldete nicht, daß ein Mann für etwas verurteilt wurde, wofür als Beweis allein ein falscher Eid in seinem Namen stand. Vielleicht würde Melikae doch noch büßen müssen. Dieser Gedanke verschaffte Neraida Genugtuung. Sie war sicher, daß es so etwas wie göttliche Gerechtigkeit gab und daß jedes erduldete Unrecht eines Tages tausendfach vergolten wurde.

Plötzlich war es auf dem Tempelplatz ruhig geworden. Der Mawdli war erschienen. An seiner Seite standen zwei junge Männer, die ihre Hemden abgestreift hatten und blanke Krummschwerter in den Händen hielten. In gebieterischer Geste breitete der Mawdli die Arme aus.

»Rastullah zürnt uns! Seht, die Pestbeule des Südens ist aufgeplatzt, und ekles Gewürm kriecht hervor, denn der eine Gott will unsere Standhaftigkeit im Glauben prüfen. Wie konnten wir in Zeiten, in denen unsere Brüder vor den Schwertern der Heiden flohen, Kamelrennen in Unau und noch schlimmer in der Kalifenstadt abhalten? Wie konnten wir lachen und feiern, als unsere Brüder fochten und starben? Fluch auf jenen Herrscher, der fernab seiner tapferen Krieger auf die Nachricht vom Sieg wartete. Haben wir denn vergessen, wie Rastullahs Glaube bis weit hinter die Grenzen der Wüste getragen wurde? Haben wir vergessen, daß der Kalif der Erste im Glauben und das Schwert des Gottes ist? Weil Rastullah uns zürnte, konnten unsere Feinde triumphieren. Nun besinnt euch wieder darauf, was den wahren Gläubigen auszeichnet: Demut vor Gott. Rastullahs Blick liegt nun auf Unau. So wie Keft dafür berühmt wurde, daß der eine Gott dort in neunundneunzig Geboten seinen Willen verkündete, so soll Unau in Zukunft für den wiedergeborenen Glauben stehen. Hier an unseren Mauern sollen die Heerscharen der Götzenanbeter zerschmettert werden. An meiner Seite seht ihr Abdallah und Chamir. Sie beide haben in dieser Nacht die Stimme unseres Herrn gehört, der in jenem fruchtbaren Garten auf sie wartet, der allen tapferen Kriegern verheißen ist, die im Heiligen Krieg den Tod finden. Sie sind bereit, seinem Ruf zu folgen!«

Der Mawdli trat zurück. Aus dem Tempel ertönte das Lied eines Zitarspielers, und die beiden Männer begannen zu tanzen. Schwertschwingend umkreisten sie sich und führten immer wildere und verwegenere Attacken gegeneinander. Schneller und immer schneller wurde das Lied, das der unsichtbare Spielmann auf den Metallsaiten der Zitar spielte. Schon bald bluteten die beiden Krieger aus zahlreichen Wunden, doch so, als habe Rastullah ihnen übermenschliche Kräfte geschenkt, ermüdete keiner von beiden, bis plötzlich das Lied der Zitar verstummte.

Weniger als einen Schritt standen die Kämpfer voneinander entfernt und maßen sich mit Blicken. Dann hoben sie die Schwerter, bereit, einen letzten tödlichen Schlag zu führen.

»Es sei«, durchbrach die Stimme des Mawdli die Stille.

Wie silberne Blitze zuckten die Klingen nieder, und die Krieger schlugen sich gegenseitig das Haupt vom Rumpf.

Ein Aufschrei ging durch die Menge. Blut war auf das weiße Gewand des Mawdli gespritzt. Der Weise beugte sich nieder und hob das Haupt eines toten Kriegers auf, um dessen leblose Lippen zu küssen. »Ich sehe Rastullahs Gärten im Spiegel seiner Augen!«

»Sie sind für Unau gestorben, sie sind wahre Helden!« erklang ein Schrei aus der Menge.

»Schweigt!« Der Mawdli hatte die Linke erhoben. Dann hielt er das Gesicht des Toten an sein Ohr. Gleichzeitig erklang die Zitar im Innern des Tempels aufs neue. »Er spricht zu mir!« Atemlose Stille herrschte in dem lichten Palmenhain vor dem Tempel.

»Rastullah hat ihn und seinen Bruder gnädig aufgenommen. Sie werden wiederkehren, wenn der Löwe und sein Schwert zusammengefunden haben. Denn die Tatzen des Löwen werden den Raben vom Himmel holen, sein Schwert aber wird den Tod und auch die Liebe bis in den Horst des Raben tragen. Beide haben ihren Weg in der Oberstadt begonnen, und doch kennen sie sich nicht. Vor der Morgenröte des Triumphs aber steht die Kälte einer finsteren Nacht. In jener Nacht werden die beiden Helden zurückkehren, die heute ihr Leben Rastullah geschenkt haben, um in flammender Rüstung an unserer Seite zu stehen. Sie werden das Schwert des Siegers zum Licht führen und so die Weisheit retten. Dies hat Rastullah uns bestimmt.«

Ohne ein weiteres Wort drehte sich der Mawdli um und kehrte in den Tempel zurück, und der Klang der

Zitar verstummte endgültig, als sich die bronzenen Tempeltore hinter dem Weisen schlossen.

Neraida hatte den Eindruck, daß es kälter geworden war. Dann kam ein böiger Wind auf und neigte die Wipfel der Palmen. Von den Unauer Bergen zog eine dunkle Wolkenfront heran.

»Seht nur, über der Garnison!« Der gellende Schrei eines Mannes ließ Neraida aufblicken. Hoch über der Stadt kreiste ein dunkler Vogel. Dann war ein scharfer Knall zu hören. Die Fahnenstange mit dem Banner der Gelbherzen war zerbrochen, und die Standarte stürzte von der Mauer in den Staub.

»Die Nacht hat begonnen!«

»Rastullah wird Rache an allen nehmen, die den wahren Glauben verraten haben!«

»Hört nur das ferne Donnern! Das ist der Flügelschlag des Raben, dessen Schwingen den Himmel verfinstern.«

Auf dem Platz brach ein Tumult los. Die meisten warfen sich zu Boden und beteten lauthals, Rastullah möge ihnen ihre Sünden vergeben. Manche flohen auch ängstlich in ihre Häuser.

Neraida kniete nieder, breitete die Arme aus und blickte zum Himmel. Der Wind zerrte an ihrem Kopftuch und dem schlichten Leinengewand, das sie trug.

»Ich diene dir, Gott der Rache, und wenn ich meinen Körper von den Mauern stürzen muß, um sterbend unsere Feinde zu zerschmettern.«

Erst jetzt bemerkte Neraida die schlanke Frau, die schräg hinter ihr stand. Der Wind spielte mit ihrem langen Haar, das der Salzgängerin fast wie goldene Schlangen erschien. Die Fremde war die einzige auf dem Platz, die nicht auf die Knie gefallen war. Ihre Haut war ungewöhnlich hell, und ihre Ohren liefen so spitz zu wie die eines Dschinns. Neraida erschien sie wie eine Lichtgestalt, die Rastullah gesandt hatte, seinem bedrängten Volk zur Seite zu stehen.

Die goldhaarige Frau nahm einen ungewöhnlichen langen Bogen von der Schulter, zog einen Pfeil aus ihrem Köcher und zielte zum Himmel, wo der schwarze Vogel noch immer im Sturmwind über der Festung tanzte. Dann ließ sie das tödliche Geschoß von der Sehne. Erst im letzten Moment riß eine Sturmbö den Pfeil aus seiner Bahn. Statt die Brust des Vogels zu durchbohren, streifte er eine der schwarzen Schwingen. Ein krächzender Schrei hallte über den Platz. Dann drehte der Vogel nach Osten ab und verschwand in der dunklen Wolkenfront.

Etwas Warmes hatte Neraidas Wange berührt. Vorsichtig tastete sie mit den Fingern danach. Es war Blut. Der Salzgängerin schlug das Herz bis zum Hals. Was mochte dieses Omen bedeuten? Würde Rastullah ihren Wunsch erfüllen und ihr den Tod schenken, damit sie wieder mit Fendal vereint wäre?

Die Fremde war neben sie getreten. Sie streckte die Hand aus, fuhr ihr über die Wange und betrachtete das Blut. Dann sprach die Goldhaarige sie an, und in ihrer Stimme lag ein seltsamer Klang, wie ihn Neraida noch nie zuvor gehört hatte.

»Du bist auserwählt. Heute hat mein Pfeil zum ersten Mal sein Ziel verfehlt. Es war töricht, die Kraft meines Arms gegen das Toben des Windes zu stellen. So wie der Sturmwind jetzt die Häupter der Palmen beugt, so wird der Sturm, der ihm folgen wird, den Stolz dieser Stadt beugen. Wenn der Hochmut der Herren gebrochen ist, wird auch der eherne Ring um deinen Hals zerspringen. Nimm dies und zerkau es, wenn du dich entscheidest, daß dein Leben länger währen soll als der Triumph eurer Feinde.«

Die unheimliche Frau reichte ihr eine seltsame Pflanzenknolle. Noch einmal lächelte sie ihr zu, dann ging sie ohne ein weiteres Wort. Und obwohl sie eine Ungläubige war, öffnete sich vor ihr eine Gasse zwischen den Menschen, die nun ihre Häupter wieder erhoben hatten, und selbst die verschleierten Kasimiten traten der Frau mit dem goldenen Haar respektvoll aus dem Weg.

Eine schwere Zeit war angebrochen für Unau. Zwölf Tage nach den bösen Omen des ersten Rastullahellah war das Heer Al'Anfas vor den Toren der Stadt erschienen. Mit einer tollkühnen Reiterattacke hatten die Verteidiger versucht, die Soldaten des Götzenpriesters Tar Honak wieder zurück in die Wüste zu treiben, doch zu Hunderten waren sie im Pfeilhagel der Ungläubigen gefallen. Fast ohne einen Schwertstreich eroberte die Armee unter dem Rabenbanner die Unterstadt Unaus. Doch während sich das Volk unter der Knute der Ungläubigen beugte, hatte sich der Wesir Jikhbar ibn Tamrikat mit den letzten Aufrechten in der Garnison und in der Oberstadt verschanzt, entschlossen, den Palast des Sultans und die Ehre Unaus mit seinem Leben zu verteidigen.

Schon zwei Wochen dauerte der Kampf um die Oberstadt, und jeden Morgen schickte der Götzenpriester Tar Honak einen Boten, der den Verteidigern zurief, sie könnten zwischen einem grausamen Tod oder dem Überleben in Sklaverei wählen, wenn sie sich ergeben würden und den Götzen Boron als ihren obersten Herren anerkannten. Doch nicht einer der Verteidiger ging auf das ehrlose Angebot ein. Sie waren gewillt, dem Land der Morgenröte zu zeigen, daß wenige, die fest im Glauben waren, einer ganzen Armee die Stirn bieten konnten.

Krieg und Elend machten auch vor dem Palastgarten nicht halt, in den Melikae sich in ihrer Trauer um Omar zurückgezogen hatte. Auch wenn ihr Herz noch immer schwer war, nahm sie wieder teil am Leben. Nur zur Mittagsstunde zog sie sich noch an ihren Seerosenteich zurück, um dem schwermütigen Spiel der Kabasflöte zu lauschen. Doch war sie nicht mehr allein. Sie hatte den Kranken und Verwundeten die Tore ihres Gartens geöffnet und die Sklaven angewiesen, den Hungrigen von den Früchten der Dattelpalmen abzugeben. Melikae wußte, daß sie sich damit den Zorn ihrer Nachbarn zuzog, denn obwohl die reichen Edlen Seite an Seite mit Kasimiten, Salzgängern, armen Lastträgern und sogar den Freigelassenen aus den Kerkern der Stadt kämpften, duldeten sie nicht, daß die Niedriggeborenen ihre Palastgärten betraten. Ja, es war sogar ein Befehl des Wesirs notwendig, sie dazu zu zwingen, das Wasser ihrer Brunnen zu teilen.

Melikae erlebte in dieser Zeit zum ersten Mal, daß ihre Ehrlosigkeit auch Freiheit bedeutete. Obwohl Sulibeth versucht hatte, ihr zu verbieten, Fremde in den Garten und den Palast zu lassen, hatte sich die Sharisad schon am ersten Tag der Belagerung entschlossen, einen anderen Weg zu beschreiten als die anderen Sippen der Oberstadt. Die Ehrlosigkeit hatte sie dabei von jeder Rücksichtnahme auf den Namen ihres Vaters und die Geschichte ihres Geschlechts entbunden.

Für heute abend hatte sie sich entschieden, einen weiteren Schritt auf ihrem neuen Weg zu gehen. Sie wollte zum ersten Mal seit ihrer Ankunft in Unau Palast und Garten verlassen, um die großen Sklavenunterkünfte im Westen des Sultanspalastes zu besuchen. Dort waren die Schwerverletzten untergebracht. Eine ganze Woche lang hatte sie mit Hilfe Sulibeths einen neuen Tanz einstudiert, und Melikae hoffte, auf ihre Art einen Beitrag zur Verteidigung der Stadt liefern zu können.

»Kindchen, du solltest das lassen. Ein Echsenzauber muß dir auf dem Salzsee den Verstand verwirrt haben. Du kannst doch nicht einfach vor irgendwelchem Pöbel tanzen. Was wird der Wesir dazu sagen?« Sulibeth schlug die Hände über dem Kopf zusammen. »Denk doch nur an deine Geburt, du bist ...«

»Ich bin eine Ehrlose.« Melikae lächelte die alte Tanzlehrerin an. »Wann wirst du endlich begreifen, daß ich nicht mehr die stolze Tochter Abu Feisals bin? In den

Straßen der Unterstadt soll man mich sogar eine Hure genannt haben. Und was den Wesir angeht – wenn ich vor Männern tanze, die du so abfällig Pöbel nennst, so wird sich der ehrwürdige Jikhbar ibn Tamrikat dazu höchstens denken, daß ich nun endlich da bin, wo ich hingehöre.«

»Nein, Kind, wie kannst du nur so reden? Du solltest vor den Edlen tanzen. Einer der Söhne Rustan Marmuks liegt todwund darnieder. Ihm könntest du das Leben retten. Tanzt du vor vielen den Tanz der Freude, so kann er nicht seine volle Zaubermacht entfalten.«

»Vielleicht werde ich auch vor Rustans Sohn tanzen. Doch gewiß nicht zuerst. Unau soll wissen, wo ich hingehöre.«

»Eine Sharisad sollte sich vor eigensinnigem Stolz hüten, so lehrt uns Dschella, die sechste Frau Rastullahs, die einst die größte Tänzerin im Land der ersten Sonne war.«

»Aber lehrt Dschella uns nicht auch, nicht zwischen den Reichen und den Geringen zu unterscheiden und den Trost der vielen stets höher zu achten als den Trost des einzelnen?«

Die alte Sulibeth blickte sie einen Herzschlag lang verblüfft an. Dann seufzte sie laut. »Daß ich das noch erleben durfte. Nie hätte ich gedacht, daß du mir eines Tages eine Lehre erteilen würdest. Ich neige mein Haupt in Demut vor dir, denn du hast recht, doch wäre es klug von dir, auch für Rustan Marmuks Sohn zu tanzen.«

Melikae blickte zu Boden. Sie hatte noch nicht vergessen, daß auch der Edle Marmuk zu jenen Gästen ihres Vaters gehört hatte, die für Omar eine harte Bestrafung gefordert hatten. Sie könnte ihnen das nie vergeben. Doch durfte sie Rustans Sohn für die Niedertracht seines Vaters strafen? Ihr blieb keine Zeit mehr für solche Gedanken. Wenn sie vor den Verwundeten tanzen wollte, mußte sie das letzte Licht des Tages nutzen.

»Ruf Neraida, sie soll mich beim Ankleiden beraten.«

Sulibeth deutete kurz eine Verneigung an und verließ den Tanzsaal, in dem sie Melikaes Übungen beaufsichtigt hatte. Beim Gedanken an Neraida fühlte sich die Sharisad unwohl. In ihrer Trauer über Omar hatte sie die Salzgängerin völlig vergessen. So war sie vom Sklavenaufseher, der sie schon immer wegen ihrer Vorzugsstellung als Zofe und wegen ihres Stolzes gehaßt hatte, für die niedrigsten Arbeiten eingesetzt worden. Als Melikae aus ihrer Starre erwacht war und erkannt hatte, was mit Neraida geschehen war, entließ sie den Sklavenmeister und holte die Salzgängerin in ihre Gemächer zurück. Doch Neraida schien ihr diesen Fehler nicht vergeben zu können. Sie blieb kühl und zurückhaltend. Zwischen ihnen herrschte eine Entfremdung, die die Sharisad allein nicht überbrücken konnte, und Neraida zeigte keinerlei Neigung, das Geschehene zu vergessen.

»Herrin.« Die Salzgängerin stand in der Tür zum Tanzsaal.

»Komm, Neraida, du sollst mich wie früher in der Auswahl meiner Kleider beraten. Ich werde heute abend zum ersten Mal wieder tanzen.«

»Wie Ihr befehlt, Herrin.«

Die kalten Worte trafen Melikae wie ein Schlag. Vielleicht sollte sie Neraida aus ihren Diensten entlassen? So konnte es mit ihnen nicht weitergehen.

Neraida hatte einen Wasserkrug zu den Verteidigern der Westmauer gebracht. Sogar die Sklaven waren jetzt zum Dienst auf der Stadtmauer eingeteilt, und die Unterschiede zwischen Freien und Unfreien verwischten sich mit der Dauer der Belagerung immer mehr. Seit fast dreißig Tagen bestürmten die Al'Anfaner nun schon die Oberstadt, und es war nur noch eine Frage der Zeit, bis Unau verloren wäre. Die Reichen hatten ihre Gärten öffnen müssen. Es war fast zu einer Rebellion unter den Verteidigern gekommen, weil eine Handvoll Familien mehr als die Hälfte der Essensvorräte für sich behielt.

Fast dreihundert Kämpfer hatten sich in die Oberstadt retten können, als Unau überrannt wurde, und fast genauso viel Frauen, Kinder und Alte waren in die verbotene Stadt geflohen. Als ihnen das Essen ausging und Gerüchte die Runde machten, in den Ställen der Paläste würden selbst die Shadif mit Hirse gefüttert, hatte sich ein bis an die Zähne bewaffneter Trupp aufgemacht, um die Häuser der Reichen zu plündern. Doch Melikae war es gelungen, sie aufzuhalten, und nach Verhandlungen mit dem Wesir und Vertretern der Edlen waren die verbleibenden Lebensmittel gerecht aufgeteilt worden. Die Sharisad hatte großen Einfluß unter den Salzgängern, Kasimiten, Lastenträgern und den anderen Männern von niederem Stand. Jede Nacht tanzte sie, um den Verwundeten Linderung zu verschaffen und den Verzweifelten neuen Mut zu geben.

»Neraida?« Im Schatten der Stadtmauer saß jene blonde Frau, die die Salzgängerin zum ersten Mal am Rastullahellah gesehen hatte. Die Sklavin stellte den schweren Wasserkrug ab und stieg über eine ausgetretene Treppe von der Mauer hinab.

»Du solltest dich nicht auf dem Wehrgang zeigen. Überall am Fuß der Steilklippe lauern die Bogenschützen der Al'Anfaner.«

»Ich habe keine Angst vor dem Tod.« Neraida schaute der Frau offen ins Gesicht. Sie hatte sie während der Belagerung schon mehrmals getroffen und empfand fast ein Gefühl von Freundschaft für sie. Die Bogenschützin hatte ihr von den Wäldern im Norden erzählt, wo das Land grün war und es so viel Wasser gab, daß weder Mensch noch Tier jemals Durst leiden mußten. Die Fremde behauptete von sich, eine Elfe zu sein. Neraida hatte das anfangs nicht glauben mögen. Sie kannte Elfen nur aus den Geschichten der Märchenerzähler, und dort waren sie oft böse und verschlagen. Obwohl es auch Legenden gab, die von den Kriegen der Elfen gegen die

Echsen erzählten und berichteten, wie sehr sie den Geschuppten zugesetzt hatten. Überzeugt war Neraida aber erst, als sie mitangesehen hatte, wie sich unter den Händen von Sonnenglanz die Wunde eines tödlich Verletzten wieder geschlossen hatte und der Mann überlebte. Seitdem war ihr Name, Galindia Sonnenglanz, in aller Munde, und außer den Kasimiten, die niemandem trauten, wurde sie von jedermann mit großem Respekt behandelt.

»Glaubst du, uns wird noch viel Zeit bleiben?«

Die Elfe schüttelte den Kopf. »Fast alle Verteidiger sind verwundet und zu Tode erschöpft. Unsere Feinde aber werden mit jedem Tag stärker. Wenn sie mit ihrer ganzen Macht angreifen, können wir ihnen nicht widerstehen, das weißt du doch auch. Ist das der Grund, warum du dich so unvorsichtig auf der Mauer zeigst?«

»Man sagt, die Al'Anfaner verlangen von einem jeden, Rastullah abzuschwören. Ich werde meinen Gott niemals verraten. Also werde ich sterben.«

»Und wenn es noch einen Weg gäbe?«

»Wie meinst du das?«

»Die Rosenohren aus den Kerkern, die sich freiwillig zur Verteidigung gemeldet haben, haben Brunnenschächte gefunden, die mit unterirdischen Kanälen verbunden sind. Sie führen nach Osten zu den Bergen.«

»Die Feggagir? In diesen Tunneln spuken die Geister jener Toten, die unter der Klinge unseres ersten Kalifen Malkillah ibn Hairadan gefallen sind. Kein Rechtgläubiger beträte sie jemals!«

Die Elfe lächelte geheimnisvoll. »Sagt man jenen wortkargen verschleierten Kriegern nicht nach, daß sie besonders gläubig seien? Es gibt Gerüchte, daß sie in den letzten Nächten in die – wie nennst du sie? – Feggagir hinabgestiegen sind.«

»Das kann nicht sein. Kein Kasimit würde so etwas tun.«

»Warum nicht? Sie sind ungewöhnlich tapfer im

Kampf. Ihnen scheint ihr Leben genausowenig zu bedeuten wie dir. Ihr Menschen seid schon ein seltsames Volk. Solange ihr jung und stark seid, achtet ihr euer Leben gering, doch wenn ihr schon nach wenigen Jahren gebrechlich werdet, dann klammert ihr euch an jede Stunde, die euch noch bleibt. Sieh nur, dort drüben bei dem Tor sitzt einer der Verschleierten. Er scheint zu uns herüberzuschauen.«

Neraida hatte das Gefühl, daß der Mann ihretwegen dort saß. Bislang war sie den Kasimiten immer aus dem Weg gegangen. Sie hatte Angst, daß die Krieger sie bestrafen würden, weil sie im Tal der sieben Säulen gewesen war und einen Ungläubigen an diesen Ort geführt hatte. Es wäre sicher besser gewesen, jetzt zu gehen. In Melikaes Palast würde sie kein Kasimit belästigen. Beinahe hastig stand sie auf.

»Du willst schon gehen?« Sonnenglanz hatte gerade ihre Harfe aus einem Ledertuch gewickelt. »Du lauschst doch sonst so gern meinen Liedern.«

»Ich muß noch einen dringenden Auftrag für meine Herrin ausführen.«

»Soll ich dich begleiten?«

Neraida hatte den Eindruck, daß Sonnenglanz wußte, warum sie es plötzlich so eilig hatte.

»Hast du Angst vor den Verschleierten? Suchen sie dich vielleicht? Ich habe gehört, wie sie einige Leute über deine Flucht mit der Tänzerin befragt haben.«

»Es ist nichts«, log die Salzgängerin. »Ich muß wirklich dringend gehen.« Neraida war überzeugt, daß es besser für sie sei, wenn die Kasimiten sie nicht mit der Elfe zusammen weggehen sahen. Es war schon schlimm genug, wenn sie einem Ungläubigen den Weg in das Tal der sieben Säulen gezeigt hatte. Jetzt auch noch als Freundin einer Kriegerin zu gelten, die nicht einmal dem Volk der Menschen angehörte, mochte ungeahnte Folgen haben. Eilig verließ Neraida den Mauerbereich. Aus den Augenwinkeln sah sie, wie der Verschleierte aufstand und ihr folgte. Sie bog in eine der kleinen Gassen ein, die von den Mauern zweier Palastgärten gebildet wurde.

Jetzt, da sie außer Sichtweite des Kriegers war, begann sie zu laufen. Es war nicht weit bis zu dem Portal, hinter dem die Gärten des Palastes lagen, der einst Melikaes Vater gehört hatte. Sie war völlig allein in der Gasse. Fast alle Krieger waren zum Dienst auf den Mauern eingeteilt, und wer nicht auf Wache stehen mußte, hatte in den Palästen Schutz vor der Mittagssonne gesucht. Hinter der nächsten Wegbiegung lag das rettende Portal. Neraida rannte schneller. Plötzlich glitt ein Schatten aus einem der Bäume hinter den Mauern. Federnd landete ein Verschleierter ein paar Schritt vor ihr auf dem Weg.

Keuchend blieb Neraida stehen. Es war unmöglich, an dem Krieger vorbeizukommen. Hinter ihr erklangen Schritte. Gehetzt blickte sie über die Schulter zurück. Der zweite Kasimit war ihr gefolgt! Der Mann, der aus dem Baum gesprungen war, kam langsam auf sie zu. Er hatte die Hände gehoben, damit sie sah, daß er waffenlos war. Neraida drückte sich mit dem Rücken gegen die rauhe Gartenmauer. So konnte sie der zweite Krieger nicht im Rücken angreifen.

»Was wollt ihr von mir?«

Einer der beiden machte eine Geste, daß sie schweigen solle. »Unser Hairan erwartet dich.«

Verzweifelt blickte sich Neraida um. Es gab keine Möglichkeit zur Flucht. Wäre sie nur mit Sonnenglanz gegangen! Sie hatte schreckliche Geschichten darüber gehört, was Kasimiten mit Verrätern am Rastullahglauben taten. Die Verschleierten galten als unbarmherzige Krieger, und man erzählte sich, sie seien es gewesen, die vor Jahrhunderten die Letzten aus dem Volk der Ssrkhrsechim, der schlangenleibigen Echsenmagier, aus der Khom vertrieben hatten.

Einer der Männer packte sie am Arm. »Komm!«

Die beiden Krieger brachten sie zu einem halbverfallenen Schuppen, der im Garten eines der östlichen Paläste lag. Dort wartete derjenige, den sie Hairan genannt hatten.

Der Mann war ungewöhnlich groß für einen Novadi. Er trug eine schwarze Hose, ein Wickelgewand und einen weiten Umhang. Sein Haupt verhüllte ein schwarzes Hattah. Er hatte das große Tuch so gewickelt, daß es zugleich Turban und Schleier war. Nur die dunklen Augen waren noch zu sehen.

»Bist du Neraida aus dem Hause Abu Feisals des Prächtigen?«

Die Salzgängerin nickte. Ihr Mund war ganz ausgetrocknet. Sie hatte geglaubt, keine Angst mehr vor dem Tod zu haben, doch jetzt wurde ihr klar, daß das ein Irrtum gewesen war.

»Stimmt es, was man sich in der Stadt über dich erzählt? Hast du deine Herrin über den großen Salzsee in das Tal der sieben Säulen geführt?«

Eine Lüge wäre sinnlos gewesen. Der Krieger, von dem die beiden anderen behauptet hatten, daß er ein Hairan sei, schien offensichtlich alles zu wissen. Sie nickte. Eine Weile musterte sie der Mann schweigend. Seine Augen schienen wie Dolche zu sein. Neraida hatte das Gefühl, daß sein Blick sie regelrecht durchbohrte und der Fremde ihre innersten Geheimnisse kannte.

»Ich bin Hasim ben Sahir ibn Albeda, Hairan der Beni Albeda. Ich habe mit meinen Kriegern die Heiligtümer aus dem Bethaus der Unterstadt gerettet, bevor die Ungläubigen es schänden konnten. Doch nun sieht es so aus, als seien sie selbst hier nicht mehr sicher. Bist du deinem Gott treu ergeben und bist du bereit, dein Leben in den Dienst Rastullahs zu stellen, Neraida?«

Die Salzgängerin war völlig überrascht. Was sollte das? War das eine Falle, um ihre Standhaftigkeit im Glauben zu prüfen?

»Ich lebe in Ehrfurcht vor dem einzig wahren Gott und achte seine Gesetze.«

»Kannst du deinen Glauben beweisen?«

»Soll ich mich mit dem Namen Rastullahs auf den Lippen von der Stadtmauer stürzen? Wenn ihr gekommen seid, um mich zu strafen, dann sagt es. Ich fürchte mich nicht vor euch oder vor dem, was ihr mir antun könntet.« Neraida hoffte, daß sie zumindest ein wenig überzeugend geklungen hatte. Wenn sie die Wahl gehabt hätte, sich zu Tode zu stürzen oder unter den Händen dieser Männer zu sterben, hätte sie sich sofort und im Bewußtsein, daß ihr Rastullah eine letzte Gnade gewährte, für den Freitod entschieden.

Einige Atemzüge lang herrschte angespannte Stille. Die Kasimiten tauschten Blicke, die Neraida nicht zu deuten verstand. Fast schien es, als hätten sie ihre Worte überrascht. Doch warum?

»Wir sind nicht hier, um dich zu töten. Wir wollen dich um Hilfe bitten.« Der Anführer der Verschleierten musterte sie mit stechendem Blick.

»Mich um Hilfe bitten? Aber was kann ich schon für euch tun?« Neraida war verwirrt. Trieben die Krieger irgendein undurchsichtiges Spiel mit ihr?

»Unau wird sich nicht mehr lange halten können. Schon stehen die Sturmleitern bereit, um die Mauern der Oberstadt zu nehmen. Es liegt jetzt nur noch daran, wann der Götzenpriester den Befehl zum Angriff gibt. Wir sind nach Unau gekommen, um für unseren Glauben zu streiten, doch unser Sultan hat uns noch einen zweiten Auftrag gegeben. Wenn sich herausstellen sollte, daß die Bürger der Stadt und die Soldaten des Kalifen zu schwach im Glauben sind, um den Heerscharen der Heiden zu widerstehen, so sollen wir den steinernen Fußabdruck Rastullahs und vor allem das ›Al-Raschida nurayan schah Tulachim‹ von Rashman Ali retten, bevor es den Götzenanbetern in die Hände fällt. Beide Heiligtümer haben wir aus dem Bethaus in der Unterstadt geborgen und an einem sicheren Ort versteckt. Jetzt müssen wir sie aus der Stadt bringen, damit sie vor den al'anfanischen Mordbrennern sicher sind. Du sollst uns bei unserer Flucht helfen und uns über den großen Salzsee führen. Wir müssen davon ausgehen, daß alle anderen Routen nach Norden schon von den Ungläubigen überwacht werden. Bist du bereit, diese heilige Pflicht für Rastullah zu erfüllen?«

Neraida zögerte. Die Aussicht, mit diesen drei unheimlichen Gestalten den Salzsee überqueren zu müssen, war alles andere als angenehm.

Der Anführer der Kasimiten schien durch ihr Schweigen beunruhigt. Seine Hand glitt zum Knauf seines Khunchomers. »Natürlich können wir es uns nicht leisten, dich lebend entkommen zu lassen, nachdem du unsere Pläne kennst. Vielleicht willst du uns an die Heiden verraten.«

»Nein! Nein, das ist nicht der Grund, warum ich zögere.« Fieberhaft suchte Neraida nach einer Ausrede. »Es ist… ich kann nicht einfach meine Herrin verraten und sie verlassen. Treue ist für mich mehr als nur ein Wort. Ich habe überlegt, wie ich erreichen kann, daß sie mich gehen läßt.«

Hasim entspannte sich. »Das soll deine Sorge nicht sein. Ich werde dich dieser Sharisad abkaufen. Wenn du uns über den Cichanebi gebracht hast, wirst du als Lohn deine Freiheit erhalten.«

»Ich bin bereit, euch zu folgen.« Neraida beeilte sich zu antworten, um nicht schon wieder den Argwohn des Kriegers zu erwecken. Sie mußte dieser Falle entkommen. Wäre sie erst wieder in Melikaes Palast, könnten die Kasimiten ihr nichts mehr anhaben.

Hasims Augen blitzten beunruhigend. »Versuch nicht, uns zu hintergehen. Du und deine Herrin würden dafür mit dem Leben bezahlen. Glaub nicht, daß es irgendeinen Ort gibt, wo du vor unserer Rache sicher wärst. Wir haben viele Freunde und Glaubensbrüder unter den Verteidigern. Morgen früh werde ich kommen, um dich deiner Herrin abzukaufen. Bereite dich darauf vor, das Haus Abu Feisals dann für immer zu verlassen.«

Neraida schluckte. Melikae und der Palast, das war in den letzten zehn Jahren ihr Leben gewesen. Plötzlich hatte sie Angst davor, schon bald allein unter Fremden zu sein. Selbst der Haß, den sie in den letzten Wochen für die Sharisad empfunden hatte, verband sie noch mit ihr. Wie wäre es, ohne all das zu leben?

»Bevor wir dich entlassen können, sollst du noch Zeugin eines Rituals werden, auf daß dein Wort eines Tages einen der Unsrigen vor der Schande bewahren wird.«

Hasim streckte sich, zog drei Strohhalme aus dem beschädigten Dach des Schuppens und gab seinen Gefährten einen kurzen Wink. Einen der Halme knickte er ab, so daß er jetzt deutlich kürzer als die anderen war. Dann drehte er sich zu Neraida um.

»Nimm sie und halt sie so in deiner Faust, daß keiner von uns wissen kann, welcher Halm der kürzeste ist.« Die Salzgängerin gehorchte. Es schien ihr klüger, diesen Fanatikern nicht zu widersprechen.

»Es ist eine Schande für uns, aus einer Schlacht zu fliehen. Wer immer mit dir gehen wird, um dich zu schützen und die beiden heiligen Reliquien zu tragen, verliert seine Ehre. Sobald das Buch und die Felstafel in Kireh dem Sultan übergeben sind, wird sich dein Begleiter vor den Augen aller Mitglieder seiner Sippe entleiben, um seinen Namen und den seiner Blutsverwandten von der Schande, aus einem Kampf geflohen zu sein, reinzuwaschen. Deine Aufgabe wird es sein, dem Sultan zu schwören, daß derjenige, den dieses unrühmliche Ende erwartet, durch das Los bestimmt wurde und daß er kein Feigling war.«

Neraida wollte es nicht fassen, wie man so wahnsinnig sein konnte. Sicherlich war es unrühmlich, vor einem Feind zu fliehen. Doch wenn man durch die Flucht zwei Heiligtümer Rastullahs davor bewahrte, in die Hände Ungläubiger zu fallen, so war damit jede

Verfehlung gesühnt. Kein Mawdli hätte einen Mann für eine solche Tat verurteilt. Doch die Kasimiten waren selbst im strenggläubigen Keft, wo die Gebote Rastullahs enger als in irgendeiner anderen Stadt ausgelegt wurden, als verblendete Sonderlinge verschrien.

»Ich überlasse euch die erste Wahl.« Hasim winkte seinen Männern, zu Neraida zu treten. Zögernd streckte der erste die Hand aus. Die Salzgängerin hörte, wie der Mann ein kurzes Stoßgebet zu Rastullah schickte. Dann griff er nach dem mittleren der drei Halme.

Der zweite entschied sich schneller. Ohne Zögern nahm er den linken der beiden noch verbliebenen Halme und behielt ihn in der Faust, so daß man nicht sehen konnte, wie lang er war. Genauso verfuhr Hasim, als er den letzten Strohhalm zog. Einen Atemzug lang verharrten die Männer.

»Yalla!« Auf das Kommando des Hairans streckten alle die geöffnete Faust vor. Hasim entfuhr ein Fluch. Er hatte den kürzesten der Halme gezogen.

»Rastullahs Wege sind unergründlich.« Der Krieger zuckte ergeben die Achseln. »Geh nun, Neraida. Und glaub nicht, du könntest uns entkommen. Was immer du im Haus deiner Herrin unternimmst, wir werden es wissen.«

Wie meinte er das? Gab es unter Melikaes Sklaven vielleicht Verräter? Oder beobachteten sie einfach nur den Palast? »Es wird mir eine Freude sein, Euch wiederzusehen, Ehrenwerter. Die Flamme der Frömmigkeit beginnt in mir zu einem verzehrenden Feuer anzuwachsen. Ich werde Rastullah dienen, wie mein Schicksal es verlangt.« In ihren Jahren als Sklavin hatte Neraida es gelernt, ihren Herren nach dem Mund zu reden, wenn es sein mußte.

»Worte, die eines Kasimiten würdig wären. Doch hüte dich Neraida, ich erkenne Verrat so leicht, wie ich einen Kiesel am Grund eines klaren Brunnens sehe. Versuch nicht, mich zu betrügen.«

»Nichts liegt mir ferner, Herr.«

»Dann geh nun und erwarte meinen Besuch.«

Die Salzgängerin verbeugte sich und verließ den Schuppen. Als sie sicher war, daß die Kasimiten sie nicht mehr sehen konnten, begann sie zu laufen.

Mit klopfendem Herzen erreichte sie den Palast. Was sollte sie nur tun? Wie konnte sie diesen Eiferern entkommen?

Im Morgengrauen ertönte der dumpfe Klang riesiger Kesselpauken aus den Heerlagern in der Unterstadt und auf dem Feld der Verbrüderung nördlich von Unau.

»Sie kommen!« Der Schreckensschrei ertönte über dem ganzen Hochplateau. Die Armee Al'Anfas war zum Sturm bereit.

Melikae hatte Waffen unter den Sklaven austeilen lassen und selbst das viel zu weite Kettenhemd ihres Vaters übergeworfen. Sogar die alte Sulibeth stand mit einem Helm auf dem Kopf und einem glänzenden Khunchomer in der Faust auf dem Hof.

»Welche Waffe willst du, Neraida?« Melikae hatte ein Lächeln auf den Lippen und strahlte eine Zuversicht aus, als läge nicht mehr als nur ein Tanzauftritt vor ihnen allen. Neraida aber krampfte sich der Magen zusammen. Jeder der Paukenschläge vor der Stadt ließ sie innerlich zusammenzucken. Die Al'Anfaner hatten nur allzu deutlich gemacht, daß sie keine Gefangenen machen würden. Wenn sich die Nacht auf die Oberstadt senkte, wären alle tot.

Jetzt verstand sie das Ritual der Kasimiten besser. Sie fühlte sich unwohl bei dem Gedanken, daß alle, die sich in den Mauern der Oberstadt aufhielten, sterben sollten – nur sie nicht.

»Was willst du hier?« Melikaes barsche Frage ließ die Salzgängerin aufblicken. Ein großer verschleierter Krieger stand im Tor zum Hof des Palastes. Hinter ihm erkannte sie zwei weitere Schatten im Dunkel des Torbogens.

»Ich bin gekommen, um dir deine Sklavin Neraida abzukaufen.«

Melikae lachte. »Du willst *was?* Die Stadt geht dem Untergang entgegen, der Schatten des Todes liegt auf uns, und du willst eine Sklavin kaufen, die dir nicht einmal einen Tag lang dienen wird? Du treibst seltsame Scherze, Fremder.«

»Es ist nicht das Wesen eines Kasimiten zu scherzen. Jedes meiner Worte war mir ernst. Todernst!« Der Krieger hatte die Stimme gesenkt. Seine Augen funkelten böse. »Mein Name ist Hasim Ben Sahir ibn Albeda, Hairan in der Sippe der Beni Albeda. Rastullah hat mich zu einem wichtigen Dienst im Namen aller Gläubigen bestimmt. Um meine Pflicht zu erfüllen, brauche ich deine Sklavin, Sharisad.«

Melikae wirkte jetzt eher verblüfft als amüsiert. Sie blickte zu Neraida herüber. »Was hältst du von unserem seltsamen Besucher?«

»Ich würde mit ihm gehen. Ich bin davon überzeugt, daß Rastullah ihn auserwählt hat.« Die Salzgängerin hatte sich entschieden. Sie wollte leben. Was gab es in Unau, wofür es sich zu sterben lohnte? In diesem Palast war sie geschlagen worden und hatte ihr Haupt beugen müssen, obwohl sie selbst einmal frei geboren war. Unau und Knechtschaft, das war für sie dasselbe. Wenn diese Stadt ihren Stolz verlor, würde *sie* den ihren wiederfinden!

Die Sharisad schien völlig überrascht. »Du… du willst mich wirklich verlassen? War ich dir eine so schlechte Herrin?«

»Kann die Liebe einer Herrin die Freiheit ersetzen?« Neraidas Stimme klang kalt. Zu frisch war die Erinnerung daran, wie die Sharisad sie für fast drei Wochen wie ein ungeliebtes Spielzeug vergessen hatte und was ihr der Sklavenmeister in dieser Zeit angetan hatte.

Warum sollte sie mit dieser Frau gemeinsam sterben?

»Ich biete dir fünfhundert Shekel für die Sklavin Neraida. Laß sie gehen, Sharisad, denn es ist nicht gut, Rastullah zu erzürnen, wenn man ihm schon bald ins Antlitz blicken wird.«

»Fünfhundert? Das ist nicht einmal so viel, wie ihre Garderobe wert ist. Aber ich sehe schon, was zwischen euch im Gange ist. Hast du nicht erst vor kurzem Fendal ewige Treue geschworen?« Melikae spuckte ihr vor die Füße. »Geh zu deinem neuen Buhlen! Ich schenke dich ihm. Möge Rastullah deine Treulosigkeit strafen.«

Neraida zitterte am ganzen Leib. Diese Beleidigung konnte sie nicht unerwidert lassen. »Und wer vergnügt sich jeden Tag zur Mittagszeit mit einem Flötenspieler. Verstehst du das unter Treue?«

»Seine Lieder lassen mich meinen Schmerz vergessen. Was weiß eine gemeine Sklavin schon davon? Redest du von Liebe, so ist es, als hörte man einen Floh, der nichts als das Fell eines räudigen Straßenköters kennt, von der grenzenlosen Khom sprechen. Geh mir aus den Augen! Verschwinde, oder ich laß dich aus diesem Palast prügeln, du Hure. Du wirst keine Schande über dieses Haus bringen.«

»Kann man Schande über das Haus einer Ehrlosen bringen? Ist es nicht ...«

»Genug, Weiber. Euer Gezänk ist unwürdig.« Hasim warf eine prallgefüllte Geldbörse vor Melikaes Füße, wobei die Riemen aufsprangen, so daß die Silberstücke klingend über den Marmor rollten. »Ich nehme keine Geschenke von Euch, Sharisad. Mir ist es gleichgültig, was Ihr mit dem Geld anfangt.« Dann winkte er Neraida. »Komm, du hast in diesem Haus, wo man dich nicht achtet und deinen treuen Dienst mit Schimpf entlohnt, nichts mehr verloren.« Hasim drehte sich um, und Neraida folgte ihm. Sie würde nichts mitnehmen außer dem, was sie am Leibe trug. Und selbst das würde sie verbrennen, sobald sie andere Kleider hätte. Nichts im Leben sollte sie noch an Melikae und diesen Palast erinnern!

In den Gassen, die zwischen den hohen Gartenmauern der Paläste verliefen, waren Barrikaden aus umgestürzten Karren und zerschlagenen Möbeln errichtet worden. Doch es waren kaum Leute dort, die diese letzten Bastionen verteidigen konnten. Aus allen Richtungen hörte man Kampfeslärm.

Die drei Kasimiten trieben Neraida immer wieder zur Eile an. Die Krieger versuchten, sie mit ihren Körpern und messingbeschlagenen kleinen Schilden zu decken. Manchmal schlugen ganz in ihrer Nähe Pfeile ein. Die Angreifer schienen ziellos auf die Paläste und Gärten der Oberstadt zu schießen.

Hasim hatte einen großen ledernen Sack geschultert, der gar nicht zu den prächtigen Kleidern und den polierten Waffen paßte, die er trug. Die drei Kasimiten sahen nicht aus, als zögen sie in die Schlacht, sondern als seien sie die Ehrengäste bei einem Festmahl, zu dem der Sultan geladen hatte. Sie trugen mit Silbernägeln verzierte Brustpanzer aus schwarzem Leder und hohe Helme, um die sie rote Hattahi gewickelt hatten, die zugleich als Turban und Schleier dienten. Dazu kurze Obergewänder und Reithosen aus dunklem Stoff sowie hohe Stiefel.

»Yalla, Neraida, uns bleibt nicht mehr viel Zeit.« Die Stimme des Anführers klang gehetzt. Immer wieder blickte er unsicher über die Schulter zurück und trieb auch seine beiden Gefährten zur Eile an. Eine Gruppe Flüchtlinge kam ihnen entgegengelaufen. Gelbherzen, unrasierte Wüstenkrieger, verzweifelte Sklaven, Kinder, mit Lederschleudern und Dolchen bewaffnet. Das letzte Aufgebot.

»Zurück! Hier gibt es kein Durchkommen mehr!« rief ihnen ein Krieger in der zerrissenen Uniform eines Aghas zu. »Die Ungläubigen haben die Nordmauer gestürmt. Jikhbar ibn Tamrikat hat befohlen, daß sich alle Kämpfer zur Garnison zurückziehen sollen, wo er die Armee von Unau neu formieren wird.«

»Wir sollen euren Rückzug sichern. Beeilt euch!« brüllte Hisam und winkte die Flüchtlinge vorbei.

Ohne ein weiteres Wort hasteten die zerlumpten Gestalten an ihnen vorbei. Daß der Wesir Kasimiten geschickt hatte, um den Rückzug zu decken, schien jedem von ihnen sinnvoll zu sein. Als niemand mehr zu sehen war, wandte sich der Hairan an Neraida. »Wir müssen über die Mauer. Die Gassen zu benutzen, wäre zu gefährlich. Steig auf meine Schultern!«

Die Salzgängerin gehorchte und kletterte auf die Mauerkrone. Auf der anderen Seite lag ein unübersichtlicher, dicht mit Bäumen und kunstvoll geschnittenen Büschen bewachsener Garten. Vorsichtig ließ sie sich von der Mauer gleiten und landete in einem Beet schlanker Orchideen. Hätte sie als Sklavin auch nur einen einzigen Stengel dieser kostbaren Blumen geknickt, so wäre sie mit der Peitsche bestraft worden. Jetzt hatte sie mindestens ein Dutzend der empfindlichen Pflanzen abgebrochen, aber nicht sie, sondern der Edle, dem der Palast gehörte, hatte heute um sein Leben zu fürchten. Rastullahs Pfade waren unergründlich!

»Komm!« Hasim packte sie grob am Arm. »Wir müssen uns beeilen. Wahrscheinlich sind die Ungläubigen schon ganz nahe.«

Geduckt hastete Neraida mit den Kasimiten durch die weitläufige Parkanlage. Wann immer sie ihre Deckung verlassen mußten, um eine offene Fläche oder einen Weg zu überqueren, schickte Hasim einen der Männer vor, um nach versteckten Bogenschützen Ausschau zu halten. Schließlich erreichten sie einen Busch mit eigenartigen roten Blüten. Hastig wischten die Krieger welkes Laub und Äste beiseite, bis eine Steinplatte, in die ein Eisenring eingelassen war, zum Vorschein kam. Einer der Krieger kniete nieder und holte unter dem

Busch eine armdicke Holzstange und ein langes Seil hervor. Die Stange führten sie durch den Eisenring und hoben die Platte an. Darunter tat sich ein dunkler Brunnenschacht auf.

»Bist du bereit?« Hasim hatte das Seil aufgenommen und sich mehrmals um die Hüfte geschlungen. »Du steigst zuerst hinab.«

Neraida schluckte. Aus dem dunklen Schacht kam ein kühler Luftzug.

»Du wirst dort unten fast bis zum Hals im Wasser stehen. Nimm das Seil.«

Zögernd griff die Salzgängerin nach dem losen Ende. Alle Geschichten, die man sich über die Feggagir erzählte, gingen ihr durch den Kopf. Angeblich war jeder Gläubige verflucht, der in diese Kanäle stieg, die einst unter der Herrschaft der Kaiser aus dem Norden in den Felsen geschlagen worden waren.

Da schlug sirrend ein Pfeil neben ihr in den Busch. Keine zwanzig Schritt entfernt tauchten schwarzgewandete Söldner zwischen den Blumenbeeten auf.

»Beeil dich, Neraida, oder ich stoße dich hinunter. Wir müssen weg von hier!«

Die Salzgängerin griff nach dem Seil. Noch einmal zögerte sie kurz. Dann schwang sie die Beine über den Brunnenrand und ließ sich in die Tiefe gleiten.

»Greift euch die Hunde. Rastullah sei mit euch, meine Brüder!« hörte sie über sich Hasim brüllen. Dann tauchte sie in das eisige Wasser ein. Hechelnd schnappte sie nach Luft und klammerte sich mit verkrampften Fingern an das Seil. Bis zur Brust war sie jetzt schon im Wasser, und noch immer spürte sie keinen Grund unter den Füßen.

Was war, wenn der Brunnen tiefer war, als Hasim behauptet hatte? Sie hatte nie schwimmen gelernt. Mit scharfem Klicken schlug über ihr etwas gegen die Brunnenwand. Dann platschte neben ihr ein zerbrochener Pfeil ins Wasser. Was sollte sie nur tun? Sie fand nicht den Mut, sich noch weiter am Seil hinabgleiten zu lassen. Vielleicht war schon eine Handbreit unter ihren Füßen der sichere Grund, vielleicht trennten sie auch viele Schritt eisigen Wassers vom Boden. Verzweifelt blickte sie zur hellen Brunnenöffnung über sich. Der Schacht war nicht sehr tief. Vielleicht sollte sie wieder nach oben klettern und sich ergeben. Was konnten die Al'Anfaner ihr schon antun? Sie würden sie sicher zur Sklavin machen, aber war es nicht besser, eine Sklavin zu sein, als sich den Geistern in diesen verfluchten Kanälen auszuliefern und irgendwo im eisigen Wasser einen einsamen Tod zu sterben? Aus dem Garten war jetzt Waffengeklirr zu hören. Über dem Brunnenrand erschien Hasims Gesicht.

»An der Ostwand ist eine Öffnung. Schwimm dort hinüber. Ich komm hinunter.«

Der Krieger ließ das Seil in den Brunnen fallen.

»Nein!« Panik packte Neraida. Wie konnte er das Seil herunterlassen? Es war der einzige halbwegs sichere Halt. Verzweifelt versuchte sie sich an der glatten Brunnenmauer festzuklammern und strampelte mit den Füßen. Doch es war, als zöge irgend etwas sie in die Tiefe. Ihre Finger rutschten von der glitschigen Mauer ab. Sie schluckte Wasser und ging unter. Fast im selben Moment fühlte sie Boden unter den Füßen. Mit den Zehenspitzen stieß sie sich ab und kam wieder an die Oberfläche. Prustend spuckte sie Wasser aus. Ein Schatten verdunkelte die Brunnenöffnung. Dann traf sie ein schwerer Schlag, und sie wurde wieder unter Wasser gedrückt.

Das erste, was Neraida hörte, als sie wieder zu sich kam, war ein keuchendes Atmen dicht neben ihr. Jemand hielt sie dicht an sich gepreßt. Irgendwo weit weg erklangen Rufe in einer fremden Sprache.

»Warum bist du nicht in die Tunnelöffnung geschwommen, wie ich dir zugerufen habe?«

»Weil …« Neraida brauchte Zeit, um wieder zu Sinnen zu kommen. Erst langsam wurde ihr bewußt, wo sie sich befand.

»Ein Stück weiter vorn ist der Tunnel völlig überflutet. Wir müssen tauchen. Nicht weit, aber …«

»Vergiß es, ich kann nicht schwimmen.«

Hasim packte sie fester. Sein Griff schmerzte.

»Was soll das heißen, du kannst nicht schwimmen? Vor dieser Stadt fließt ein Fluß. Das gibt es doch nicht, daß du als Kind nicht schwimmen gelernt hast.«

»Ich kann es aber nicht. Du mußt allein weiterkommen.«

Der Krieger schwieg. Neraida war sicher, daß er ernsthaft überlegte, ob er sie zurücklassen sollte. Doch dann schüttelte er den Kopf. »Du wirst dich an meinem Gürtel festhalten. Die Luft anhalten kannst du doch wohl, oder? Ich werde dich mit mir ziehen.«

»Nein.« Die Vorstellung, durch einen völlig überfluteten Tunnel zu tauchen und langsam zu ersticken, machte Neraida halb wahnsinnig vor Angst. Schon hier, wo sie bei jeder Bewegung mit dem Kopf gegen die unebene Tunneldecke stieß und wo ihnen kaum mehr als zwei Handbreit freier Raum über der Wasseroberfläche blieben, konnte sie ihre panische Angst nur mit Mühe unterdrücken. Nein, sie würde niemals durch diesen überfluteten Tunnel schwimmen. Jeder andere Tod wäre ihr lieber.

»Es hat keinen Sinn, hierzubleiben, Neraida. Wahrscheinlich hat es in den Bergen zu regnen begonnen. Während wir hier streiten, ist das Wasser schon deutlich gestiegen. Nicht mehr lange, und auch dieser Tunnelabschnitt wird überflutet. Wir müssen weg, um jeden Preis!«

Neraida war sicher, daß Hasim das nur sagte, um ihr angst zu machen. Sie hatte nichts bemerkt. Es war sicher nur eine List von ihm.

»Im Namen Rastullahs, ich flehe dich an, komm!«

»Nein.« Sie ruderte hilflos mit den Armen und versuchte, ein Stück von ihm wegzukommen. »Laß mich, Hasim!«

»Verdammt, du törichtes Weib! Begreifst du denn nicht, daß du auch ertrinken wirst, wenn du hierbleibst? Wenn wir noch länger zögern, wird das Wasser so weit gestiegen sein, daß wir unmöglich lebend aus den Feggagir entkommen können.«

»Du lügst. Du willst nur, daß ich mit dir komme.«

»Beim Barte des verfluchten Borbarad, dann verreck doch. Ich schwimme jetzt. Rastullah haßt die Feiglinge. Hast du vergessen, daß wir in heiliger Mission unterwegs sind? Ich werde nicht länger auf dich warten!«

»Hasim?« Der Krieger antwortete nicht mehr. Sie war allein! Nein, das konnte nicht sein. Er war noch nicht weg. Er wollte ihr angst machen. »Hasim! Hasim!« Immer wieder schrie sie seinen Namen, doch außer dem leisen Gluckern des Wassers war nichts mehr zu hören. Sie mußte die Panik unterdrücken! Neraida kämpfte mit den Tränen. Sie hatte seit Jahren nicht geweint, aber sie konnte die Vorstellung, wie eine Ratte zu ersaufen, nicht ertragen.

Das Wasser war tatsächlich gestiegen. Bald mußte sie den Kopf in den Nacken legen, um überhaupt noch atmen zu können. »Hasim, bitte komm zurück«, schluchzte sie leise. Doch nichts geschah. Unerbittlich stieg das Wasser weiter. Ihr Gesicht berührte jetzt schon den kalten Fels der Tunneldecke. Wie viele Atemzüge ihr wohl noch blieben? Vielleicht sollte sie aufhören, sich gegen das Unvermeidliche zu wehren. Ob Rastullah sie trotz ihres Verrats an Hasim in seinen Gärten empfangen würde? Wohl kaum. Den Mutigen erwartete die immerwährende Freude, doch der Feigling war verdammt. Sie würde in die kältesten Abgründe der Niederhölle verstoßen werden, verflucht in alle Ewigkeit.

»Nimm dies und zerkau es, wenn du dich entscheidest, daß dein Leben länger währen soll als der Triumph eurer Feinde.«

Das waren die Worte, die Galindia zu ihr gesprochen hatte, als sie ihr zum ersten Mal begegnet war.

Die verzauberte Pflanzenknolle! Neraida zögerte. Eine Dienerin Rastullahs, die fest im Glauben war, sollte sich nicht mit dem Zauberwerk Ungläubiger abgeben. Aber war sie nicht ohnehin verdammt? Neraida tastete nach dem kleinen Lederbeutel an ihrem Gürtel, in dem sie die Zauberknolle aufbewahrt hatte. Ihre Finger waren schon ganz steif vom eisigen Wasser. Ungeschickt versuchte sie, die verschlungenen Lederriemen zu öffnen. Immer wieder rutschten ihre Finger am nassen Leder ab. Endlich hatte sie es geschafft. Der Beutel öffnete sich!

Tosend ergoß sich ein Wasserschwall in den Tunnel. Neraida wurde von den wirbelnden Fluten gepackt und gegen die Tunnelwand gepreßt. Der Beutel und die Knolle entglitten ihren Fingern.

»Nei…« Das Wasser erstickte ihren Schrei. Wild schlug sie mit den Armen um sich. Sie mußte nach oben, mußte atmen, doch wo war oben und wo unten? Sie hatte die Orientierung verloren. Es war unmöglich, in dem finsteren Tunnelschacht irgend etwas zu unterscheiden. Das war das Ende.

Rastullah mußte sie hassen. Er ließ nicht zu, daß sie dieser tödlichen Falle entkam. Sein Zorn würde sie vernichten.

Willenlos überließ sich Neraida dem Wasser. Ihr Gesicht schrammte an einem Felsen vorbei. Ob sie an der Tunneldecke entlangtrieb?

Plötzlich war über ihr kein Wasser mehr. Der freie Raum reichte gerade aus, um Mund und Nase über den dunklen Fluten zu halten. Verzweifelt klammerte sie sich an den Unebenheiten der Felswand fest. Ein paar Atemzüge würde sie dem zornigen Gott noch abtrotzen. Oder schenkte Rastullah ihr eine letzte Gelegenheit, Ihn im Gebet um Gnade zu bitten? Da streifte etwas ihre Wange. War das ein Zeichen? Oder war es nur irgendein Unrat, der vom aufgewühlten Wasser mitgerissen wurde? Zitternd griff sie danach. Es wäre das letzte, was sie in diesem Leben ertasten würde. Neraida stockte der Atem. Es war die Zauberknolle, die ihr die Elfe geschenkt hatte! Gierig schob sie sich die Zwiebel in den Mund und zerkaute sie. Sie schmeckte würzig und ein wenig bitter.

Kaum hatte sie die Knolle hinuntergeschluckt, da schlug das Wasser über ihrem Kopf zusammen. Wie würde der Zauber wohl wirken? Das Bewußtsein, in Sicherheit zu sein, dämpfte ihre Angst.

Oder war ihr Glaube an Rettung nur Selbstbetrug? Wie hätte Galindia wissen sollen, in welche Bedrängnis sie bei ihrer Flucht geraten würde. Vielleicht war die Zauberknolle auch dazu bestimmt, sie aus einer ganz anderen Gefahr zu retten

Plötzlich war Neraida sicher, daß die Elfe sich geirrt hatte. Das war Rastullahs Strafe für ihren Hochmut.

Aufgeregt versuchte sie, der tödlichen Falle zu entkommen. Sie drückte sich an der Tunneldecke entlang, obwohl sie nicht einmal wußte, ob sie sich in der Richtung, der sie folgte, weiter vom Einstieg entfernte oder nicht.

Wenn sie doch nur den Brunnen wiederfände! Dann wäre sie gerettet! Oder wenigstens einen neuen Spalt entdecken würde. Der Wunsch zu atmen drängte alle anderen Gedanken aus ihrem Bewußtsein. Sie wußte, daß ihr kaum noch Zeit blieb. Immer unerträglicher wurde das Gefühl des Erstickens. Ihr wurde schwindlig. Helle Lichtpunkte schossen durch die Finsternis. Ihre Hände lösten sich von der Decke. Sie würde aufgeben. Es war zu Ende. Sie mußte atmen. Neraida öffnete den Mund, fühlte, wie das eisige Wasser durch ihre Kehle rann und die Lungen füllte. Es war vorbei. Sie würde sterben. Alle Qualen hatten ein Ende.

Die Salzgängerin ließ sich treiben. Doch statt ohnmächtig zu werden, konnte sie wieder klarer denken.

Wie lange es doch dauerte, bis man tot war. Sie hatte sich das Sterben immer anders vorgestellt. Dann ertappte sie sich dabei, wie sie Wasser *ausatmete.* Vor Überraschung verschluckte sie sich und mußte husten. Dabei *atmete* sie erneut Wasser in die Lungen ein und stieß es hustend wieder aus. Was hatte die Zauberknolle nur mit ihr gemacht? Als sie sich vom Hustenanfall einigermaßen erholt hatte, atmete sie noch einmal ganz bewußt das Wasser ein. Sie spürte, wie sich Kälte in ihr ausbreitete, fühlte, wie das Wasser durch ihre Kehle rann und dann ihre Lungen füllte.

Ob Rastullah solch ein widernatürliches Verhalten dulden würde? Sie fröstelte. Es wäre besser gewesen, Hasim zu folgen. Sie sollte die Duldsamkeit des Gottes nicht zu lange herausfordern. Noch hatte sie Glück. Doch wohin war Hasim verschwunden? Aber war das nicht gleichgültig? Wenn sie sich irrte, würde sie schlimmstenfalls wieder bei dem Brunnen herauskommen, an dem ihre Flucht begonnen hatte. Wohin der Tunnel in die andere Richtung führte, hatte ihr Hasim nicht erzählt.

Neraida wußte nicht, wie lange sie sich tastend durch überflutete Gänge bewegt hatte. Mehrfach hatte sie Öffnungen zu anderen Tunneln gefunden, doch sie wagte es nicht, den Hauptgang zu verlassen. Als sie zum ersten Mal seit einer Ewigkeit wieder etwas sehen konnte, befand sie sich in einer großen Höhle oder Grotte. Der Kanal war vorher leicht angestiegen, und das Wasser stand hier endlich wieder so niedrig, daß sie sich aus den eisigen Fluten erheben konnte. Doch als sie zu atmen versuchte, glaubte sie, ersticken zu müssen. Würgend spuckte sie Wasser aus und rang mit pfeifender Lunge nach Luft. Selbst als sich ihre Hustenkrämpfe gelegt hatten, schmerzte noch jeder Atemzug.

Neraida zitterte am ganzen Körper. Sie fühlte sich

elend, und ihre Hände waren steif vor Kälte. Unsicher blickte sie sich um. Am Ende der weiten Grotte schimmerte goldenes Tageslicht. Eine Treppe oder Rampe führte dort aufwärts. Irgendwie wirkte die riesige Höhle unecht, so als gehöre sie nicht in diese Welt. Säulen, so dick, daß drei Mann sie nicht mit den Armen umspannen konnten, trugen die niedrige Decke. Sie schienen aus dem gewachsenen Fels herausgeschlagen zu sein. An einigen Stellen ragten scharfkantige Steine aus dem Wasser, und quer über die Höhlendecke verlief ein dunkler Riß.

Langsam ging Neraida auf das Licht zu. Wo mochte dieser geheimnisvolle Ort nur sein? Obwohl die Salzgängerin nicht einschätzen konnte, ob sie nur wenige Minuten oder gar eine Stunde oder noch länger durch die Finsternis geirrt war, war sie sich sicher, daß sie sich nicht weiter als höchstens fünf Meilen von der Stadt entfernt hatte. Doch noch nie hatte sie von einer solchen Höhle gehört. Dabei müßte sie eigentlich bekannt sein, zumal es hier reichlich Wasser gab.

Einmal huschte etwas Helles an ihren Beinen vorbei, irgendein Fisch oder ein anderes Tier. Je näher sie zur Treppe kam, desto flacher wurde das Wasser. Jetzt konnte sie auch erkennen, daß auf den unteren Treppenstufen etwas lag. Kleine Säcke oder… Nein! Es waren gefüllte Wasserschläuche. Die Salzgängerin verharrte. Dafür gab es nur zwei mögliche Erklärungen. Entweder war den Al'Anfanern diese Höhle bekannt, oder sie hatte den Ausstieg gefunden, den auch Hasim wählen wollte.

Frierend stieg sie aus dem Wasser und musterte die Lederschläuche. Sie wiesen keinerlei Besonderheiten auf, und es war unmöglich zu sagen, wem sie gehören mochten.

Das Sonnenlicht fiel durch einen schmalen Spalt auf die Treppe. Irgend etwas verschloß den Ausgang, doch Neraida konnte es von hier unten nicht genau erkennen.

Die Stufen nach oben waren ausgetreten und von einer feinen Schicht aus Flugsand bedeckt. Bei genauerem Hinsehen entdeckte sie eine Spur dunkler Wasserflecken. Das mußte Hasim gewesen sein! Wer sonst sollte aus der überfluteten Grotte gekommen sein?

Das hieß, die Gefahr war überstanden! Irgendwo dort oben mußte der Kasimit sein. Wäre er schon aufgebrochen, hätte er sicher nicht die Wasserschläuche zurückgelassen. Neraida hatte das Gefühl, als nähme man ihr ein schweres Gewicht von den Schultern. Sie fühlte sich sehr müde, und ihr war kalt. Sie wünschte sich nur, ans Tageslicht zu kommen und endlich wieder die warmen Strahlen der Sonne auf der Haut zu spüren. Fröstelnd schlang sie die Arme um die Brust und stieg die Treppe hinauf. Der Ausgang war durch eine wohl zwei Schritt hohe steinerne Tür versperrt. An ihrer Oberkante klaffte ein etwa zwei Finger breiter Spalt, durch den das Licht hereinfiel. Das Mauerwerk, in das die Tür eingelassen war, schien sich im Lauf der Jahrhunderte verzogen zu haben. Hier und dort hatte ein aus der Wand gebrochener Stein auf den Treppenstufen gelegen, und auch unmittelbar vor der steinernen Pforte türmten sich Geröll und Schutt.

Wie sollte ein einzelner Mensch dieses Felstor bewegen? Es mußte so schwer sein, daß nur ein Riese oder ein Dschinn es öffnen konnte. Hatte Neraida etwa alle diese Qualen nur überstanden, um hier gefangen zu sein?

Sie mußte einen klaren Kopf behalten. Es gab einen Weg hier heraus! Schließlich war auch Hasim durch die Tür gelangt. Vielleicht gab es irgendein Zeichen oder ein Zauberwort, das das steinerne Tor öffnete. Neraida musterte die Oberfläche des Felsens. Doch nirgends war das geringste Zeichen zu entdecken. Nur in Kopfhöhe dicht neben dem steinernen Rahmen fand sie einen dunklen Fleck auf dem porösen roten Fels. Vorsichtig strich sie mit ausgestreckten Fingern darüber.

Der Stein war feucht. Die Spur konnte nur von Hasim stammen.

Mit aller Kraft stemmte sich Neraida gegen die markierte Stelle und stürzte fast vornüber, als das Steintor mit einer Leichtigkeit aufschwang, als bestünde es aus dünnem Holz und nicht aus Fels, schwer wie ein Kriegselefant.

Gleißendes Licht blendete die Salzgängerin. Sie stand zwischen Ruinen. Im Westen sah sie Unau. Dunkle Rauchwolken standen über dem Palast des Kalifen, und noch immer stürmten Soldaten über Leitern auf die Klippen und Mauern der Oberstadt.

Neraida wußte nun, wo sie war und warum sie noch nie etwas über die seltsame Höhle gehört hatte. Die Ruinen gehörten zur Djer Al'Melachim, der alten Zwingfeste der Ungläubigen, die vor mehr als fünf Generationen vom Kalifen Malkillah geschleift worden war. Die zerstörte Garnison war verflucht, weil sie einst durch Verrat gefallen war. Es war ein Ort, an dem kein Kind Rastullahs Gutes zu erwarten hatte. Niemand, nicht einmal der niederträchtigste Wüstenräuber, bestiege aus freien Stücken den Felsen, auf dem die Burgruine lag.

Hastig trat Neraida aus der steinernen Pforte, und mit leisem Knirschen schloß sich das schwere Tor wieder. Sie mußte so schnell wie möglich fort von hier! Doch bevor die Dunkelheit hereinbrach, konnte sie es unmöglich wagen, diesen Burgfelsen hinabzuklettern. Zu viele Streifen der Al'Anfaner patrouillierten um die nahe Stadt. Erst bei Nacht konnte sie hoffen, ungesehen an ihnen vorbeizukommen.

Wo war nur Hasim geblieben? Unsicher blickte sich Neraida um. Offensichtlich befand sie sich zwischen den Überresten des Innenhofs der Festung. Nicht weit weg vom Felstor entdeckte sie die Trümmer steinerner Pferdetränken.

Wahrscheinlich hatte sich der Kasimit irgendwo einen schattigen Fleck gesucht, um dort bis zum Einbruch der

Dämmerung zu warten. Im Osten der Anlage ragten einige Mauerstücke noch etwas höher aus dem Schutt. Dort mußte er zu finden sein!

Neraida fand Hasim in einer Nische hocken. Der Kasimit preßte krampfhaft den Rucksack auf die Brust. Vor ihm lagen drei erschlagene Krieger in schwarzen Waffenröcken.

»Rastullah sei Dank! Meine Gebete wurden erhört.«

»Was ist geschehen?« Die Salzgängerin kniete neben Hasim nieder. Dicke Schweißtropfen perlten von seiner Stirn.

»Sie haben mich erwartet… Ich weiß nicht… woher sie… wußten, daß ich komme.« Der Krieger stöhnte.

»Nimm den Rucksack weg. Laß mich deine Wunden sehen.«

Der Kasimit stieß ein beängstigendes, halberstícktes Lachen aus, das in einem Hustenkrampf endete.

Neraida griff energisch nach dem Rucksack, doch der Krieger klammerte sich mit aller Kraft daran fest. Schließlich gab sie auf. Jede Anstrengung würde Hasim nur unnötig Kräfte kosten. Fieberhaft überlegte die Salzgängerin, wie sie ihm helfen könnte.

»Vergiß es. Du… du mußt mir jetzt… zuhören.«

»Ist es so schlimm?« Neraida wollte einfach nicht glauben, daß der Kasimit im Sterben lag. Er schien im Kampf gegen die Al'Anfaner nicht einmal eine Schramme davongetragen zu haben.

»Schlimm? Ich… werde heute noch… Rastullah sehen. Ist das… schlimm?« Wieder stieß er sein halbersticktes Lachen aus. Der Schleier vor seinen Lippen hatte sich dunkel verfärbt.

»Du mußt mir… versprechen… die Reliquien in… Sicherheit zu… bringen.«

Neraida nickte. »Ich werde mein Bestes tun. Jetzt laß mich deine Wunde behandeln.«

Hasim stöhnte. Er schien noch etwas sagen zu wollen,

doch dann glitten seine Finger kraftlos von den Lederriemen.

Neraida nahm ihm die Last ab und untersuchte seine Brust. Ein Schwerthieb hatte den Panzer des Kasimiten kurz unter dem Rippenbogen aufgeschlitzt. Doch die Wunde war nicht tief. Neraida suchte nach anderen Verletzungen, aber Hasim schien im Kampf keine weiteren davongetragen zu haben.

»Vorsicht…« Die Stimme des Kriegers ertönte jetzt so leise, daß sie seine Worte kaum noch verstehen konnte. Neraida zog ihm den Schleier vom Gesicht. Hasims Lippen hatten sich bläulich verfärbt. Sein Gesicht war leichenblaß.

»Das… Gift… Waf…« Wieder schüttelte den Krieger ein Hustenkrampf. Ein dünner Blutstrom floß ihm aus dem Mundwinkel.

»Waf… töt…« Ein seltsamer Glanz lag jetzt in den Augen des Kasimiten, und ein wenig Farbe kehrte in sein Gesicht zurück.

»Was willst du mir sagen? Hasim!« Neraida ergriff seine Hand und rieb sie verzweifelt. Er konnte doch nicht einfach so sterben. Wegen einer so kleinen Wunde… Das war nicht gerecht. Wie konnte Rastullah so grausam zu diesem tapferen Krieger sein? Neraida zerrte an den Lederriemen seines Brustpanzers. Sie mußte ihm die Rüstung ausziehen, seinen Herzschlag fühlen und seine Wunde versorgen. Doch der Krieger zeigte kein Lebenszeichen mehr. Schließlich gab sie ihre Bemühungen auf. Es war sinnlos, gegen den Willen des zornigen Gottes anzukämpfen.

Mit Abscheu blickte sie auf die toten Al'Anfaner. Auf den ersten Blick entdeckte sie an ihren Schwertern nichts Besonderes. Erst als sie genauer hinsah, fiel ihr auf, wie seltsam matt der Stahl der Waffen glänzte. Sie hatten die Klingen mit irgendeinem heimtückischen Gift bestrichen. So vermochten sie noch im Tod über den tapferen Hasim zu triumphieren.

Verächtlich spuckte die Salzgängerin nach den Leichen der Gegner. Sie waren wie Hyänen, heimtückisch und verschlagen. Der Götzenpriester Tar Honak hatte nur durch einen bösartigen Zauber die Schlacht am Szinto gewonnen, und seine Krieger verwendeten vergiftete Waffen, um gegen einen Novadi bestehen zu können. Warum duldete Rastullah das alles? Wie konnte der Gott es zulassen, daß seine Kinder solche Qualen durch die Götzenanbeter erleiden mußten? Wollte Er sein Volk prüfen? War es zu schwach im Glauben geworden? Und warum hatte Er ausgerechnet Neraida überleben lassen, während doch Hasim viel besser geeignet gewesen wäre, die Reliquien in Sicherheit zu bringen?

War der Götze der Al'Anfaner vielleicht mächtiger als Rastullah? Nein! Neraida verwarf diesen törichten Gedanken. Die mochten zwar listig im Krieg sein, doch zugleich waren sie auch töricht, wenn sie wirklich glaubten, der Dämon, den sie Boron nannten, könne ihnen zum Triumph über die Rechtgläubigen verhelfen. Rastullah hatte sie zu seinem Werkzeug bestimmt, überlegte Neraida, doch sie konnte unmöglich durch Waffen über die Heiden triumphieren. Sie müßte listig und weise wie Shimja sein, die dritte Frau des Herrn. Nur so konnte sie der Gewalt der Al'Anfaner entkommen. Wenn es nur ein unglücklicher Zufall gewesen war, daß sich die drei Krieger in den Ruinen aufgehalten hatten, würden bald ihre Kameraden erscheinen und nach ihnen suchen. Vielleicht würden sie sich auch fragen, was einen Kasimiten dazu bewogen hatte, aus der belagerten Stadt zu fliehen.

Die Krieger des Götzenpriesters waren zwar Heiden, doch dumm waren sie nicht. Sicher wüßten sie, daß ein Kasimit unter normalen Umständen niemals aus einer Schlacht floh. Also würden sie nach dem Grund für Hasims Flucht suchen oder nach weiteren Kriegern, die vielleicht mit ihm geflohen waren. Wie weit würde sie wohl kommen, überlegte Neraida, wenn die Späher einer ganzen Armee nach jemandem suchten, der aus den Ruinen der Djer Al'Melachim geflüchtet war? Sie wußte nicht mehr weiter. Verzweifelt betete sie zu Shimja. Was konnte sie schon tun, um vor dem gestrengen Rastullah zu bestehen? Vielleicht wäre Shimja gnädiger?

Obwohl sie lange und inbrünstig betete, erschien kein Zeichen am Himmel. Es war, als sei selbst Rastullahs Gemahlin taub für ihr Klagen in der Not. Schließlich verstummte Neraida. Sie war enttäuscht und verbittert. Die Aufgabe, die auf ihr lastete, war einfach zu groß für sie.

Obwohl der Fußabdruck Rastullahs die kostbarste Reliquie Unaus war, spendete Neraida die Nähe dieses heiligen Artefakts keinen Trost. Sie wußte nicht einmal, wie sie den schweren Rucksack und die Lederschläuche mit dem Wasser für fünf Tage auf einmal tragen sollte. Oder sollte sie etwas zurücklassen?

Allein der Gedanke war schiere Ketzerei. Aber wäre es nicht besser, wenigstens eines der Artefakte in Sicherheit zu bringen? Ließe sie das Al-Raschid zurück, könnten die Al'Anfaner gar glauben, Hasim sei nur wegen des Buches aus der Stadt geflohen. Zumindest wäre das Buch an der Seite des toten Kasimiten eine Erklärung für seinen Fluchtversuch. Genaugenommen wäre es nicht einmal eine Sünde, das Buch nicht mitzunehmen. Neraida konnte zwar nicht lesen, doch sie wußte aus Erzählungen, daß das Al-Raschid nurayan schah Tulachim, das Buch von den Sieben Wahrheiten des menschlichen Geistes, sehr alt war. Es war geschrieben worden, lange bevor Rastullah den Beni Novad in Keft erschienen war. Die Weisheit des Gottes offenbahrte sich den Menschen aber erst mit dem Mirakel von Keft. Da das Buch schon vorher verfaßt worden war, konnte es eigentlich nicht rastullahgefällig sein. Neraida war sich nicht sicher, ob dieser Gedankengang vor dem strengen

Urteil eines Mawdli Bestand hätte, doch sie fand, daß er sich recht einleuchtend anhörte. Das Al-Raschida mochte vielleicht für die Kasimiten wichtig sein, doch den vom reinen Glauben Erleuchteten würde es nicht viel bedeuten. Also versündigte sie sich nicht, wenn sie es zurückließ. Sie zog den großen Folianten aus dem Rucksack. Das dicke Buch war sogar schwerer als die Steinplatte mit Rastullahs Fußabdruck. Hasim hatte es in ein Öltuch eingeschlagen, so daß den Pergamentseiten das Wasser der Feggagir nichts anhaben konnte. Sie legte das Buch neben den toten Krieger, so daß es aussah, als hätte er das Al-Raschida mit seinem Leben verteidigt. Dann schulterte sie den Rucksack und machte sich auf den Rückweg zum verborgenen Einstieg in die Kanäle. Dort unten würde sie sich verstecken, bis es dunkel geworden war, dann würde sie sich bis zum Cichanebi durchschlagen.

Noch ein letztes Mal drehte Neraida sich um und blickte zu Hasim zurück. Sie hatte ein Versprechen an einen Sterbenden gebrochen. Hoffentlich würde sein Geist nicht zurückkehren, um sie zu strafen. Hastig schlug sie ein Schutzzeichen und murmelte ein kurzes Gebet. Ihr blieb nur dieser eine Weg, und sie würde von ihm nicht abweichen, bis sie die Reliquie gerettet hätte.

Melikae stand kampfbereit unter dem hohen Tor zum Palast ihres Vaters. Sie würde nicht dulden, daß alle Pracht, die die Sippe der Haschijad in vielen Generationen angehäuft hatte, an einem Morgen vernichtet würde. Zumindest würde sie es nicht mehr miterleben. Gewappnet mit Schild und Khunchomer, erwartete sie die Heiden.

Nachdem Neraida auf so unwürdige Art geflüchtet war, hatte sie schwer mit sich gerungen. Plötzlich war sie nicht mehr sicher gewesen, ob es richtig war, mit allen Mitteln um den Palast und ihren Reichtum zu kämpfen. Asif, ihr Flötenspieler, hatte ihr schon vor

Tagen angeboten, sie in aller Heimlichkeit aus der Stadt zu bringen. Manche behaupteten, der drahtige kleine Mann sei ein Dieb, und daß er die verfluchten Feggagir kannte, sprach nicht gerade für ihn. Doch während der Belagerung hatten er und seine Freunde durch die Kanäle Lebensmittel und Heilkräuter in die Stadt geschafft. Selbst wenn er einmal ein Dieb gewesen sein sollte, so hatte der Krieg ihn verändert, und er hatte mit Sicherheit mehr für Unau getan als jene Edlen, die erst auf Befehl des Wesirs den hungernden Verteidigern die Früchte ihrer Gärten überließen. Vielleicht war ihr Stand in Ehrlosigkeit der Grund dafür, daß Asif, obwohl er ungehindert in ihrem Haus ein- und ausgehen konnte, nie den Versuch unternommen hatte, sie zu bestehlen. Womöglich betrachtete er sie als Gleichgestellte.

Gestern hatte der Flötenspieler sie ein letztes Mal besucht und ihr angeboten, sie aus der Stadt zu bringen. Doch sie wollte nicht mehr fliehen. Es war sinnlos, vor seinem Schicksal davonzulaufen, und ihre Bestimmung mußte sie hier in Unau finden, dessen war sich Melikae gewiß. Was wohl aus Neraida geworden war. Ob sie noch lebte?

»Herrin, wollen wir nicht doch zur Garnison laufen? Man sagt, daß der Wesir sie noch einige Tage gegen die Heiden halten kann.« Die Stimme ihrer alten Lehrerin hatte die gewohnte Strenge verloren. Auch Sulibeth hielt einen Khunchomer in den Händen, und es wäre sogar durchaus möglich, daß sie einen unvorsichtigen Al'Anfaner erschlagen würde, denn als Sharisad beherrschte sie die Kunst des Schwerttanzes und verstand es, gewandt mit der Waffe umzugehen.

»Mein Schicksal entscheidet sich heute.« Melikae wandte sich halb zu Sulibeth und den Sklaven um, die an ihrer Seite standen. »Wer gehen möchte, kann gehen. Wer aber mit mir gemeinsam den Abend erlebt, den werde ich freilassen. Entscheidet euch.«

Verlegen blickten sie zu Boden. Für viele war es das

erste Mal im Leben, daß ihnen eine freie Entscheidung gewährt wurde. Plötzlich entstand Unruhe unter den Männern und Frauen. Über den Platz vor dem Tor kamen einige Krieger gelaufen. Melikae erkannte die blonde Elfe unter ihnen.

»Weg hier!« schrie Galindia. »Sie sind schon überall!«

Die Elfe blieb stehen und winkte ihnen zu, doch als sich Melikae nicht rührte, lief sie weiter.

Die Sharisad spürte, wie ihre Hände leicht zu zittern begannen. Noch wenige Augenblicke, dann hätte es sich entschieden. Sie sandte ein stummes Gebet zu Dschella, der Tänzerin, die Rastullah einst zur sechsten Frau in seinem Harem gemacht hatte.

Ein einzelner Bogenschütze in schwarzem Waffenrock stürmte aus einer der Gassen, die auf den Platz vor dem Palasttor mündeten. Als er Melikae sah, hob er seine Waffe. Doch statt zu schießen, verharrte er. Dann drehte er sich um und rief etwas Unverständliches in die Gasse dahinter.

Kaum einen Atemzug später stürmte eine ganze Horde schwarzgewandeter Krieger auf den Platz. Sie führten eine Standarte, die einen grimmigen schwarzen Panther zeigte.

Einer der Krieger fiel Melikae durch seine kostbare Rüstung und seinen mit wallenden Federn geschmückten Helm auf. Er brüllte einige Kommandos, und mehr als die Hälfte der Männer verschwand in den Eingängen der verschiedenen Gassen, die zu den anderen Palästen und dem Tor zur Unterstadt führten. Mindestens zwanzig Krieger aber blieben auf dem Platz.

Erst jetzt nahm sich der Offizier die Zeit, ihnen seine Aufmerksamkeit zu widmen. Er war ziemlich groß und stach von den unrasierten Halsabschneidern, die unter seinem Kommando standen, vor allem durch sein makelloses Äußeres ab. Seine Waffen und Rüstung glänzten im Sonnenlicht, als hätte er sie erst am Morgen poliert. Sein schlankes Gesicht wurde von einem kurzgeschorenem Vollbart beherrscht, der ihm einen etwas finsteren Zug gab.

»Legt die Waffen nieder. Boron hat uns den Sieg geschenkt. Es ist sinnlos, noch länger zu kämpfen. Im Namen Al'Anfas erkläre ich den Palast und alle Güter, die sich darin befinden, zur Kriegsbeute.«

Melikae war überrascht, daß der Soldat Tulamidya sprach. Das war ein gutes Omen. Hätte sie mit ihm in der Sprache der Heiden reden müssen, wäre es womöglich zu tödlichen Mißverständnissen gekommen.

»Es gibt zwei Wege, die in diesen Palast führen. Ihr könnt versuchen, ihn mit Gewalt zu nehmen, und ich verspreche Euch, Ihr werdet nicht viel Gefallen daran finden. Meine Sklaven stehen bereit, das Haus auf mein Zeichen in Brand zu setzen. Alles, was Ihr erbeuten würdet, wären rauchende Trümmer. Der zweite Weg ist vielleicht verlockender für einen Mann, der sich auf diesem harten Feldzug nach dem Luxus sehnt, den ihm seine Heimat zu bieten hatte. Euch werden nicht nur alle Annehmlichkeiten des Palastes zur Verfügung stehen, sondern Ihr werdet auch mich bekommen. Doch denkt nicht, ich sei eine billige Troßhure. Ihr werdet mein Gast sein und Euch wie ein solcher benehmen. Entscheidet Ihr Euch aber für den ersten Weg, so werde ich mir den Tod geben. Also wählt!«

»Melikae, das kannst du nicht tun. Hast du denn gar kein Ehrgefühl mehr?« Sulibeth packte sie am Arm und versuchte sie herumzudrehen, doch die Sharisad rührte sich nicht von der Stelle. Sie hatte sich lange überlegt, was sie täte, wenn die Stadt erobert würde, und sie ließ sich von ihrer alten Lehrerin nicht umstimmen.

»Bringt die Alte auf ihr Zimmer und rettet euren Hals«, zischte sie den anderen zu. »Denkt an mein Versprechen. Ihr wählt zwischen einem Leben in Freiheit oder dem Tod in Sklaverei.«

Zwei Männer ergriffen Sulibeth und zerrten die kreischende Frau aus dem Torbogen. Das letzte, was Melikae von ihr hörte, waren die Flüche ihrer Lehrerin.

Der Offizier der Al'Anfaner grinste sie an und ließ sein Schwert sinken. »Du bist eine ungewöhnliche Frau und weißt, was ein Mann nach endlosen Wochen in zugigen Zelten und schmutzigen Hütten vermißt. Doch glaub nicht, ich gäbe dir Gelegenheit, mir einen Skorpion ins Schlafgemach zu setzen oder meinen Wein zu vergiften. Verwechsle meinen Großmut nicht mit Schwäche.«

Dann winkte er seinen Soldaten. »Besetzt den Palast. Durchsucht alle Räume, doch rührt nichts an. Vier Mann beziehen Wache am Tor. Sollten irgendwelche betrunkenen Kerle versuchen, mein Haus zu plündern, dann schlagt ihnen den Schädel ein!«

Melikae trat zur Seite und ließ die fremden Krieger in ihren Palast ein.

Noch zwei Tage währte der Kampf derer, die lieber sterben wollten, als das Haupt vor dem Rabenbanner zu beugen. Sie hatten sich in der Festung verschanzt, die die Pforten zur Oberstadt bewachte. Weniger als achtzig waren es, die die zweitausend aufhielten, die sich unter dem Zepter des Götzenpriesters gesammelt hatten. Selbst als die Tore der Festung aus den Angeln gesprengt waren, gelang es den Aufrechten noch einmal, die heidnischen Heerscharen zurückzuschlagen, die so unermüdlich gegen die Mauern anbrandeten, wie das Perlenmeer an den Gestaden Maraskans nagt.

Doch die Übermacht des Feindes war zu gewaltig. Als die Sonne den Horizont küßte, fielen auch die letzten beiden, die den Eroberern noch getrotzt hatten, unter den Schwertern der al'anfanischen Söldnergarden: jene Elfe, die wegen ihres Haars, das die Farbe des Tagesgestirns hatte, Sonnenglanz hieß, und Jikhbar ibn Tamrikat, der getreue Wesir des Sultans Mustafa. Rastullah aber hatte für den getreuen Alten ein anderes Ende bestimmt. Und so blendete er jene, die gegen Jikhbar das Schwert erhoben hatten, damit sie nicht bemerk-

ten, daß der Wesir nicht tödlich getroffen war, als ihm sein Khunchomer entglitt. Es war die Tote mit dem goldenen Haar, die ihnen als ungleich kostbarere Trophäe erschien denn das Haupt eines alten Mannes. So legten sie ihren Kopf dem Götzenpriester Tar Honak zu Füßen. Den getreuen Wesir aber warfen sie zusammen mit den anderen Toten in eine Grube unweit der Stadt.

Dort erwachte er, als Hyänen und Geier bei Nacht ihren Lohn aus den Händeln der Sterblichen einforderten. So blieben dem, der einst schon im Kerker des falschen Sultans Abu Tarfidem den Martern widerstanden hatte, auch diesmal die Pforten zu Rastullahs Gärten verschlossen. Und als Jikhbar sich aus der Grube der Toten erhob, schwor er dem Raben, daß er wiederkehren werde, um Unau seinen Fängen zu entreißen.

Die wenigen aber, die den Schwertern der Eroberer und den Schlingen der Sklavenjäger entgangen waren und noch weiter in der geknechteten Stadt lebten, weil sie die Gräber ihrer Toten nicht verlassen mochten, spuckten aus, wenn der Name der Sharisad Melikae erklang. Sie war zur Buhlin der Hauptleute des Rabenpriesters Tar Honak geworden, so erzählte man sich, und Melikaes greiser Lehrerin Sulibeth zerbrach das Herz an der Schamlosigkeit ihrer Schülerin, die ihre Kunst nutzte, den neuen Herren zu gefallen.

Der Krug mit dem verdünnten Wein neben dem Märchenerzähler war leer und seine Zunge schwer von der traurigen Geschichte. Auch merkte er, wie den erschöpften Kindern hin und wieder die Augen zufielen, denn die Nacht war fortgeschritten, und das Madamal war hinter der Ebene vor der großen Stadt versunken, so als wolle Rastullah, indem er das silberne Licht des Nachthimmels erlöschen ließ, die Gläubigen ermahnen, daß es Zeit sei, sich zur Ruhe zu begeben, um die Stunde des morgendlichen Gebets nicht zu verschlafen. Die Männer und Frauen des Basars aber schienen noch nicht müde zu sein. Sie hatten grünen Tee getrunken, und die

Alten rauchten würzig duftendes Pfeifenkraut, das aus dem fernen Maraskan und den Dschungeln im Süden stammte.

Mit einem Seufzer erhob sich Mahmud und streckte die steifen Glieder. Es war an der Zeit zu gehen, denn Rastullah pflegte jene Märchenerzähler, die seine Himmelszeichen mißachteten und ihre Kunst zu lange übten, damit zu strafen, daß er ihnen bei Sonnenaufgang die Stimme nahm, so daß sie sich in der nächsten Nacht nicht wieder an den Gesetzen des Gottes versündigen konnten.

Mahmud nahm seinen Stab und wollte sich gerade auf den Weg zu seinem Nachtlager im Hof des Bethauses machen, als ihn der kleine Omar am Ärmel zupfte.

»Aber, das … das ist doch nicht das Ende der Geschichte?« Die Augen des kleinen Jungen schimmerten feucht. »Omar ist doch nicht wirklich in der Wüste gestorben! Du hast doch versprochen, daß er einen Freund finden werde, der ihn vor allen Feinden beschützt.«

Mahmud strich dem Knaben mit der faltigen Hand durch die schwarzen Locken und lächelte.

»Nein, mein neugieriger Freund, natürlich ist die Geschichte noch nicht zu Ende. Doch wollen wir nicht den Zorn Rastullahs herausfordern. Ich fürchte, der Gott könnte einen Zauberschlaf auf dich legen, und du erführst nie, wie aus dem Sklaven Omar jener Krieger wurde, den man noch heute ehrfurchtsvoll das Schwert des Kalifen nennt.«

Trotzig schüttelte der Kleine den Lockenkopf. »Ich schliefe ganz bestimmt nicht ein.«

Mahmud kratzte sich am Bart und verzog das Gesicht. »Ich sehe, du durchschaust meine List. Natürlich glaube auch ich nicht, daß du einschliefest. Die Wahrheit ist, daß mir die Kraft deiner Jugend fehlt und ich derjenige von uns beiden bin, der den Schlaf braucht. Verzeih, daß ich versuchte, dich zu narren. Ich hätte wissen müssen, daß du meinen Trug so leicht durchschaust, wie ein Dschinn des Erzes das Wirken selbst des begabtesten Falschmünzers entlarft.«

Omar lachte ihn an. »Ich bin dir nicht böse, Märchenerzähler. Wann wirst du wiederkommen?«

»Wenn die Sonne so hoch am Himmel steht, daß selbst die Eidechse Schutz im Schatten sucht, werde ich zurückkehren, um zu erzählen, wie Omar seine Liebe wiederfand.«

Auch die vielen anderen Zuhörer, die Wasserträger und Seidenschneider, Glasbläser, Kupferschmiede und Barbiere, ja sogar jene alten Witwen, die in ihrer Schwatzhaftigkeit nur noch von greisen Teppichhändlern überboten wurden und deren Zungen mitunter so scharf waren, daß selbst die Schwertschleifer ihnen Demut erwiesen, hatten sich erhoben und bildeten nun eine Gasse, um den Märchenerzähler ziehen zu lassen.

Ihre stumme Achtung bedeutete Mahmud mehr als die Kupfermünzen, die sie ihm in die Schale gelegt hatten, und gab ihm die Kraft, stolz erhobenen Hauptes, wie der Kalif bei seiner Heerschau, ihr Spalier abzuschreiten.

Erst als er sicher war, daß der dunkle Schleier der Nacht ihn endgültig vor ihren Blicken verbarg, stützte er sich wieder schwer auf seinen Wanderstab, denn er spürte in jedem seiner alten Knochen, wie nahe die Morgenstunde schon war.

Anhang

Erklärung aventurischer Begriffe

Rastullah = nach dem Glauben der Novadis der Weltenschöpfer und einzige Gott; erschien vor ca. 250 Jahren in Keft und verkündete 99 Gebote, hat neun Frauen, die z.T. als Schutzpatroninnen gelten.

Hellah = erste Frau Rastullahs, einst eine mächtige Sultani in den Ländern des Westens.

Orhima = zweite Frau Rastullahs, einst eine Wesirin, gilt als Beraterin Rastullahs und ist Sinnbild der Gerechtigkeit.

Shimja = dritte Frau Rastullahs, Schutzpatronin der Erfinder und Entdecker.

Rhondara = vierte Frau Rastullahs, Schutzpatronin der Krieger; ihr Sinnbild ist die Löwin.

Heschinja = fünfte Frau Rastullahs, Schutzpatronin der Weisen und Magier; ihr Sinnbild ist die Schlange.

Dschella = sechste Frau Rastullahs, einst eine Tänzerin; Schutzpatronin der Sharisad.

Marhibo = siebte Frau Rastullahs, auch die Schweigsame genannt; sie hält die Erinnerung an die Toten und das Vergangene wach.

Khabla = achte Frau Rastullahs, Schutzpatronin der Jungen und Schönen, Verkörperung der Lust.

Amm el-Thona = neunte Frau Rastullahs, einst eine Sultanin im kalten Norden, schön und grausam, wird oft mit der Sonnenscheibe gleichgesetzt.

Abu Dhelrumun ibn Chamallah = Kalif in Mherwed zu Beginn des Krieges in der Khom, berüchtigt durch den zu niedrigen Goldanteil der Denare, die unter seiner Regierungszeit geschlagen wurden.
Agha = Offiziersrang in der Armee des Kalifen.
Al'Anfa = mächtiger Stadtstaat im tiefen Süden des Kontinents.
Al-Raschid nurayan schah Tulachim = philosophisches Werk, gilt den Kasimiten als heilig.
Bastrabun ibn Rashtul = legendärer Sultan, der vor fast drei Jahrtausenden die Echsenvölker aus der Region des heutigen Kalifats vertrieb.
Beni Novad = nomadischer Stammesverband im Zentrum der Khom, kontrollieren die Oasen Keft und Tarfui; namengebend für den Sammelbegriff Novadi.
Beni Schebt = Stammesverband im Süden der Khom, kontrollieren die Oasen Shebah, Birscha und Manesh.
Birscha = Oase im Süden der Khom, gehört zum Stammesgebiet der Beni Schebt.
Borbarad = mächtigster Schwarzmagier der aventurischen Geschichte, starb vor ca. 500 Jahren.
Bosparans Fall = Fixpunkt aventurischer Zeitrechnung (993 vor Hal); mit der Zerstörung Bosparans war der Untergang des Alten Kaiserreichs besiegelt.
Chaneb = Fluß, der dem Cichanebi-Salzsee entspringt und bei Kannemünde ins Perlenmeer mündet.
Cichanebi = großer Salzsee nördlich von Unau.
Dabla = kleine tulamidische Trommel.
Denar = Silbermünze im Kalifat.
Dere = der Planet, auf dem der Kontinent Aventurien liegt.
Dschadra = kurze Reiterlanze, die häufig von tulamidischen Kriegern verwendet wird.
Feggagir = unterirdische Kanäle, die Unau von den Bergen im Osten her mit Wasser versorgen; im Volksglauben sind die Kanäle, die noch aus der kaiserlichen Besatzungszeit stammen, verflucht.
Gelbherzen = Spottname für die Soldaten des Kalifen von Unau.
Gottesnamen = bei den Rastullah-Gläubigen übliche Bezeichnung für einen der 40 Neun-Tages-Abschnitte des Jahres.
Hairan = Anführer einer Nomadensippe.

Hranngar = angeblich eine große Seeschlange; mythologischer Gegner des von den Thorwalern verehrten Gottwals Swafnir. Der Name wurde vermutlich vom H'Ranga der Achaz entlehnt, was übersetzt soviel wie Gottheit oder Heiliges Wesen bedeutet.

Hattah = großes Kopftuch, das von den Männern fast aller Novadisippen getragen wird.

Hattahi = Mehrzahl zu Hattah.

Kabasflöte = in der Khom weit verbreitete Flöte, meist aus Schilfrohr geschnitten.

Kasimiten = stets verschleierte, fanatische Kämpfer und ›Missionare‹ im Dienste Rastullahs.

Keft = Oasenstadt im Zentrum der Khom, Heimat der Beni Novad; 760 nach Bosparans Fall (bzw. 233 vor Hal) offenbarte sich hier Rastullah den Novadis.

Khom = große Wüste östlich des Alten Reiches.

Khunchomer = Krummschwert, benannt nach der Stadt Khunchom.

Madamal = der aventurische Mond.

Mahmud ben Dschelef = Stammessultan der Beni Schebt.

Malkillabad = kleine Stadt am Szinto.

Manekh-Chanebi = Gebirge westlich des Großen Salzsees.

Maraskan = größte Insel im Perlenmeer, nordöstlich der Khom; der Legende nach verbannte Sultan Bastrabun die Echsenvölker aus Mhanadi, Ongalo und Thalusim nach Maraskan.

Mawdli = Religionslehrer, die sich der Auslegung der Gesetze Rastullahs widmen und von den Gläubigen als Vorbilder betrachtet werden.

Mawdliyat = Mehrzahl zu Mawdli, Kaste der novadischen Religionslehrer.

Mehari = auch Qai'Ahjan genannt, Rennkamele mit fast weißem Fell, die vor allem in der Gegend um Unau gezüchtet werden.

Mherwed = Stadt am Mhanadi nordöstlich der Khom, Sitz des Kalifen.

Mustafa ibn Khalid ibn Rusaimi = Sultan von Unau, später als Malkillah III. Kalif in Mherwed; einigt die Stämme der Khom zum Kampf gegen die Invasionsarmee Al'Anfas.

Mysterium von Keft = Offenbarung Rastullahs 233 vor Hal.

Neun = eine heilige Zahl der Vollkommenheit für jeden Rastullahgläubigen.

Novadis = Sammelbegriff für die verschiedenen Stammesverbände in der Khom.

Piaster = Goldmünze, unter dem Kalifen Dhelrumun wurde der Goldanteil der Münze reduziert, so daß ein Piaster heute nur noch einen Goldwert von 24 Denaren hat, wohingegen der offizielle Nennwert noch immer 100 Denare beträgt.

Rastullahellah = Bezeichnung der fünf Feiertage im novadischen Kalender.

Shadif = 1. Pferderasse der Tulamiden; 2. Steppenlandschaft südlich der Khom.

Sharisad = tulamidische Tänzerin; manche Sharisad verfügen über magische Kräfte.

Shekel = Silbermünze aus Unau, die denselben Wert wie ein Denar hat.

Sultan = Anführer eines ganzen Stammesverbandes wie z. B. der Beni Schebt, oberster weltlicher Herrscher einer Region, der sich nur dem Wort des Kalifen oder aber dem Rat des Mawdliyat unterwirft.

Ssrkhsechim = ausgestorbenes Volk schlangenleibiger Echsenwesen, besonders berühmt für seine Zauberkräfte.

Szinto = Fluß im Westen des Shadif.

Thorwaler = ein Volk kühner Seefahrer aus dem hohen Norden Aventuriens.

Tulamiden = aventurische Volksgruppe, Bewohner der Khom und der angrenzenden Gebiete.

Tulamidya = neben dem Garethi die am häufigsten gesprochene Sprache Aventuriens; vor allem im Kalifat spaltet sich das Tulamidya in eine Vielzahl von Dialekten auf.

Tuzakmesser = besonders kunstvoll geschmiedete Schwerter aus Maraskan; sie gelten als die schärfsten Klingen Aventuriens.

Waqqif = Krummdolch der Novadis.

Yalla = Ausruf, je nach Betonung mit ›Vorwärts‹ oder ›Los, mach schon‹ zu übersetzen.

Zitar = eine Art Harfe mit waagrecht gespannten Saiten.

Zwölf = eine Unglückszahl für jeden Rastullahgläubigen, was erst kürzlich durch die Schreckensherrschaft des zwölften Sultans von Unau bewiesen wurde.